„Ce povestitor m … din tipare
a creat Bea Setto … ia până la
ultima pagină.”

– … oked Letter,
bestseller, conform listei *New York Times*

„În această carte, Bea Setton dezvăluie traiul necruțător, tulbure, întunecat al unei femei aflate la douăzeci și ceva de ani, folosind o voce narativă tăioasă, crispată, dar și neobișnuit de delicată. Autoarea creează iluzii fascinante despre o viață expată și răscolește adânc prin lucruri despre care e amuzant să citești, dar dificil să le trăiești.”

– Isabel Kaplan, autor al bestsellerului *NSFW*

„Oricine a trecut prin experiența de a-și reîncepe viața într-un oraș nou – și singur, într-o altă țară – se va regăsi cu siguranță în acest roman… Este o carte care le va plăcea și fanilor lui Sally Rooney.”

– *Sunday Telegraph* (Londra)

„O poveste relatată din exterior despre singurătate și dezamăgire: convingătoare, crudă și palpitantă. Setton este o scriitoare extraordinară care, odată cu debutul energic, se alătură antieroinelor contemporane.”

– Mona Awad, autor *Bunny*

„Portretizarea caustică pe care Bea Setton o face vieții unei expatriate cuprinde straturi întregi de dezamăgire. *Berlin* reprezintă începutul promițător pentru cei tentați să se relocheze, cât și o justificare vicleană a unei tinere femei, care se străduiește din greu să-și schimbe viața.”

– Nell Zink, autor *Avalon*

„O frumusețe senzuală, *Berlin* înfățișează un portret brutal și sincer al unei himere moderne. Minunat și devastator în același timp.”

– Liska Jacobs, autor *The Pink Hotel*

„Daphne, vocea lui Bea Setton, plină de observații ciudate, umor tăios și o vulnerabilitate atrăgătoare, e o încântare de urmărit prin Berlin. Cu toate că nu m-am hotărât dacă trebuie certată, intimidată sau dacă e necesar să mă alătur acesteia, cu siguranță, nu o voi uita niciodată."

– Beth Ann Fennelly, autor *The Tilted World*

„*Berlin* are tot ceea ce cauți într-un thriller: proză recurentă, observații fascinante ale slăbiciunilor umane și întorsături contradictorii și pline de umor. Prin Daphne, Setton a creat un narator care nu este pe placul tuturor, dar care captivează cu repeziciune - unul dintre preferații mei!"

– YZ Chin, autor *Edge Case*

„Un roman neobișnuit de amuzant, viu, din punct de vedere cinematografic, care tratează cu sinceritate felul în care îi dezamăgim pe cei din jurul nostru, dar și pe noi înșine."

– Lisa Halliday, autor al bestsellerului *Asymmetry*

„[Setton] scrie clar despre efectele destabilizatoare ale vulnerabilității și singurătății dintr-un mediu nefamiliar. Găsim și foarte mult umor în gândirea excesivă a Daphnei și în abordarea ei sarcastică privind problema întâlnirilor... Setton își duce paranoia și teama către scopuri îngrozitoare în această lectură, deloc liniștită."

– *The Guardian* (Londra)

„*Berlin* e un roman extraordinar de amuzant, iar observațiile Daphnei despre viața cotidiană, despre bărbați și despre provocările cu care se confruntă o tânără femeie sunt complet adevărate."

– *Financial Times*

„Un debut antrenant, conștient... Atenția ne este captată de vocea inteligentă și nervoasă a Daphnei, dar ne sunt trimise indicii că nu trebuie să avem încredere deplină în acest narator."

– *Daily Mail* (Londra)

BEA SETTON s-a născut în Franța și și-a petrecut primii ani din viață în suburbiile pariziene, înainte de a se muta în SUA, pentru a studia filosofia. După absolvire, s-a mutat la Berlin, iar orașul a devenit model pentru romanul de față. În prezent, Bea Setton își împarte timpul între Londra și Cambridge, unde studiază pentru a obține titlul de doctor și lucrează la a doua carte.

◈ SENZAȚII/SUSPANS

Editor: Luminița Bratu
Copertă: Flory Preda
Tehnoredactare: Florența Sava
Corectură: Georgeta Nicolae

Titlul original: BERLIN

Descrierea CIP a Bibliotecii Naționale a României
SETTON, BEA
Berlin: un dușman în oraș/Bea Setton. - București: Prestige, 2023
ISBN 978-630-6506-96-5

821.111

Tel.: 0732.55.88.33
www.edituraprestige.ro
www.facebook.com/edituraprestigeoficial

Bea Setton

BERLIN

UN DUȘMAN ÎN ORAȘ

Traducere de
Răzvan Christian Țuculescu

PRESTIGE
București – 2023

Pentru bunica mea, Aimée Setton.

Amintirea ta este întotdeauna o binecuvântare.

Și pentru mama, a mea Samwise.

1.

Un nou început

Am ajuns la Berlin la începutul lunii februarie, înainte ca rușinea și vinovăția care clocoteau undeva, jos, în stomacul meu să devină simptomatice. Aceste sentimente erau disproporționate, în raport cu evenimentele care le generaseră: mărturisirea făcută la beție, fără să fiu recompensată, unui bărbat după care tânjeam de un an de zile; o ceartă cu o colegă de apartament, în legătură cu o pisicuță negăsită; o demisie inexplicabilă, urmată de refuzul de a citi măcar e-mailurile dureroase ale șefului meu. Nimic care să se profileze în retrospectiva vieții mele, nimic de care să-mi amintesc prea mult timp – doar genul de neglijență și comportament de rutină care pătează încet totul.

Îmi ruinam viața un pic în fiecare zi și deși văd acum că aceste lucruri erau răscumpărabile, întotdeauna mi s-a părut mai atrăgător să pornesc de pe o pagină curată decât să amendez o primă încercare imperfectă. M-am mutat din Londra fără să spun nimănui că plec, fără să-mi iau rămas-bun de la oamenii pe care îi cunoșteam. Berlinul este un loc în care e ușor să o iei de la capăt, deoarece toată lumea pare că abia a sosit. Oamenii chiar se îmbracă de parcă ar fi cocoțați pe pervazul unei lungi călătorii, cu genți cu centură și bandane, și recipiente de tablă prinse de rucsacuri cu infrastructuri complexe. Când am ajuns în Berlin prima dată, am găsit orașul șocant de murdar. Nu într-un mod pitoresc, de modă veche - nu vă gândiți la noroi sau la baligă pastorală, la genul de mizerie organică ce necesită o spălare temeinică, făcută cu un săpun tare, după o zi lungă de promenadă. Mă refer la gunoiul deprimant, modern, la coeficientul paradoxului de prea puțin și prea mult: colțuri urâte cu doze de iaurt și pungi de plastic nemuritoare, adidași și saltele vechi și spongioase îmbibate cu substanțe scârboase și greu de definit, acoperite cu cioburi de sticlă sclipitoare.

Primul meu apartament a fost în Kreuzberg, o zonă săracă din vestul vechi, un *Szeneviertel* (cartier cool) lângă Kottbusser Tor. Berlinezii porecliseră cu afecțiune zona „Kotti", ceea ce mi-a fost util ca mnemotehnică, atunci când încercam să-mi amintesc cuvântul german pentru vomă: *kotzen*. Apartamentul se afla deasupra unei clinici de metadonă, iar intrările și ieșirile mele erau asistate de un grup liniștit de dependenți cu părul de paie, cu pupile albastre ieșind puternic în evidență, care se rostogoleau liber în ochii albicioși ca oul. Nu miroseau a nimic și nu încercau niciodată să prindă ușa când se închidea în urma mea. Se amestecau sau se ridicau în picioare ca să mă lase să trec, apoi se reașezau în cea mai caldă configurație pe care o permitea pragul ușii.

Nu era frumos acolo. Scara nu avea deloc ferestre și mirosea a canalizare. Perdeaua de la duș se târa, ca și cum ar fi fost îngreunată de mucegai, iar toaleta trăgea apa doar cu jumătate de gură. Instalațiile sanitare erau atât de vechi, încât apa avea gust de sânge. Nu existau dulapuri, ci doar scări refolosite, stivuite cu haine și cărți, cu câteva trepte libere pentru mine. Băiatul de la care am închiriat-o era un balerin austriac, care fusese cândva la universitate cu cineva pe care îl cunoşteam vag din circuitul cafenelelor londoneze. Avea aceeaşi mărime ca şi mine, aşa că i-am purtat toţi pantofii şi puloverele. M-am simţit repede ca acasă, ca un corb în turma întunecată de Adidas şi pulovere de băieţi răi din Kreuzberg.

În primele zile acolo, existenţa mea a fost extrem de limitată: am luat U-Bahn-ul spre est, spre cursul de germană. Primele două ore erau de gramatică, apoi aveam pauză, iar ultimele două ore erau dedicate exerciţiilor audio şi de vorbire. În A1.1, clasa de începători absoluţi, erau doar şapte elevi, iar trei dintre ei purtau o variantă derivată a numelui Catherine. Katya era din Sankt Petersburg şi se referea cu subînţeles la prietenul ei brutar spaniol ca fiind „Chorizo". Când am întâlnit-o pentru prima dată, avea părul castaniu, des şi lung până la brâu, cu care se juca în mod constant - scoţând în evidenţă vârfurile despicate sau ciufulindu-l ca o vrăbiuţă neliniştită şi lucioasă - însă după câteva luni şi-a făcut părul bob şi arăta mult mai „berlineză", dar îşi pierduse farmecul gesturilor de actriţă. Mai era Catalina din Caracas, care scăpase de comunismul lui Maduro, împreună cu prietenul ei Luis. El era opusul ei fizic: ea, mică, cu gropiţe şi voluptuoasă; el, înalt, unghiular şi împrăştiat. Amândoi erau doctori şi lucrau în ture alternative la McDonald's de pe Hermannstraße, o intersecţie aglomerată din apropierea şcolii noastre de limbi străine din cartierul muncitoresc Neukölln. Bătrâna de la care închiriaseră o cameră era intolerantă la mirosuri şi le interzisese să gătească ceva în ulei. Prăjitul era singurul fel de gătit pe care îl cunoşteau, iar în primele săptămâni arătau atât de epuizați, încât Katya s-a apucat să le aducă resturi de pâine de la brutăria Chorizo. Apoi mai era Kat din Suedia, cu o freză în franjuri tăiată la repezeală și un corp necomplicat și fără sex-appeal. Ea a devenit importantă abia mai târziu.

După orele de curs, mergeam cu U-Bahn-ul spre vest, spre casă, pentru a memora mai târziu liste de cuvinte în limba germană, așezată comod în dormitorul balerinului. Când mă plictiseam, mă duceam la Karma Rösterei, cafeneaua de după colț. Era un fel de local lipsit de importanță unde se comercializa lapte vegetal - deși ieșea în evidență pe strada cu baruri de shisha și chioșcuri, care vindeau toate cafele de calitate medie fiabilă la o treime din prețul espressourilor de la Karma. Mă duceam la Karma și comandam un latte de ovăz spumos, pe jumătate mortificată și pe jumătate încântată de singurătatea mea. Am memorat propoziții pe care le găseam poetice - „Ich konnte den Glute des Feuers spüren" (Simțeam strălucirea focului) - în speranța de a-i încânta pe viitorii interlocutori germani. Am repetat propoziții argotice pe care le auzisem prea des în U-Bahn - „Ich flitze mal zum Spandau rüber" (Trec pe lângă Spandau). Îmi plăcea sunetul locurilor din Berlin, în special, consonanța dintre Pankow și Spandau, capetele liniei U-Bahn, care până în ziua de azi au rămas pentru mine doar nume. Am sosit într-o iarnă care mi s-a părut prea friguroasă pentru a mă plimba, așa că în primele două luni am cunoscut orașul în constelații înclinate de stații de U-Bahn. Abia mai târziu, când vremea s-a încălzit destul de brusc în noaptea de 3 aprilie, am început să explorez și alte locuri. Dar mă grăbesc să descriu rutina mea în acele luni delicate de incubație. După cafea, mergeam foarte des la cinema și mă antrenam cum să cer un bilet single: „Ein Ticket bitte! Und ein kleines süßes Popcorn." (Un bilet, vă rog! Și o porție mică de popcorn dulce.) Întotdeauna luam cina târziu, după cinema. Mereu, la fel: *Rotkohl* (varză murată) cu muștar, urmată de ovăz crud și lapte de ovăz dulce, toate de la Denn's Bio Supermarkt. Mi-am petrecut mult timp pe telefon, dând click, glisând și reîmprospătând, plimbându-mă prin peisajul liniștitor de familiar al aplicațiilor. Aceasta a fost viața mea când am ajuns prima dată în Berlin. Am retrăit aceeași zi de fiecare dată, cu posibilitățile încorsetate de germana mea tensionată. M-am distrat foarte mult. Îmi plăcea să repet exact același lucru, simțindu-mă ca o balerină sau cu un cal puternic, știind cât de mult strălucește tinerețea și cât de multă poftă erupe – dar ținându-mă în frâu, predându-mă devreme și singură, bucurându-mă de precizia coregrafiei zilei următoare, alegând să fac doar atât, cu simetrie – iar și iar. Nu la infinit, însă. Acum era luna martie și contractul de închiriere era pe sfârșite, balerinul se întorcea de la Viena, iar eu trebuia să găsesc un nou spațiu de locuit. M-am gândit că ar fi o idee bună să locuiesc cu alte persoane, așa că am aplicat pentru o serie de *Wohngemeinschaften* sau WGs.[1] Cele mai multe dintre anunțuri erau genul-standard de lucruri la care te așteptai: „Caut pe cineva curat și responsabil, numai profesioniști (îmi pare rău, studenți), 420 euro[2], prietenos" și am găsit rapid o cameră spațioasă la colțul străzii, lângă Kotti. Am împărțit apartamentul cu două dormitoare cu o polone-

1 Aceasta este ceea ce germanii numesc „flat-share", deși Wohngemeinschaft înseamnă literalmente „comunitate de locuit", ceea ce sună mai degrabă utopic.

2 Marijuana în argou.

ză, pe nume Ewa, care era foarte drăguță în zilele în care nu lua metamfetamină. În restul timpului, era fie absentă, zbătându-se pe techno într-o cameră întunecată, fie prea prezentă, plimbându-se prin apartament în timpul cumplitelor ei comedii. Metamfetamina o făcea paranoică și acuzatoare. Îmi trimitea mesaje în miez de noapte: „Hei, mi-ai văzut hanoracul roșu? Dacă l-ai împrumutat, sper că nu s-a pierdut, tatăl meu mi l-a dat. De asemenea, îmi lipsește un borcan cu semințe de floarea-soarelui. L-ai luat tu?" Ea verifica dacă aragazul era oprit și ușa încuiată și freca chiuveta ca și cum și-ar fi curățat sufletul. Am făcut greșeala de a căuta pe Google „efectele secundare ale dependenței de metamfetamină" și am ajuns la un articol despre psihoza indusă de metamfetamină și la comportamentul violent pe care îl determină. După aceea, am început să-mi încui ușa dormitorului noaptea, trezindu-mă din somn pentru a verifica dacă era bine încuiată, din ce în ce mai nesigură care dintre noi era mai paranoică. După o perioadă de „probă" de două săptămâni, am renunțat la ideea de a avea un coleg de apartament și am început să-mi caut o locuință proprie.

Am aflat curând că ușurința cu care găsisem apartamentul balerinului și camera Ewei fusese un noroc de începător. Am vizitat mai multe apartamente și a trebuit să suport nenumărate interacțiuni ciudate și să smulg zâmbete false și convingătoare în locuri care miroseau a transpirație sau a creveți congelați care se dezghețau. Un bărbat înalt, cu picioare palide acoperite de fire de păr negru, mi-a arătat un studio luminos, în timp ce prietena lui se ascundea sub un morman de cearșafuri. Un italian frumos, fără sprâncene, mi-a arătat un apartament pe care îl eviscerase și îl mobilase de la IKEA. În cele din urmă, am întâlnit o femeie care, în scopul acestei povești, va fi menționată doar prin inițialele ei, E. G. Căuta pe cineva care să-i preia atelierul timp de șase luni, timp în care ea se muta la Seattle pentru a urma un curs despre răspândirea și distribuția sângelui la Universitatea din Washington, ca parte a diplomei sale de criminologie. Ea a anunțat un „cuib drăguț, într-un cartier frumos", în apropiere de stația de metrou Hermannstraße. A afirmat că apartamentul avea podea din lemn și „farmecul *Hinterhof*", ceea ce însemna că dădea mai degrabă spre curtea interioară decât spre stradă. Clădirile vechi din Berlin au mai multe curți interioare, iar traiul într-un *Hinterhof* este un fel de compromis - apartamentele sunt uneori mai liniștite, de obicei, mai sigure, dar puțină lumină solară pătrunde în măruntaiele acestor curți. E. G. a precizat, totuși, că apartamentul ei nu numai că era foarte liniștit și sigur, dar era și foarte luminos, pentru că era căptușit cu trei ferestre foarte mari. A trebuit să fac o mulțime de scheme și de planuri pentru a securiza apartamentul. Totul a început cu acest e-mail:

> **„Dragă E.G.,**
> **Mă numesc Daphne și sunt doctorandă în filosofie, mă mut din Londra la Berlin.[3] Sunt interesată de apartamentul tău, sunt responsabilă și am grijă de casele și bunurile oamenilor.[4] Sunt nefumă-**

---

3 O minciună. La acea vreme mă recuperam după o serie de respingeri de la programe de masterat în filosofie. Nu fusesem acceptată nicăieri.

4 Lucru adevărat ca dorință, dar în realitate fals.

toare și liniștită.[5] Anunță-mă dacă încă mai cauți pe cineva.

Cu cele mai bune urări,
Daphne Ferber

P.S. Îmi cer scuze pentru e-mailul în limba engleză. Germana mea este, din păcate, la nivel de începător."[6]

Acest e-mail a fost bine primit, așa cum știam că va fi. Oamenii par să aibă întotdeauna încredere în filosofi. Apartenența la această facultate specială este un fel de ștampilă de respectabilitate. Ceea ce mulți nu știu este că filosofii (în majoritate, bărbați) sunt niște maniaci murdari. Dacă un filosof ar răspunde la un anunț de-al meu, eu nici măcar nu aș băga în seamă. Aș presupune că este retardat din punct de vedere estetic și frustrat sexual și că mănâncă la micul dejun chestii oribile, pline de pește și de păr.

În acest caz, am profitat din plin de creditul deplasat acordat facultății mele, iar EG mi-a acordat un interviu. I-am vizitat locuința noaptea, așa că nu am putut să-mi dau seama cu adevărat despre lumină și despre ferestre. Apartamentul se afla la primul etaj. Intrarea mirosea a zmeură și a ciocolată albă. EG era foarte frumoasă: avea părul roșcat-închis și niște ochi verzi extraordinari, care păreau pictați cu acrilice - groși și pătați cu alb strălucitor. Era cu un cap mai mică decât mine, cu o față rotundă și prietenoasă, care o făcea să pară mai blândă decât aveam să aflu mai târziu că era. Era originară din Münster

5 Adevărat, dar doar până cineva atractiv îmi oferă o țigară.
6 În acest punct al relatării, foarte adevărat.

și se afla în ultimul an de doctorat în criminologie, dar dorința ei secretă și cea mai dragă (am descoperit mai târziu, când i-am citit jurnalul) era să devină actriță.

– Daphne, nu-i așa?! Oare îl pronunț bine?

– Da, este absolut perfect.

Și-a întins mâna; era mică, osoasă și puțin umedă și a fluturat nervos în a mea ca o pasăre prinsă în capcană.

– Te rog să intri, bine ai venit în cuibul meu confortabil.

În afară de coridor și de o mică baie fără ferestre, apartamentul era format dintr-o singură cameră mare, mărginită de trei ferestre foarte înalte care dădeau - așa cum a promis - spre curtea interioară. În ea se afla o mică bucătărie dotată cu un echipament foarte specific - ceva pentru a încălzi ciocolata, un dispozitiv pentru a curăța merele de miez, o cratiță specială în care să gătești sparanghelul. Germanii sunt foarte particularizați în privința sparanghelului. Așteaptă cu nerăbdare prima apariție a sparanghelului alb, care marchează începutul *Spargelzeit*, sezonul de recoltare dintre aprilie și iunie. EG mi-a explicat cum să gătesc ușor sparanghelul alb la aburi pentru a-i păstra textura solzoasă, apoi mi-a arătat cartea ei de bucate.

– Aceasta este cea mai bună rețetă de sparanghel de la bunica mea: cu crutoane de bacon și sos de smântână. Ți-o las. Te rog să nu o pătezi, dar dacă promiți că ai grijă de ea o poți folosi.

– Yum! Arată atât de bine! Cu siguranță, o voi face!

Am mințit. Era plină de rețete de mâncăruri cu mere și smântână pe care nu le-aș fi gătit nici dacă viața mea ar fi depins de asta. Dulapurile ei erau înțesate cu obiecte moștenite – obiecte de cristal cu fundul gros și urât, farfurii și supiere pictate. Restul camerei cuprindea o masă împinsă pe fereastră, un dulap simplu și un pat dublu. Abajururile erau din material roz cu buline, iar atmosfera generală era una de „frou-frou" confortabil. Am mâncat ciocolată în formă de inimă și am băut ceai de mentă. I-am povestit despre interesele mele filosofice și despre ambițiile mele în materie de limba germană. Mi-a sugerat că la întoarcerea ei din străinătate am putea înființa împreună un tandem lingvistic: ea m-ar ajuta cu limba germană, iar eu aș ajuta-o să-și îmbunătățească engleza. Am simțit că mă place, iar a doua zi mi-a spus că pot avea apartamentul dacă vreau.

Dar apartamentul nu îi aparținea lui EG, ea doar îl închiria. Aparținea, în schimb, unei anume Frau Marie Becker, din Cicerostraße 42, 10707 Berlin-Lichtenberg, pe care a trebuit să o întâlnesc înainte de a primi binecuvântarea finală. Am ajuns agitată, cu cinci minute întârziere și cu nasul curgând. Frau Becker mi-a oferit imediat un șervețel și a continuat să mă preseze. La prima vedere, sufrageria ei părea confortabilă și plină de semnele unei vieți fericite: suprafețe aglomerate cu fotografii ale nepoților, semne de creion pe unul dintre tocurile ușilor, marcând înălțimile acestora de-a lungul anilor. Se chinuise să se pregătească pentru vizita mea și adusese o tavă legată cu o panglică, o carafă cu suc de mere și un bol plin cu ouă Kinder. Dar apartamentul era rece, chiuveta din toaletă era plină de spirt spumos, iar când m-am așezat la masa din bucătărie, m-am trezit zgâriind distrată pete de mâncare veche de pe fața de masă unsuroasă. A început să decojească unul dintre ouăle Kinder și m-a întrebat unde locuiesc în prezent.

– Locuiesc chiar după colț de Kotti - Kottbusser Tor?

– Ah, da, da, cunosc zona Kotti.

Apoi a făcut o grimasă.

– Nu sunt mulți germani acolo!

S-a corectat, amintindu-și că nu eram de origine germană:

– Adică, nu sunt mulți europeni, cum ar fi francezi și germani. Și ai venit la Berlin ca să înveți germana, nu?! Nu ai venit să înveți turcește! Mai bine te muți în Kreuzberg, în partea europeană.

Mi-a oferit niște suc de mere și mi l-a turnat într-un pahar de vin, umplându-l până sus, astfel încât a trebuit să-mi cobor fața deasupra paharului și să-l aspir pentru a nu-l vărsa. În timp ce beam, mi-a povestit despre vizita ei la Paris și m-a întrebat despre starea diferitelor muzee celebre. Mi-a atribuit în mod greșit aspectul meu dezordonat unui șic boem francez. În mod clar, credea că sunt un fel de artistă, mergând chiar până la a lăuda Mișcarea franceză fauvistă, despre care nu știam nimic, dar m-a îndemnat să mă abțin să nu pictez direct pe pereți și mi-a spus de unde aș putea cumpăra materiale de artă bune. Nu m-am putut gândi cum să o corectez politicos în germană, așa că i-am răspuns în schimb cu un zâmbet vag și o tăcere nedumerită. Se pare că acest lucru a avut efect, pentru că EG mi-a spus câteva zile mai târziu că Frau Becker a decis să mă accepte ca sublocatar. Cred că adevăratul motiv pentru care a vrut să mă întâlnească în persoană a fost să se asigure că sunt un european alb „adevărat".

EG și cu mine am sărbătorit noua mea sublocațiune în săptămâna următoare, cu *Sekt* (vin spumant german) de la supermarket și cu restul ciocolatelor în formă de inimă, de care nu se atinsese de la ultima mea vizită, dând dovadă de un autocontrol de care eu nu am fost niciodată capabilă. Am aflat că avea un iubit și că lua contraceptive, că îi plăceau „Harry Potter" și „Stăpânul inelelor", că persoana ei preferată era Audrey Hepburn (urmată îndeaproape de Elizabeth Taylor), că era o cinefilă împătimită și că bunicul ei fusese în închisoare pentru crime de război, după cel de-al Doilea Război Mondial. M-a întrebat despre familia mea, iar eu am fost vagă, menționând Londra, părinți francezi, un frate mai mare. Am întrebat-o despre vecini. Îi cunoștea pe bărbații aflați direct deasupra și dedesubt. Erau amândoi liniștiți, iar relațiile cu ei erau prietenoase. Era o minciună, aveam să descopăr în a treia noapte după ce m-am mutat: bărbatul de la etaj, Günter, făcea regulat sex foarte zgomotos. Era atât de teatral de zgomotos, încât m-am temut că ar fi putut juca un fel de joc erotic unilateral cu mine. Bărbatul de la parter punea muzică heavy metal în majoritatea serilor, care îmi umplea camera cu un zumzet răuvoitor. EG nu m-a avertizat cu privire la aceste tulburări, dar a menționat un incident ușor stânjenitor, în care a fost implicat vecinul de la parter.

– Era în ziua în care m-am mutat, iar prietenul meu a rămas la mine. Eram în pat și apoi am auzit pe cineva bătând la ușă. Am ignorat, pentru că, ei bine, a spus și a schițat un zâmbet destul de timid, din care am presupus că se bucurau de un „moment intim", apoi a continuat: Ei bine, pentru că era târziu, dar apoi am auzit zgomotul din nou și m-am ridicat și am întrebat cine e la ușă. Un bărbat - nu cred că era neamț, dar nu sunt sigură - a strigat prin ușă și a spus că locuiește la parter și că vrea să-mi dea un cadou de bun-venit. Ei bine, am strigat prin ușă, mulțumesc, dar e aproape miezul nopții, nu voi deschide ușa unui străin noaptea. Apoi l-am mai văzut o dată pe scări și l-am salutat, dar m-a ignorat. Adică, poate că s-a simțit jignit, dar nu se poate aștepta ca o femeie să deschidă ușa unui străin noaptea târziu. Adică, e o clădire bună, cu oameni profesioniști care locuiesc în ea, dar totuși. Tu ce-ai fi făcut?

– Ai avut dreptate, nici eu nu aș fi deschis ușa, i-am spus, dar în particular am considerat că acest comportament nu era deloc corespunzător cu ideea de bun vecin.

Mi-am notat în minte să mă prezint acestui vecin, poate chiar să îi duc un mic cadou. Am vrut să clarific faptul că sunt un tip de persoană mult mai prietenoasă.

M-am mutat pe 3 aprilie, zi în care vremea s-a încălzit brusc. Am mers de mai multe ori înainte și înapoi cu U-Bahn-ul, ca un catâr solitar, încărcat cu sacoșe de supermarket umplute cu șosete de alergat, mândru, independent și stăpân pe sine. Eram bucuroasă că scăpasem de Ewa, cu care plănuisem să nu mai vorbesc niciodată. Îmi place un nou început. A fost magic să-mi simt încrederea în propria persoană, iar aceste picioare puternic musculoase și aceste pungi strânse legănându-se de trunchiul meu, în timp ce trenul zbârnâia, îmi dădeau un plus de siguranță și de încredere. Ce pachet compact de adult devenisem!

În timp ce veneam și plecam, am observat că pe trotuarul din fața clădirii EG erau mici plăcuțe de alamă. Pe fiecare pătrățel era gravat numele „Cohen", data nașterii, data deportării și Auschwitz ca loc de deces. Le-am căutat pe Google și am aflat că plăcuțele sunt memoriale numite *Stolpersteine*, sau „blocuri de poticnire", și că ele marchează fiecare clădire din care au fost deportate familii de evrei. După ce am observat *Stolpersteine* în fața ușii mele, mi-am dat seama că erau peste tot, o împrăștiere aparent aleatorie de pătrate de bronz în fața barurilor, a cinematografelor, a apartamentelor dărăpănate și a clădirilor vechi și grandioase. La început, a fost șocant să văd străzile pline de viață ale Berlinului înțesate de atâtea morminte mici, dar după câteva săptămâni au devenit parte din peisaj și am încetat să le mai observ.

105 Huberstraße este primul loc în care m-am mutat vreodată și în care nu am simțit nevoia de a stropi totul cu 100% alcool. Mi-am despachetat toate bunurile și le-am agățat ascultătoare pe umerașele pe care EG le eliberase pentru mine, alături de rochia ei de tip „Heidi" și de rochiile fără umeri care erau prea mici pentru mine. Mi-am pus pantofii de alergare lângă pantofii ei Converse lamentabil de mici, apoi am aruncat conținutul frigiderului și produsele alimentare din dulapuri. Coșurile de gunoi erau în curte. Întotdeauna am avut o mare anxietate în legătură cu eliminarea deșeurilor și mi s-a părut jenant că pubelele erau atât de expuse, încât orice „furtișag" devenea imposibil. Sunt convinsă că nu numai că nu consum alimente potrivite, dar și că mă debarasez de deșeuri într-un mod destul de greșit. Nu pot să îmi dau seama dacă un recipient de iaurt poate fi cu adevărat reciclat și dacă un capac neted și moale cu oglindă poate merge împreună cu el – sau dacă locul lui este cu totul altul. Așa că i-am aruncat pachetele de biscuiți și paste făinoase și un borcan plin de gem de zmeură sub acoperirea întunericului și m-am simțit curățată, cu frigiderul și dulapurile minunat de goale.

EG îmi spusese că apartamentul ei primea multă lumină naturală. Nu am putut corobora această afirmație decât după ce m-am mutat, dar nu mințise. Dimineața, camera era întunecată, dar după-amiaza, Soarele era atât de puternic, încât aerul părea că înoată. Uneori, apartamentul era atât de inundat de lumină, încât arăta ca acele celule pe care le strecuram sub ochiul microscopului la orele de biologie - cele care par goale sau care conțin doar o pată neînsuflețită, până când reușești să focalizezi bine și deodată poți vedea ceva mișcându-se și poți identifica zooplanctonul de apă dulce *Daphnia magna* - inima sa pulsatoare și organele digestive tremurânde teribil de expuse. În zilele însorite, toate firimiturile și frotiurile pe care le făcusem se evidențiau neiertător. Mă simțeam puțin vinovată și încercam să fac apartamentul la fel de curat așa cum îi promisesem lui EG că îl voi păstra. Problema era că nu sunt o femeie de serviciu talentată. Nu este vorba că nu observ mizeria. Întotdeauna sesizez acea aglomerare ciudată de păr pe care oamenii o trec cu vederea pe spatele scaunului de toaletă și urăsc sentimentul pielii mele care sărută suprafețele lipicioase făcute de mâinile lacome care închid dulapurile din bucătărie. De asemenea, nu sunt o femeie de serviciu flegmatică. Sunt un bun aspirator și un bun măturător, pentru că eu chiar ridic scaunele și mesele și împing mobila de colo-colo, în timp ce mulți se mulțumesc să treacă respectuos pe lângă ele, ca și cum ar fi buruieni în jurul unui copac sacru. Problema este că nu reușesc să dau sens produselor de curățenie. Întotdeauna frec geamurile cu Pledge, frec cuptorul cu ceva pentru toaletă. Este ciudat, pentru că la școală am fost o chimistă destul de talentată, dar, cumva, aceste diverse soluții și funcții rămân opace și mi se pare că frec murdăria într-o permanență chimică, și nu să o curăț. Ideea este că în ceea ce privește lumina, EG s-a ținut de cuvânt. În acea primă după-amiază, camera a fost onorată de un reflector de raze de soare. M-am întins pe patul lui EG până la lăsarea întunericului, plină de un optimism nervos și amețitor pentru acest nou capitol, adevăratul început al noii mele vieți în Berlin. Balerinul, Ewa, hanoracul dispărut, toate acestea erau în urma mea. Am dormit adânc. Nu aveam vreo presimțire a ceea ce avea să urmeze.

2.

Un dușman în oraș

La ora 3, am fost trezită de zgomotul făcut de niște cioburi de sticlă. Mai întâi, o palmă stângace și nediscriminatorie, apoi o tinichea delicată de cioburi căzând pe jos. Reverberația spargerii era atât în interiorul corpului meu, cât și în exterior, și am știut imediat că se întâmpla ceva violent. Perdelele erau trase, așa că nu am putut vedea dacă fereastra mea fusese spartă, așa cum bănuiam. Nu știam dacă zgomotul era îndreptat spre mine personal sau dacă acest gen de lucruri se întâmplă des în clădirile de apartamente din Berlin.

Probabil că nu are nimic de-a face cu tine, mi-am repetat, în timp ce adrenalina îmi pătrundea în partea inferioară a abdomenului și începea să se închege. Fumătorii nu scrutează conținutul pubelelor dumneavoastră, în timp ce se prefac că fumează. Balerinul austriac nu-ți ignoră ultimul e-mail pentru că ai mâncat din ciocolata lui de gătit. Ewa nu a venit după tine într-o serie de crime cu metamfetamină. Nu totul este despre tine, iar acest zgomot puternic nu e treaba ta. Probabil că este un deranjament generic. Nu m-am mișcat din pat, să încerc să văd curtea, pentru că speram că dacă stăteam întinsă acolo și așteptam, timpul își va face repede treaba și va înșira suficiente momente pentru ca teroarea prezentului să se termine în cele din urmă. Am pus mâna pe telefon și am căutat pe Google „cum să suni la poliție în Germania dacă nu vorbești germana". Recepția telefonului meu era slabă și nu mă puteam apropia de fereastră, în caz că izbucneau din nou zgomotele. Transpirația îmi curgea pe coaste și degetele îmi amorțeau. Perspectiva de a fi nevoită să sun la poliție mi-a distras atenția de la teama zgomotului incredibil de puternic. Cum aș putea explica ce se întâmplase? Știam cuvintele „fereastră" și „accident", dar nu și „piatră". Puteam să încerc să vorbesc cu ei în engleză? Am început să caut pe Google „explozie foarte puternică în timpul nopții" și am descoperit o serie de discuții despre o tulburare a somnului, numită sindromul capului care explodează.

> **„Dacă suferiți de sindromul capului exploziv, veți auzi zgomote puternice, asemănătoare unei explozii, în timp ce adormiți sau când vă treziți. Primul este un tip de halucinație hipnagogică, iar cel de-al doilea este un tip de halucinație hipnopompică. Deși sunt doar halucinații, care sunt imaginare, zgomotele din sindromul capului care explodează se simt foarte reale în momentul în care se produc."**

Cauza sindromului este contestată – nu este clar dacă e neurologică sau psihologică. Adesea, se tratează cu antidepresive. Am evitat rețetele de antidepresive în cea mai mare parte a vieții mele de adult deoarece, așa cum spunea W. H. Auden, „nu vreau să scap de demonii mei, altfel și îngerii mei ar zbura". Dacă am sindromul capului care explodează, poate că a venit timpul să le încerc...

La un moment dat, șirul acestor gânduri s-a stins în somn - dintr-odată, s-a făcut dimineață și totul era din nou plictisitor și normal, teroarea mea din timpul nopții fiind la fel de prostească, precum un coșmar de copil. Am tras perdeaua și am văzut că geamul era într-adevăr spart, ceea ce infirma ipoteza sindromului capului exploziv.

M-am dus totuși la alergarea mea programată la prima oră în acea dimineață. Am alergat patru bucle de 2,5 kilometri în Hasenheide, un minunat parc pe care EG mi-l recomandase. Avea un cinematograf în aer liber, un spațiu pentru patinaj, o grădină zoologică urât mirositoare și peluze împrăștiate, înșirate între ele de poteci prăfuite. Era mult mai cald în acea zi. După luni de ger, aerul era blând pe pielea mea. Mi-am verificat timpul, distanța și numărul de calorii arse pe minut. Traficanții din Gambia își beau cafeaua din pahare de plastic subțiri, își desfăceau fermoarele de la parka și își roteau capetele în ritmul buclelor mele.

La întoarcere, în curte, m-am întâlnit cu vecinul de la etaj.

– Bună... Eu sunt Daphne! am bâiguit, stânjenită de germana mea copilărească, de inelele de transpirație și de firele de păr vizibile între jambiere și șosete.

– Günter, îmi face plăcere să te cunosc. Ah, alergi? Și eu, anul acesta, la maratonul din Berlin. Deci ești din America; sau de unde?

Era blond și chipeș, dar arăta un pic porcos, de parcă cineva l-ar fi frecat cu roz înainte de a-l trimite de la fermă în marele oraș. Vorbea de aproape, iar eu îi simțeam mirosul de carne în respirație. Totuși, era prietenos, iar când m-am scuzat să plec, mi-a spus să bat la ușa lui dacă voi avea vreodată nevoie de ceva.

Am făcut un duş şi mi-am dat fără grabă prin păr cu un balsam cu miros de chimicale. Mă simţeam uşoară, epurată de drama din acea noapte. Ziua de 4 aprilie trebuie să fi fost în weekend, pentru că nu m-am dus la ora de germană. În schimb, mi-am lăsat gândurile să plutească în valuri de social-media. Nu am postat nimic pe Facebook sau Instagram. Îmi făceam griji că pozele sau actualizările mele de stare vor fi ignorate şi nu vor primi niciun like sau comentariu şi că voi eşua în încercarea de a fi „vizibil populară" pe internet, un lucru despre care credeam că nu era demn de mine, dar la care tânjeam, ca toată lumea. În schimb, am pândit paginile altora, în principal, femei, vechi rivale romantice din şcoală sau universitate, ale căror fotografii le parcurgeam, îngrozită de gândul că voi da din greşeală „like" uneia dintre pozele lor şi vor şti că Daphne Ferber nu avea nimic mai bun de făcut. În acea zi, mi-am petrecut ore întregi aplecată ca un cimpanzeu deasupra carcasei strălucitoare a Mac-ului meu, deschizând şi închizând automat ferestrele de internet, punând în mod repetat la fiert ceainicul pentru a completa drojdiile palide de Nescafé. În acel moment, am examinat cicatricea de pânză de păianjen de pe fereastră şi am folosit Google pentru a forma o nouă cauză posibilă: „fracturarea sticlei indusă de o schimbare bruscă de temperatură". Cu acest lucru în minte, am compus următorul e-mail către Frau Becker:

„Mult stimată doamnă Becker,
Sunt sublocatarul de la EG (aprilie-septembrie). Noaptea trecută, stratul exterior de sticlă al ferestrei mele din dreapta a explodat. Nu ştiu sigur de

ce, poate că schimbarea bruscă a temperaturii peste noapte a spart geamul. Cum ar trebui să procedez? Aveți pe cineva pe care îl puteți chema pentru reparații?
Vă rog să scuzați germana mea rudimentară!

Cu deosebită considerație,
Daphne Ferber"

Mi-a răspuns în aceeași dimineață, cu promisiunea unei vizite a meseriașilor trei zile mai târziu. În aceeași seară, elevii de la cursul meu de germană au venit la mine pentru o mică petrecere de „binecuvântare" a casei. Kat a sosit mai devreme, iar toți ceilalți au ajuns foarte târziu. Ea purta blugi negri strâmți și un top cu spatele gol. Avea părul legat la spate în cocuri dezordonate, dezvăluind un gât elegant.

A adus covrigei în formă de bețișoare, numiți *Salzstangen*, ca dar de casă nouă. De îndată ce a intrat, s-a dus direct la fereastră, trasând cicatricea cu degetul arătător.

– Ce dracu, Daphne, *krassssss*.[7]

Nu-mi plăcea prea mult de Kat. Mi se părea neconvingător felul în care își strâmba nasul și se bosumfla, având în vedere vibrația ei de X-rated. Înjura des, dar ineficient, astfel încât tot ce spunea părea artificial. Când i-am turnat niște *Sekt*, l-a răsturnat aproape imediat și l-a lăsat să se scurgă pe parchetul lui EG, fără să se îngrijoreze. Nu mi-am arătat iritarea, lăsând să cadă un prosop de vase pe lichid, cu nonșalanță prefăcută. I-am turnat un alt pahar și amândouă am băut repede, inhalând spuma înainte

7 Krass este o expresie colocvială germană grozavă. Este folosită pentru a accentua un lucru și înseamnă că ceva este cu adevărat acel lucru: „foarte bun", „foarte rău", „cu adevărat delicios" sau „dezgustător".

ca bulele să aibă timp să se așeze. Kat părea nervoasă: a început să-mi povestească ceva despre prietenul ei, dar și-a pierdut șirul gândurilor, ochii ei trecând de la fața mea la fereastra spartă, ca și cum priveliștea o deranjase. Am făcut ceea ce fac întotdeauna în situațiile care mi se par stânjenitoare - mi-am prostituat sufletul pentru binele social și i-am povestit râzând despre noaptea mea de groază, lungind puțin povestea, ironizând nebunia ipotezei sindromului capului care explodează. Am urmărit-o în timp ce vorbeam și am observat că reacțiile ei erau ușor deplasate; părea îngrijorată în momentele de ușurare comică și dezinteresată în timpul punctului culminant al poveștii, decalajul dintre cuvintele mele și expresia ei fiind ca un televizor desincronizat.

– Dar aș prefera să mor decât să cer ajutorul unui prieten în engleză, am încheiat, așteptându-mă să râdă sau măcar să zâmbească, în schimb, a suspinat și a spus:

– Da, ei bine, cred că engleza nu este foarte prietenoasă și nu este atât de utilă în Berlin pe cât speram.

Venezuelenii au sosit, într-un sfârșit, cu *arepas* din porumb, ținute într-un prosop de bucătărie și *cuajada*, care avea un gust asemănător cu mozzarella. Kat a ignorat mâncarea, dar s-a interesat foarte mult de Catalina și de Luis.

– Deci voi sunteți din Cuba? a întrebat ea în engleză.

– Venezuela! au răspuns ei la unison.

– Oh, am auzit că este uimitor!

Amândoi au dat din cap și au zâmbit.

– Da, a răspuns Luis, sunt câteva părți foarte frumoase ale țării, într-adevăr avem...

– Știați că acolo nu se permite publicitatea? l-a întrerupt Kat.

– Oh, da? am zis eu.

– Serios, Luis? Fără reclame?

– Ei bine, avem câteva, dar nu la fel de multe ca în Germania. Ah, e al naibii de bine! a spus Kat, ignorând farfuria de mâncare pe care Catalina o împingea spre ea.

– Sincer, aici e ca și cum oamenii se prefac că sunt socialiști sau ceva de genul ăsta, dar apoi se duc și își cumpără case și lucruri și e atât de mult rahat care vine la tine tot timpul, iar tu iei U-Bahn-ul și e doar Nike Nike Aldi Aldi Aldi bla bla Cola. Știți?

A făcut o pauză și a mai luat o înghițitură din *Sekt*, apoi a continuat:

– Oamenii spun că sistemul de sănătate este mult mai bun acolo! Nu-i așa? Și cred, poate mă înșel, dar cred că femeile de acolo sunt al naibii de libere, de parcă Chávez a fost feminist cu mult înainte de vremea lui, nu-i așa?

Am așteptat ca Luis să răspundă, dar el s-a concentrat să-și întindă *cuajada* pe pâine și a evitat contactul vizual.

– Nu știu nimic despre Chávez, dar înțeleg ce vrei să spui despre reclame și chestii de genul ăsta, e prea stimulant, nu-i așa? Toate acele culori și sloganuri...

M-am oprit brusc din vorbire. Conversația a continuat în acest fel timp de un sfert de oră, iar întrebările lui Kat despre cât de „minunată" trebuie să fie Venezuela au rămas fără răspuns din partea lui Luis și a Catalinei, care se concentrau cu atenție asupra mâncării lor, iar din când în când, se uitau unul la celălalt cu sprâncenele ridicate. Nu era prima dată când un berlinez le spunea cât de norocoși au fost că provin dintr-un regim comunist și cât de bună trebuie să fie viața în Venezuela. În general, urma să aflu, Catalina și Luis disprețuiau pe oricine era chiar și vag de stânga. Ei nu se mutaseră în Europa pentru a se bucura de experiența Berlinului, în spiritul ideii de carpe diem și a iubirii fără restricții: erau imigranți economici, aflați acolo pentru a profita de nivelul de trai mai ridicat din Germania. Era ușor să uităm, într-un oraș plin de ocupări ilegale, anarhiști și anticapitaliști, că trăiam în cea mai puternică economie din Europa. Venezuelenii îi vedeau pe hipioți, hipsteri și socialiști ca pe o adunătură de ipocriți nerecunoscători: dacă nu le plăcea capitalismul, ar trebui să se mute într-o țară comunistă ca Venezuela și să vadă cum este acolo. Ei, la rândul lor, erau recunoscători pentru fiecare oportunitate de muncă pe care o primeau, indiferent cât de epuizantă sau „nesatisfăcătoare" era. Câștigau deja suficient pentru a trimite bani familiilor lor din Caracas, care se străduiau să supraviețuiască penuriei tot mai mari de alimente și întreruperilor de energie electrică. Catalina și Luis au răspuns doar monosilabic la întrebările lui Kat, iar eu am încercat să schimb subiectul, dar venezuelenii păreau vizibil stânjeniți. Seara a fost salvată de Katya și de Chorizo, care au apărut foarte târziu, beți criță.

Îmi revizuiam gramatica niște zile mai târziu, când bărbații au venit să repare fereastra, purtând salopete albastre asortate și îngrijite, ca niște muncitori dintr-o carte ilustrată. A fost o treabă complicată, deoarece fereastra era construită cu trei straturi de sticlă. Am mormăit ceva despre „mögliche Temperaturänderung?"[8], iar cel mai în vârstă dintre cei doi a clătinat din cap și a bătut delicat în nucleul exploziei. „Stein", a spus el. „Geworfen."[9] Am

8 Posibilă schimbare de temperatură.

9 Piatră. Aruncată.

încercat să le ofer un pahar cu apă, dar acest lucru a dus doar la confuzie, iar în cele din urmă, a trebuit să torn un pahar de la robinet și să mimez că îl beau și să arăt spre ei. Au dat din cap fără să-mi mulțumească și s-au întors la treabă. Erau complet tăcuți pentru a nu mă deranja, așa că am simțit că trebuie să mă întorc la verbele mele. M-am prefăcut că mă concentrez, dar am fost în tăcere emoționată. Această interacțiune a fost o confirmare a faptului că făcusem ceea ce trebuia să fac mutându-mă în Germania. Până atunci, fusesem întotdeauna foarte precaută față de instalatori, constructori, electricieni și tăietori de chei sau orice oameni care dețin cunoștințe ce fac parte integrantă din supraviețuirea mea, de care voi fi dependentă, dar pe care nu le voi poseda niciodată. Astfel de bărbați cer întotdeauna să folosească toaleta și lasă colacul ridicat, adesea stropit cu pipi. Țipă și bocăne peste tot cu cizmele lor mari. Sunt, per total, foarte nocivi pentru Feng Shui. Pe de altă parte, acești *handymen* germani erau ca niște spiriduși ai casei, care își vedeau liniștiți de treabă cu pași ușori. Au aspirat, au șters praful și au luat cu ei cioburile. Singurul moment în care au rupt tăcerea a fost chiar la sfârșit, când bărbatul mai tânăr m-a întrebat: „Hast du einen Feind in der Stadt?"

Am înțeles greșit la început și am crezut că spusese *Freund*, adică iubit și, pentru o clipă, am fost atât fericită, cât și indignată (Cum îndrăznește! Sunt atât de irezistibilă?), cât și puțin dezamăgită că îmi stricase teoria conform căreia „meșterii germani sunt diferiți". Dar i-am cerut să repete și, în cele din urmă, am înțeles - spusese *Feind*, adică un dușman. Nu, am spus eu, șocată. Bineînțeles că nu. Nu sunt aici de mult timp - abia am ajuns aici - nici măcar nu am avut timp să-mi fac un prieten încă, darămite un *Feind*.

Întrebarea avea sens, desigur, având în vedere diagnosticul final al unei zdrobiri provocate de pietre. Locuiam într-o curte interioară. Era imposibil să dai vina pe un trecător bețiv. Erau necesare două chei diferite pentru a avea acces în curtea interioară, așa că prezența aruncătorului de pietre în fața ferestrei mele nu era un accident al sorții. Această constatare m-a lăsat să formulez trei ipoteze posibile pentru a explica evenimentele din acea noapte:

I. Un Romeo prea entuziast, care căuta să-și trezească iubita, a confundat fereastra mea cu a ei și a încurcat piatra mare cu pietricele inofensive.

O astfel de persoană nu există în epoca lui Hinge, Tinder și a ordinelor de restricție.

II. O persoană fără adăpost reușise cumva să-l urmărească pe unul dintre vecinii mei în curtea interioară și îmi spărsese fereastra, mai degrabă, din răutate generală, și nu din ură țintită.

Pentru cineva care cunoaște Berlinul, acest scenariu sună posibil, deoarece persoanele fără adăpost încercau uneori să se infiltreze în clădiri pentru a fura sticle din tomberoane și a le returna pentru banii de garanție (Berlinul avea un sistem de reciclare care plătea până la 25 de cenți pentru fiecare sticlă). Cu toate acestea, acest lucru părea neverosimil, deoarece populația fără adăpost din Berlin nu era violentă și nici amenințătoare: berlinezii trăiau într-o lume paralelă, resimțită de toată lumea pentru „urâtul" pe care îl reprezentau, dar ignorată și izolată de restul vieții capitalei.

III. Unul dintre vecinii mei cu acces în curte o făcuse.
Această a treia ipoteză a prezentat alte trei variante:
a. **Un vecin ar fi putut să o facă într-un acces de bună-dispoziție, în stare de ebrietate.**
b. **Un vecin ar fi făcut-o ca o răzbunare împotriva lui EG.**
c. **Un vecin ar fi putut să o facă pentru că (în mod inexplicabil) avea ceva împotriva mea.**

a. De varianta A am făcut abstracție. Ținta era prea sigură pentru cineva care a băut.

b. Părea posibil, având în vedere cât de neprietenoasă fusese EG anterior. De asemenea, era studentă la criminologie, așa că probabil întâlnise multe personaje de rea-credință în linia ei de cercetare. Poate că cineva voia să se răzbune pe ea, pentru că găsise sau pierduse niște dovezi cruciale. M-am gândit, de asemenea, că puțini oameni ar fi observat că se mutase și că o femeie fusese înlocuită cu una ceva mai mare și mai urâtă.

c. Părea puțin probabil, deoarece sunt un vecin foarte bun. Mănânc numai alimente crude și adăugarea de lapte la ceva este cel mai mare act de gătit pe care îl fac – așa că nu sunt niciodată la originea unui miros șocant. De asemenea, nu pun niciodată muzică și, de obicei, mă duc la culcare la ora 10. Chiar dacă mă trezesc devreme, nu dau niciodată cu aspiratorul înainte de o oră respectabilă. S-ar putea să fiu o prietenă proastă, cu o înclinație spre ghosting, și o angajată evazivă, și o iubită dominatoare, dar sunt o vecină bună. De acest lucru sunt încă sigură, în ciuda a tot ceea ce mi s-a întâmplat în Berlin.

3.

Estella

Vremea a început să se încline brusc în direcția primăverii, iar pete verzi îndrăznețe au început să apară și să perturbe monocromia. Încă îmi amintesc de acea primăvara din Berlin, cu mult mai clar decât grămezile de alte primăveri care persistă doar ca o spălătură încețoșată de gunoi de grajd negru și ninsori optimiste. De data aceasta, am urmărit fiecare schimbare în natură cu o atenție tenace. Acest lucru a avut, sunt sigură, prea puțin de-a face cu ceea ce s-a întâmplat în continuare, și mult mai mult cu faptul că eram atât de lipsită de ocupație și că doza excesivă de gramatică sterilă îmi înfometase creierul de plăceri organice.

Am încercat să nu mă gândesc la fereastra spartă în săptămânile următoare, dar somnul meu era superficial, iar nopțile îmi erau pline de vise neliniștite și confuze: într-unul dintre ele, am mâncat supă plină de cioburi de sticlă și am vomitat sânge; în noaptea următoare, am visat că am aruncat o sticlă de vin prin fereastra balerinului. Am început să scrâșnesc din dinți în somn și mă trezeam cu o falcă dureroasă care pocnea de fiecare dată când deschideam gura. Odată ce noutatea poveștii cu cărămida a dispărut și am rămas fără oameni cărora să le spun povestea, am încercat să uit evenimentele neplăcute din prima noapte petrecută în apartamentul lui EG. M-am străduit să mă simt ca acasă și mi-am restabilit rutina îngustă: alergare, cafea, curs, gramatică, culcare devreme, fără să mă abat niciodată. Începea să mi se pară plictisitoare, deși nu mi-a trecut prin cap să ies mai mult, să încerc să-mi fac prieteni sau măcar să-mi găsesc de lucru. În Londra, fusesem chelneriță într-o cafenea de lângă Angel, numită Knights in Black Satin. Era o cafenea bună, cu bariste de carieră, mândre de meseria lor, care puteau simți diferența dintre boabele etiopiene și cele columbiene. Mi-a plăcut să lucrez acolo și am făcut tot ce am putut pentru a mă integra. Îmi plăcea și mă temeam de colegii mei, care erau tatuați și dezinvolți și mult mai mișto decât mine. Am copiat modul în care se îmbrăcau – cămăși supradimensionate, piercinguri în septul nazal, căciuli – și le-am adoptat stilul de viață: lucram în ture agitate și apoi beam în barurile subterane din Dalston până dimineața, atenuând durerea de picioare cu cocktailuri Dark and Stormy și veneam la serviciu încă amețiți de petrecerea din timpul nopții. Am învățat de asemenea să folosesc limbajul particular al oamenilor „de cafea" din al treilea val. Am urmărit videoclipuri despre arta latte și am studiat curbele de extracție a cafeinei. Le-am ținut lecții clienților care comandau „cafele cu lapte foarte fierbinți" despre temperatura optimă de pasteurizare a laptelui (65 de grade Celsius) și am preparat V60 și AeroPress, cu ceremonia sumbră a unui preot care pregătește vinul sacru.

Dar, apoi, într-o seară, am făcut o greșeală. Ieșisem să beau cu unul dintre clienții mei, un norvegian pe nume Stig. Făcea parte din acest grup deosebit de cool de băieți și fete care locuiau în Islington. Purtau Doc Martens și hanorace cu glugă Everlast, cercei cu cerc și ochelari cu rame de sârmă, cultivând o estetică de carte, deșteaptă și de stradă, pe care eu o găseam irezistibilă. Stig era foarte înalt, cu părul ras scurt, blond cenușiu, cu cearcăne întunecate și ochi limpezi și emotivi. Îl cunoșteam din vedere de ceva vreme, dar nu vorbisem decât de câteva ori, despre lucruri banale. Cumva, dezvoltasem o pasiune obsesivă și dureroasă pentru el. Într-o zi, m-a întrebat dacă aș vrea să merg cu el într-un bar. Am băut prea mult și i-am mărturisit obsesia mea: „Încă de când te-am văzut prima dată, Stig, am vrut să se întâmple ceva între noi. Știam că așa va fi, într-o zi." Am sfârșit prin a ne culca împreună, iar în dimineața următoare mi-a adus micul dejun în pat. Când am plecat la serviciu, eram exaltată. Sexul cu Stig îmi oferise zero plăcere fizică – fusese incredibil de grăbit și frenetic – dar noaptea noastră împreună făcuse minuni pentru egoul meu. I-am trimis un mesaj de mulțumire pentru micul dejun, iar el mi-a răspuns imediat:

[11:35:12] Daphne: Mulțumesc pentru cafea și croasant! Să ai o zi frumoasă :)
[11:36:12] Stig: Bună, Daphne. De fapt, am o prietenă și venim la cafea mai târziu. Te rog, fii discretă!

M-am întrebat cum credea că mă voi comporta. Credea că îi voi strecura un bilet cu „Mulțumesc pentru sexul frenetic"? Mi-am petrecut întreaga zi încercând din răsputeri să fiu discretă, dar mă simțeam ca un elefant greoi, vărsând cappuccino, uitând comenzi și transpirând abundent. Stig și prietena lui nu au apărut în acea zi, dar am trăit cu teama constantă că o vor face, astfel că mi-am imaginat umilința de a trebui să le iau comenzile și să mă ocup de ei, aranjând zahărul și șervețelele. Anxietatea a devenit prea mare pentru a mai putea fi suportată și am demisionat fără preaviz în săptămâna următoare. Am lăsat e-mailurile reprobatoare ale șefului meu să se acumuleze în căsuța mea de e-mail și nu am mai vorbit niciodată cu nimeni de la Knights in Black Satin.

De când m-am mutat la Berlin, nu m-am putut hotărî să încerc să-mi găsesc de lucru. Nu aveam nevoie de bani. Aveam părinți iubitori care îmi trimiteau în fiecare lună suficient cât să trăiesc. Îi convinsesem cumva că învățarea limbii germane ar fi foarte bună pentru cariera mea de filosof. (Nu le spusesem despre respingerile de la școlile de master.) Din când în când, eram asaltată de rușine în legătură cu circumstanțele mele: 26 de ani și încă dependentă de părinți, educată costisitor, dar fără succes, nereușind în această etapă crucială să pun piciorul în vreo ușă profesională. Mă gândeam la toți studenții pe care îi cunoșteam de la Oxford și care au fost nevoiți să muncească în timpul studiilor, la prietenii mei care plăteau împrumuturi enorme pentru perioada studenției și la cei care își foloseau primele salarii pentru a contribui la cheltuielile părinților.

Le eram recunoscătoare propriilor mei părinți, care îmi făcuseră întotdeauna viața incredibil de ușoară, dar îi învinovățeam și pentru multe din eșecurile mele. Mă gândeam că incapacitatea mea de a prospera se putea datora privilegiilor mele, pătura de securitate care îmi înăbușea impulsul creativ și îndepărta orice necesitate din viața mea. Nu era nimic din ceea ce trebuia să fac. Colegii mei de la Black Satin erau mult mai independenți și mai bine adaptați decât mine, în ciuda faptului că se clătinau constant pe marginea dezastrului financiar. Eu mă prefăceam că mă aflu în aceeași situație ca și ei și mă simțeam mereu ca un impostor. Mă prefăceam că îmi pasă când șeful nostru ne scădea din salariu prețul ceștilor sparte sau nu ne plătea la timp. Dar pentru mine nu făcea nicio diferență. Nu aveam cu adevărat nevoie de bani.

Dar aceste gânduri de autocompătimire, de genul „privilegiul meu este o povară", aveau să dispară destul de curând, mai ales că nimeni dintre cei pe care îi cunoșteam în Berlin, în afară de venezueleni, nu părea să facă vreo muncă. Kat nu lucra. Katya era chelneriță la un bar de espresso, dar numai zece ore pe săptămână. Toți studenții de la cursul meu de limbi străine fie lucrau „pe cont propriu", fie primeau indemnizații de șomaj, fie făceau la fel ca mine, trăind pe ascuns de pe urma părinților lor, rămânând vagi în privința sursei de venit. Această trândăvie era un fenomen la nivelul întregului oraș și făcea parte din țesătura socială ciudată și dezorientată a Berlinului. Weekendurile și celelalte zile aveau cam aceeași textură, deoarece străzile erau întotdeauna pline de oameni care nu aveau unde să fie și nu prea aveau ce să facă. Oamenii nu discutau despre munca lor, sau lipsa ei, deoarece atât cei bogați, cât și cei săraci se temeau să nu fie descoperiți. Dacă cineva mă întreba ce fac, mințeam și spuneam că lucram ca „au pair" pentru o familie franceză sau că eram la un program de doctorat finanțat pentru a cerceta influența lui Schopenhauer asupra lui Wittgenstein. Acest lucru închidea de obicei orice alte întrebări.

Singura schimbare majoră în rutina mea din acea primăvară a fost că am încetat să mai iau U-Bahn-ul și am început să merg cu bicicleta pe care EG mă încurajase să o folosesc. Era mult prea mică pentru mine, iar când mă înfășuram pe ea, arătam ca un tătic cu picioare lungi și fărâmițate. Cu toate acestea, am început să pedalez prin parcul Hasenheide spre ora de germană, iar crengile de deasupra mea păreau ca niște pumni strânși care se relaxau în văzduh, iar mugurii frunzelor se desfăceau pentru a umbri lumina. Gambienii abandonaseră tufișurile, care acum pulsau dens de ciripitul electric al vrăbiuțelor. Bărbații mi-au ieșit în cale, au încercat să-mi atragă atenția, dar am răspuns la incitarea lor blândă - „Ești bine, prieteno? Ai nevoie de ceva?" - cu zâmbetul detașat și binevoitor al lui Buddha. Dealurile dintre Hermannplatz și Boddinstraße erau prea abrupte pentru mine, așa încât, cu nonșalanță, urcam dealul cu bicicleta, ținându-mă cu o mână de ghidon, în timp ce cu cealaltă îmi apăsam telefonul pe obraz și mă prefăceam că sunt absorbită de conversație, scoțând sunete cu iz vag germanic. Apoi parcam bicicleta în fața școlii de limbi străine și ștergeam de pe ecran pata de fond de ten bej și transpirație. Stăteam mereu în același loc, între rusoaica Katya și profesoară. Întotdeauna aduceam cu mine un termos mare cu Nescafé, iar noi două îl împărțeam, turnând fără cuvinte cești una pentru cealaltă, negociind din priviri, nu, nu, nu, termină tu, ultima e pentru tine.

Toate acestea dau totuși o impresie teribilă. Eu nu eram chiar atât de lipsită de companie. Deși, propriu-zis, acel început de primăvară a fost un spectacol solitar, bărbații au intrat inevitabil pe orbita vieții mele. Și asta nu pentru că sunt o frumusețe - deși am glezne frumoase și un colorist scump - ci pentru că sunt atât de strălucită în a spune prostii, încât pot sufla aer în cel mai sfânt dintre orgolii. Nu fac acest lucru pentru că îmi doresc acest gen de oameni în jurul meu – în principal, îmi place să fiu lăsată în pace – ci pentru că sufletul meu este foarte agil, când vine vorba de a conjura entuziasmul pentru mediocritate. Cred că dintre toate părțile de luat în considerare, aceasta este una dintre cele mai bune calități ale mele.

Ideea este că erau bărbați prin preajmă, iar unul dintre ei se numea Callum, un tip din Glasgow pe care îl cunoscusem într-o zi la Karma Rösterei. Din punct de vedere fizic, Callum era perfect. Era înalt și destul de greu pentru a mă face să mă simt feminină, dar nu semăna deloc cu acei bărbați care pompează fier și care arată ca niște vite modificate genetic. Avea tatuaje geometrice pe bicepși și păr lung, blond-auriu. Își îngrijea mușchii, sprâncenele și hainele, dar tot arăta cumva nonșalant și foarte masculin.

Lăsați aceste declarații să atârne ca o folie de acoperire și justificare pentru toate lucrurile oribile pe care urmează să le spun despre el. Nu-mi plac întrebările retorice, așa că voi afirma doar că este un mister pentru mine că un bărbat pe care nu-l plac este atras de mine și mă transformă în Estella din *Marile Speranțe*:

Estella: „Sunt frumoasă?"
Pip: „Da, cred că ești foarte drăguță."
Estella: „Într-un mod ofensator?"
Pip: „Nu atât de mult ca data trecută."
Estella: „Nu atât de mult?"
Pip: „Nu."

S-a aprins când a pus ultima întrebare și m-a plesnit peste față cu toată puterea de care dădea dovadă, când i-am răspuns.

„Acum", a spus ea. „Monstru mic și grosolan, ce părere ai despre mine acum?"

De asemenea, este destul de ironic faptul că, în aceste situații, personajul Estella iese la iveală în mine, deoarece, ca să fiu sinceră, în adâncul sufletului meu, sunt copleșitor de Pip. Sunt mereu nenorocită și mă plâng, sunt romantică și am inima frântă. Încă tânjesc după dragostea mea din universitate, Sebastián, un băiat frumos, foarte frumos, din Columbia. Chiar și după trei ani și jumătate de tăcere din partea lui, după ce e-mailurile mele au rămas în mare parte fără răspuns și după un e-mail foarte categoric, în care a scris:

> „Daphne - îți mulțumesc pentru e-mailul tău și îmi cer scuze că mi-a luat atât de mult timp să-ți răspund. Au fost două luni destul de nebunești. Nu este vorba că nu țin la tine - țin, dar, ca să fiu complet sincer, când mă gândesc la timpul petrecut împreună, e ca și cum aș încerca să-mi amintesc un vis urât. Nu înțeleg persoana care am fost în acea perioadă, iar întreaga noastră relație este asociată cu atât de multe lucruri pe care mi-aș dori să le pot uita. Îmi imaginez că și tu simți ceva asemănător.[10] Îți doresc tot binele, dar cred că ar fi mai bine să nu mai comunicăm."

Dar uneori sunt Estella. Mă simt ușurată că am capacitatea de a fi atât de tăioasă și de crudă. Nu că aș crede că sunt prea bună, dar îmi fac griji că sunt slabă.

10 Nu, nu am simțit deloc la fel, dar bineînțeles că am scris: „Da, da, simt la fel!"

Callum a venit într-o zi, cam în aceeași perioadă în care sparanghelul alb a început să apară în supermarketuri. M-am bucurat să-l văd, pentru că era britanic și am putut vorbi fără să fiu nevoită să repet ce să spun, înainte de a deschide gura. A fost plăcut să iau o pauză de la limba germană. Clasa mea de germană avea un pact, acela de a nu înceta niciodată de a folosi limba și deși venezuelenii au încălcat regulile cu mine, spaniola mea nu reușește să adune decât culorile și numele fructelor, și propoziții simplu, cum ar fi: „Nu-l iubesc acum, dar mi-e dor de el."

Chiar dacă nu eram interesată de Callum din punct de vedere romantic, am făcut instinctiv ceea ce fac atunci când vin „băieții" la mine. M-am machiat, dar nu prea mult. O parte esențială a farmecului meu se baza pe faptul că dădeam iluzia că eram o „frumusețe naturală". Mă prefăceam că sunt una din acele fete „relaxate", cărora nu le păsa de aspectul lor. Dar, în secret, erau puține lucruri la care țineam mai mult. Eram jenată de tezaurul meu enorm de produse cosmetice. Corectorul meu, de culoarea celulelor moarte ale pielii, se scursese în trusa de toaletă, pe care o păstram într-o stare atât de murdară și de solzoasă, încât probabil că în ea se aflau colonii floride de acnee. Am ascuns-o sub pat și am făcut ordine, dar nu prea multă. Am lăsat lucrurile la o parte pentru a face să pară că băiatul în cauză era doar un gând secundar, deoarece aveam o viață foarte plină.

Am umplut ceainicul, deoarece Callum nu bea, ceea ce teoretic nu mă deranjează sau, cel puțin, mă prefac că nu mă deranjează, pentru că ce fel de persoană s-ar supăra pe cineva care nu bea. Dar, de fapt, mă deranjează, pentru că mă îndoiesc că oamenii care nu beau știu cu adevărat să se bucure de lucruri. Desigur, nu pot să fiu sigură de acest lucru și nici nu pot afirma că știu să mă bucur de lucruri. Dar o persoană care se simte scăpată de sub control în preajma alcoolului s-ar putea să nu fie cea mai bună în a-și gestiona propriile plăceri, iar asta mă lasă foarte puțin convinsă că îmi va permite să mă bucur de plăcere eu însămi, darămite să mi-o ofere.

A sosit și a cerut un ceai fără cofeină și am vorbit despre cărți. Nu citise nici *Istoria secretă*, nici *Clopotul de sticlă* și am observat că unghiile lui erau în formă de semilună și pline de pete albe. La un moment dat, a luat exemplarul meu din *Muntele vrăjit*, mi l-a fluturat în față și a strigat că cea mai mare teamă a lui era „să nu fie capabil să producă una din astea"! Mi-a povestit cu lux de amănunte despre intriga primului său roman. Era o idee originală despre un grup de femei însărcinate care protestează împotriva schimbărilor climatice, prin transmiterea în direct a unor avorturi în stadiu avansat, povestită din punctul de vedere al viitorilor tați. A vorbit despre diferite finaluri posibile și apoi a relatat pe larg despre alte scrieri și aspirații pe care le avea. S-ar putea să fie un scriitor bun într-o bună zi, ar putea chiar să producă ceva de genul „Fight Club" sau „American Psycho" și să stârnească multă admirație din partea criticilor bărbați. Dar orice viitor literar strălucit îl aștepta nu compensa lipsa totală de curiozitate față de mine. Nu că m-aș fi plâns. Pe dinăuntru eram Estella, plină de dispreț clocotitor, dar, în afară, doar zâmbeam pudic și îl încurajam: „Sună grozav! Și apoi ce se întâmplă?"

A rămas peste noapte, pentru că era foarte târziu și locuia departe. La ora 2 ne-am schimbat în pijamale - i-am împrumutat o pereche pe care o furasem de la balerin - și ne-am spălat pe dinți. Asta m-a liniștit, fiind pe aceeași pagină platonică, pentru că igiena personală nu este, după părerea mea, un preludiu la ceva erotic. Ne-am băgat în pat și ne-am întins unul lângă altul sub pătură, iar eu nu am simțit nimic. Ei bine, de fapt aveam o durere de stomac îngrozitoare, dpentru că mâncasem atâția morcovi cruzi și țelină cu muștar și sriracha, înainte de a ajunge el și, bineînțeles, nu mă puteam simți confortabil pentru că el era acolo. M-a întrebat despre muzica slabă care venea de la parter și i-am spus că era doar vecinul și că abia dacă o mai observam. Mă durea stomacul și simțeam că s-ar putea să mi se facă rău, îmi era prea cald, dar aveam pielea înghețată. Eram prezentă, dar, cu siguranță, o companie neplăcută.

Simțeam cum fiecare particulă din spațiul dintre noi freamăta în așteptare, dar nu mă simțeam bine și delicioasă în felul în care te poți simți, atunci când vrei să se întâmple ceva, acea acuitate precisă a magneților care pocnesc sau a foarfecilor care ciupesc. La un moment dat, și-a pus brațul peste umărul meu și nu am putut suporta cum timpul se scurgea. Nu trăgeam perdelele și mă tot uitam la fereastră, așteptând să se spargă. Stăteam amândoi, acolo, în tăcere deplină, prefăcându-ne că dormim, și chiar am fost uimită de adâncimile în care mă afundasem din nou, stând în pat, primăvara, în Berlin, cu un băiat pe care nu-l plăceam, fără să pot dormi și fără să spun un singur lucru sincer.

Dimineața a apărut în cele din urmă, dar eu nu am vrut atât de mult să mă trezesc, până când nu mi-am dat seama că nu mai trebuia să mă prefac că dorm. Callum era și el treaz, iar eu i-am pus o întrebare la care știam deja răspunsul, dacă a dormit bine, iar el a mințit și a spus că da. Am pregătit cafeaua pe aragaz cu boabe etiopiene care miros a pâine prăjită cu unt. Întotdeauna mi-a plăcut cum scuipă Bialetti și îmi place cum îmi pregătesc cafeaua. Este un lucru atât de inconfundabil de normal. Callum a amestecat lichidul dens și a vorbit foarte puțin, în timp ce eu spălam și fărâmițam discul de zaț de cafea în mâinile mele. Am făcut un duș - tensiunea din timpul nopții îmi dăduse un miros destul de ciudat. Am privit cum apa scârboasă și săpunită îmi urca până la glezne, destul de conștientă că nici Callum nu începuse să se îmbrace alături. Era doar 7, iar ora de germană nu începea decât la 9, dar l-am grăbit și m-am prefăcut că trebuie să plec. El s-a îndreptat spre U-Bahn, iar eu am mers în direcția opusă și m-am ascuns lângă o ușă de după colțul străzii. Abia după ce am fost sigură că a plecat, m-am grăbit spre casă, simțindu-mă ca o supraviețuitoare, trecând pe lângă un bărbat în scara blocului, despre care am presupus, pe bună dreptate, că trebuie să fie vecinul de la parter, cel cu muzica heavy metal. Apartamentul lui era la parter, iar ferestrele dădeau spre curte. Nu-l mai văzusem niciodată, pentru că își înfășurase prosoape albastre și gri peste ferestre și nu părea să le mute niciodată. Nu a răspuns când i-am spus „Gutten Morgen", ci s-a uitat nepăsător la mine. M-am grăbit să urc scările și l-am urât pe Callum, pentru că se amesteca în rutina mea de dimineață. Mi-am dat cu fond de ten sub ochi și pe petele de lângă linia părului și am plecat la cursuri.

Dar asta a fost doar o singură noapte, desigur, iar primăvara a devenit apăsătoare și lucrurile ceva mai expansive. Am învățat să las sticlele pe stradă pentru ca oamenii străzii să le colecteze, în loc să le arunc în tomberoanele pentru sticle. La mijlocul lunii aprilie, am sărit un nivel la germană - am sărit de la A1.1 la A2.1 - și i-am lăsat în urmă pe Katya rusoaica și pe venezuelenii Catalina și Luis. Kat a venit cu mine - germana ei era chiar mai bună decât a mea - dar, în afară de ea, toți studenții erau noi. Ne-am petrecut prima oră făcând exerciții de *kennenlernen:* „Ich bin Daphne, ich bin sechsundzwanzig Jahre alt, meine Eltern sind Franzosen und ich habe einen Bruder. Ich bin in London geboren und aufgewachsen. Ich habe Philosophie in Oxford studiert." (Mă numesc Daphne și am 26 de ani. Părinții mei sunt francezi, iar eu am un frate. M-am născut și am crescut în Londra. Am studiat filosofia la Oxford.) Am început cu cazul genitiv și am învățat cum să folosim litera S pentru a înșira cuvinte și a forma substantive compuse elefantice, preferatul meu fiind *Gewissensbisse*, mușcături ale conștiinței. Câteva săptămâni mai târziu, unul dintre noii mei colegi de clasă, Gabriel, ne-a invitat pe Kat și pe mine la o petrecere. Gabriel mi-a plăcut foarte mult. Purta pulovere mari și frumoase din Patagonia și avea tenul cafeniu, ochii albastru-deschis, pielea măslinie și bucle moi de aceeași culoare, dar înfiletate cu auriu. Fusese pilot în forțele aeriene israeliene, dar dintre hoardele de oameni angoasați care se urăsc pe ei înșiși și pe care îi cunosc era înviorător de sigur și de iubitor de sine. Studia pentru a deveni regizor de film. La petreceri, mergea din grup în grup pentru a se asigura că toată lumea era suficient de hrănită, la fel de binevoitor și generos ca un bondar. Mi-a oferit pâine și humus, despre care mi-a spus că fuseseră făcute de prietena lui, Nina. (Știu, și eu am fost dezamăgită.)

În afară de Gabriel, petrecerea a fost lipsită de farmec, plină de prea mulți oameni cool, prea cool, ca să mănânce humusul lui de casă, dar și de câinele imens și împuțit al vecinului care alerga de colo-colo, băgându-și botul în picioarele tuturor.

Kat a ajuns târziu. Era greu să te uiți la ea și greu să nu o privești. Era rafinată și captivantă, într-un mod în care eu nu voi fi niciodată. Arăt bine, sunt atrăgătoare pentru unii, dar nu am o frumusețe atât de răpitoare. Își purta părul desfăcut, iar acesta părea mai deschis, de parcă îl spălase pentru prima dată în ultimele săptămâni. Era exact nuanța de blond pe care coloristul meu de păr încearcă să mi-o sintetizeze. Purta un tricou negru pe post de minirochie. Era în picioarele goale, cu cizme negre cu crampoane și ochii machiați cu pricepere. S-a îndreptat spre masa de băuturi și a început să-și prepare singură un cocktail cu aspect complicat. Am simțit că toată lumea o observa - mici pauze în conversație, priviri zâmbitoare peste umeri - dar ea părea să nu fie conștientă de efectul pe care îl producea; sau era atât de obișnuită cu el, încât abia îi stârnea mândria. M-am dus să-mi mai torn o băutură, iar ea a părut ușurată să mă vadă: „Bine, Daphne, mulțumesc, la naiba, nu cunosc pe niciunul dintre oamenii ăștia. Ce mai faci? Ai mâncat ceva? Stai lângă mine, te rog?!" Am condus-o spre grupul lui Gabriel, dar abia dacă l-a salutat, iar ceilalți - niște francezi - au ignorat-o cu atenție. Erau exact genul de bărbați care se străduiesc să ignore femeile frumoase. Știau că nu aveau nicio șansă cu ea și se prefăceau că nu sunt interesați, concentrându-și în schimb energiile asupra unor fete mai accesibile, ca mine.

– De unde ești? m-a întrebat unul dintre ei.

– Părinții mei sunt din Franța, dar am crescut în Londra.

– Oh, deci vorbești franceza?

– Nu! am mințit eu.

Kat s-a uitat la mine curioasă - știa că vorbesc franceza. Dar nu m-a contrazis. Nu am răsplătit însă spectacolul ei de complicitate, căci la scurt timp după aceea am plecat, în timp ce ea era la toaletă. Nu-mi plăcuse prima mea petrecere din Berlin. Pe drumul de întoarcere, am trecut pentru prima dată pe lângă Tempelhofer Feld. Tempelhofer a fost cândva un aeroport: terminalul curbat a fost proiectat de arhitectul favorit al lui Hitler, Albert Speer, dar în urmă cu zece ani traficul aerian a fost mutat spre sud, la Schönefeld, iar grădinarii, patinatorii și alergătorii au recuperat locul. În acea seară era cald, așa că parcul era plin de grupuri de prieteni care aprindeau grătare de primăvară timpurie și de cupluri răsucite în pături. M-am simțit plină de un fel de speranță ilicită, fiind martora unor astfel de plăceri la scară umană care se desfășurau pe un loc proiectat pentru Mașini, Industrie și Război. Tempelhofer Feld încă arată ca un aeroport; pistele sunt intacte, cu panouri învechite care avertizează asupra pericolelor pe care le reprezintă apropierea avioanelor. Linia orizontului este neîntreruptă de copaci. Mi-am pus bicicleta pe pământ și mi-am scos telefonul. Am privit cum Soarele coboară cu încetinitorul. Geamurile clădirii terminalului străluceau, ca și cum ar fi luat foc, luminile de ghidare ale pistelor de aterizare se aprindeau, pe măsură ce lumina se stingea. Am făcut o poză și am setat-o ca screensaver, înlocuind-o pe cea a lui Pringle, cea cu pisoiul pe care îl adoptasem la Londra. M-am întors acasă cu bicicleta și m-am băgat în pat, dar nu am putut să dorm. Mi-era foame. În frigider nu aveam nimic din ceea ce îmi plăcea cu adevărat să mănânc, iar dulapurile erau intenționat goale, pentru că Daphne de zi știe că hotărârea lui Daphne de noapte este slabă. Din când în când, Daphne de zi își arunca cătușele și eu aveam un fel de festin la miezul nopții. În acea noapte, am mâncat din acel iaurt ciudat, gros și bogat în proteine, pe care îl au nemții, numit *quark*, cu ștevie și morcovi, și am dormit câteva ore.

În dimineața următoare, m-am trezit devreme și am traversat în fugă parcul Hasenheide, dar abia dacă am acordat atenție parcului și paznicilor mei gambieni, îndreptându-mă spre plăcerile grandioase ale noii mele descoperiri, Tempelhofer Feld. Îl aveam numai pentru mine. Cerul se profila jos și aproape, un minunat albastru dens deasupra mea, slăbind în alb, de-a lungul orizontului. Am făcut bucle de alergare în jurul circumferinței și apoi am coborât pe pista centrală. În partea de vest a circuitului, aerul mirosea a brioșe, a gem de caise și a cafea care, am aflat mai târziu, provenea de la fabrica de biscuiți Leibniz din afara parcului.

4.

Richard Grausam

Ceea ce am scris în capitolul anterior nu este în totalitate adevărat. Părțile despre Callum, petrecerea și ospățul de la miezul nopții sunt adevărate, dar am omis cea mai importantă parte a serii. În drum spre casă de la Gabriel, am dat peste Richard Grausam, care se întorcea singur acasă de la Tempelhofer Feld. Am vrut să șterg din narațiunea mea un personaj cât se poate de rușinos. Dar dacă nu pot să fiu sinceră în scris, când voi fi cu adevărat sinceră?

La câteva zile după ce au venit să repare geamul, Gabriel m-a invitat să particip la un „atelier de filosofie" care se ținea la studioul de yoga al prietenei lui, Nina. Eram circumspectă atât în privința mulțimii – filosofi, maniaci pesimiști –, cât și a locului de desfășurare, dar m-am dus. Richard Grausam era conducătorul seminarului. Era atrăgător, presupun, pentru unele femei mai apropiate de vârsta lui, pe care mi-am imaginat-o în jur de 40 de ani, deși părea, în retrospectivă, mult mai în vârstă. Ne-a împărțit în grupuri și ne-a repartizat diferite teme filosofice pe care să le discutăm. A mea și a lui Gabriel a fost despre social-media și „sine". Gabriel era prea timid să vorbească în fața grupului, așa că eu am scos la iveală niște concepte amețitoare de la licența mea și am discutat despre eseul lui Heidegger, intitulat „Întrebarea despre tehnologie".

Ceilalți participanți la seminar - în principal, bărbați albi, cu piercinguri în septul nazal, părul în codițe și pantaloni largi - nu au fost deosebit de încântați de prestanța mea, dar conducătorul seminarului a fost și mi-a dat cartea lui de vizită pentru a-i putea trimite eseul lui Heidegger în întregime.

Am intitulat e-mailul „Sufletele noastre automatizate" (ceea ce este poetic, nu cochet), iar el mi-a răspuns imediat, spunându-mi cât de „încordat l-a făcut să se simtă e-mailul meu" și mi-a spus că ar vrea să ne întâlnim pentru ca eu să-i împărtășesc cunoștințele mele de filosofie a tehnicii, chiar m-a rugat. Nu-mi amintesc schimbul nostru de replici și nu pot prezenta vreunul dintre e-mailurile sale ca dovadă, pentru că le-am șters, eliminându-l din biografia mea digitală. Așadar, va trebui să mă bazez doar pe memorie. Această parte a poveștii nu va fi prelungită. Nu va exista vreo schiță a feței sale sau o descriere a felului de mâncare pe care l-a consumat și nici nu voi transmite conversația. Îmi amintesc însă că am crezut sincer că dorea să vorbească despre filosofie, așa că mi-am petrecut câteva ore revăzându-mi notițele despre *Întrebarea despre tehnologie* a lui Heidegger pentru a mă asigura că pot fi cu adevărat de ajutor. În ciuda interesului său declarat pentru creierul meu însă, nu mi-a pus niciodată, dar niciodată vreo întrebare despre mine sau ce părere am despre critica lui Heidegger. Iar eu i-am ascultat monologurile cu un entuziasm nedisimulat și cu o implicare autentică. Unde dispăruse Estella din mine?

Cel mai bun lucru la el a fost entuziasmul său pentru primăvară și faptul că mi-a făcut cunoștință cu două lucruri pe care le iubesc foarte mult: Hans Fallada și *saure Zwiebeln* - un fel de ceapă murată. Cel mai rău lucru la el a fost altceva. În ciuda diferenței de vârstă dintre noi, nu a cheltuit un cent pentru mine, ba chiar a refuzat să dea sticlele celor fără adăpost, ducându-le el însuși la centrul de colectare și punând în buzunar cei 25 de cenți, pentru a-i cheltui pe cheeseburgeri cu chili de la Burgermeister, de lângă Kotti, cu extra ceapă, *bitte*. A fost profesor suplinitor de yoga. Era adeptul teoriei conspirației și evita WhatsApp, deoarece era teribil de paranoic în ceea ce privește viața privată. (În principal, bărbații sunt cei îngrijorați în mod narcisist de această problemă, care își pun bandă adezivă peste lentila camerei lor web - ca și cum acești bărbați ar interesa pe cineva.) Când a aflat că am fost la Oxford, s-a speriat și a început să mă întrebe despre Societăți secrete și francmasonerie, iar când am glumit că sunt membru de rang înalt al lojii, a dat dovadă de lipsa de umor care îi caracterizează chiar și pe cei mai buni bărbați germani pe care îi cunosc - m-a luat foarte în serios și părea destul de neliniștit. El credea, așa cum fac mulți bărbați intelectuali, că a semnala neîncetat tot ceea ce este rău în lume este suficient pentru a fi bine.

Cu toate acestea, l-am sărutat și am petrecut câteva ore în compania lui, o oglindă woolfiană pasivă, de la podea până la tavan[11] Sărutările lui erau oribile. De atunci, le visez. Maxilarul lui a pocnit de tensiune. Părea că vrea să-mi sugă sufletul și tinerețea prin gura mea. Dar, vedeți, era foarte, foarte bun la germană - fiind complet german -

11 Virginia Woolf, în „A Room of One's Own", scrie: „Femeile au servit în toate aceste secole ca niște ochelari de vedere, care posedă puterea magică și delicioasă de a reflecta figura bărbatului de două ori mai mare decât dimensiunea sa naturală."

și fusese cândva un jucător de handbal semiprofesionist, venea din Leipzig, iar toate acestea au conlucrat cumva pentru a mă impresiona.

Aversiunea mea față de el mi-a depășit foarte repede singurătatea. I-am spus că nu mai vreau să-l văd, dar el insista că îl înțelesesem greșit și că ar trebui să vorbim mai mult despre asta data următoare când ne vom întâlni, pentru că îi datoram mai multe explicații - să zicem, mâine? La început, nu puteam să înțeleg ce se întâmpla și nici de ce era atât de ineficientă încercarea mea de a-mi cere scuze și de a mă opri și, în cele din urmă, de a mă lăsa în pace, te rog, te rog, cu disperare. Apoi, când mi-am dat seama că era de fapt destul de inteligent, pentru că folosea cuvintele într-o manieră atentă, care dădea mereu impresia că îmi răspundea, dar de fapt îmi ignora replicile și citea din propriul scenariu mult repetat, care provenea dintr-o poveste în care el obține întotdeauna, dar întotdeauna, ceea ce își dorea, am început să fiu cu adevărat speriată și i-am spus: „Asta începe să mă sperie, te rog să-mi respecți dreptul de a nu te mai vedea, te rog să încetezi orice contact cu mine", la care el a răspuns: „Ce e în neregulă cu tine, ce droguri ai luat?" Nu crezi că îmi datorezi mai multe explicații, ne întâlnim mâine să discutăm despre asta?" La început, am continuat să răspund, încercând să mă impun din ce în ce mai ferm, dar fără vreun efect. După o lună de du-te-vino, neliniștea mea profundă a început să se transforme în frică lividă, iar într-o după-amiază fierbinte, m-am așezat într-o celulă de lumină în apartamentul meu inundat de Soare și m-am adresat lui Google, căutând „ce se consideră hărțuire", „cum să faci pe cineva să te lase în pace pentru totdeauna" și am descoperit o carte numită *Stalkers: A Survivor's Guide* (Ghidul supraviețuitorului) de Santiago Álvarez. În primul capitol, el scrie:

> „În fiecare zi, de fiecare dată când întâlnești pe cineva nou, ești chemat să iei decizii - poți avea cu adevărat încredere în acest angajator, angajat, profesor, taximetrist, prieten, iubit? Oricât de mult ai spera ca această întrebare să revină poliției, portarului, șefului tău - decizia și responsabilitatea de a te menține în siguranță îți aparțin doar ție. Nimeni nu are acces la singura putere care te poate proteja cu adevărat de violență și care îți poate spune cine îți merită încrederea: intuiția ta."

Intuiția mea despre Richard Grausam a fost și, de fapt, încă mai este, că el conținea potențialul unei violențe reale sub o suprafață foarte subțire de eco-post-proto-dreptățire de stânga. Am continuat cu textul lui Santiago Álvarez și l-am recunoscut pe Grausam în lista „celor mai mari semne revelatoare că un om este periculos": nu acceptă un refuz (bifat), nu are prieteni personali apropiați (bifat), îți neagă realitatea sau susține că delirezi (bifat), este narcisist (bifat), te controlează (bifat).

În capitolul al doilea, Álvarez spune că cel mai bun mod de a face față hărțuitorilor este să-i ignori. În ciuda impulsului de a face ceva dramatic, ca răspuns la amenințări și la hărțuire, cel mai bine este să nu răspunzi.

Am încetat să mai citesc avalanșa de e-mailuri și de mesaje pe care a continuat să le trimită. În următoarele câteva luni, m-a sunat de cel puțin patru ori pe săptămână, o dată păcălindu-mă să răspund la un număr privat. Eram tentată să îi răspund la mesaje, aveam fantezii despre răzbunare și despre cruzimea rece de care nu am fost niciodată capabilă. Am redactat chiar și e-mailul perfect de răzbunare, care nu includea nimic, în afară de numele unei cunoscute firme de avocatură din Berlin, o captură de ecran a tuturor e-mailurilor și a mesajelor sale nebunești ca atașament PDF și replica: dacă nu mă lași în pace, te dau în judecată. Acest e-mail încă se află în folderul meu de drafturi, pregătit. Am continuat să urmez sfatul lui Álvarez. Nici până în ziua de azi nu răspund la numere necunoscute, iar el continuă să-mi trimită ocazional e-mailuri, pe care le șterg din dosarul de spam, pentru a nu fi niciodată tentată să le citesc pentru o doză de adrenalină. În noaptea petrecerii lui Gabriel, m-am îndepărtat de el pe bicicletă cât de repede am putut. El era pe jos și a încercat să alerge alături de mine pentru a ține pasul. Arăta ridicol, alergând în blugi și geacă de piele, dar eu eram speriată, nefiind foarte sigură de ce era capabil. Era surprinzător de rapid, dar l-am lăsat repede în urmă. L-am auzit strigând „Mi-e dor de tine!" cu o voce tristă, frântă, apoi pașii lui s-au îndepărtat. Am lăsat în urmă Tempelhofer Feld și am traversat parcul Hasenheide, fără să pot respira. M-am dat jos de pe bicicletă și m-am așezat pe o bancă lângă cel mai zâmbitor dealer gambian. Mi-am dus mâna la piept, verificând dacă inima mea încă mai bătea. Mă simțeam amețită, înghețând în lumina Soarelui care se stingea, degetele îmi erau amorțite și eram îngrozită că inima mea s-ar putea opri. „Totul este în regulă, prietenо?" m-a întrebat el. Iar eu m-am întrebat dacă știe cumva să facă resuscitare cardio-respiratorie.

5.

Prieteni noi și iubiri vechi

Pe la începutul lunii mai, am început să-mi fac prieteni adevărați. Am început să mă întâlnesc cu Gabriel, la câteva zile, iar barmanul de la Karma Rösterei - un roșcat cu tatuaje cu păianjeni pe degete - mi-a învățat în sfârșit numele. Am descoperit un grup de alergare pe Meetup.com și m-am trezit devreme într-o zi de sâmbătă pentru a ne întâlni la Grunewald, locul de unde 50.000 de evrei au fost deportați în lagărele de exterminare. Ceilalți alergători erau doi bărbați. Acesta este exact genul de scenariu despre care aud deseori în podcasturile despre crime și mă gândesc: „Ei bine, mie nu mi s-ar putea întâmpla niciodată așa ceva." Niciodată nu aș aranja să mă întâlnesc cu doi bărbați adulți, pe care i-am cunoscut pe un forum, într-o pădure izolată, într-o țară străină.

Imediat ce am ajuns, însă, mi-am dat seama că nu erau deloc o amenințare. Ollie era înalt, avea în jur de 40 de ani și un accent din Essex așa că în loc de nume spunea *nayyyyme*. Toate trăsăturile lui erau nepotrivite, dar zâmbetul și ochii lui albaștri și rotunzi inspirau încredere. Își cocoșa umerii și își întorcea piciorul stâng spre interior atunci când alerga și purta pantofi cu aspect butucănos din cauza picioarelor plate. Cu toate acestea, alerga foarte repede. Evan era din Arizona, cu părul mătăsos și ochii de culoare căprui-închis. Corpul lui nu părea să se miște în timp ce alerga, picioarele abia se ridicau de pe pământ, fără efort, ca o fregată ce se îndepărtează de coastă. Nu-mi amintesc ce le-am spus despre mine. Am pierdut urma minciunilor pe care le spusesem despre cum îmi câștigam existența în Berlin. Variantele despre slujba de *au pair* și poveștile despre doctoratul în filosofie au devenit atât de confuze, încât, în cele din urmă, m-am referit în mod oblic la „munca mea", ori de câte ori cineva mă întreba. Oricum, nu vorbeam prea mult, pentru că drumul era nisipos și în pantă și trebuia să ne luptăm pentru a respira.

Am mers cu S-Bahn-ul până la stația Jannowitzbrücke, apoi am trecut la U-Bahn, care este, de fapt, o tranziție de la rai la iad. S-Bahn-ul este suprateran și este încălzit iarna. Scaunele sunt aranjate în compartimente mici, un anacronism în care se poate concepe o întâlnire de tipul „Strangers on a Train". U-Bahn-ul este subteran și amintește mai mult de atmosfera din „Midnight Express", slab luminat, cu scaune, cu modele din plastic. Este plin de dependenți de heroină cu mâinile umflate, care se plimbă pe coridoarele zornăitoare pe pasarela celor condamnați.

Treceam pe lângă Der Kaninchenbau, un bar infam, deschis 24 de ore, aflat la câteva minute de casă, când l-am văzut pe Sebastián, prietenul meu de la universitate. La început, am fost sigură că trebuie să fie doar un miraj. Am avut nenumărate întâlniri false cu el în tot felul de locuri improbabile. Dar apoi, în loc să se diminueze, pe măsură ce mă apropiam, asemănarea a devenit din ce în ce mai clară, până când neclaritatea s-a rezolvat de la sine, iar el era la cinci metri distanță și era în mod clar el. Păr șaten dezordonat, nas roman puternic, frunte lată. Și o barbă![12] Se îndrepta spre mine, vorbind cu o fată care mergea pe bicicletă. Vorbea tare și deși nu puteam să înțeleg ce spunea am fost mulțumită să aud că vorbeau în engleză. Era clar că nu era integrat în viața berlineză, dacă avea o prietenă străină. Nu-mi amintesc cum arăta, dar dacă ar fi fost deosebit de frumoasă mi-aș fi amintit. I-am strigat numele, din reflex, fără să mă gândesc. El nu m-a auzit, iar instinctul meu de supraviețuire a intrat în acțiune. M-am strecurat în Der Kaninchenbau și au trecut fără să se uite în direcția mea.

În interiorul barului, toți fumau țigări, transpirau și scrâșneau din dinți. Barmanul era o femeie cu un văl întunecat de fond de ten și ochi albaștri ca de macrou. A arătat cu degetul spre pantofii mei de alergare, aprobatoare. „Atât de sănătos!" Mi-am sorbit ceaiul și l-am căutat pe Sebastián pe Facebook. Nu eram prieteni, dar setările sale de confidențialitate erau slabe, așa că am putut vedea că, da, locuia în Berlin! Ei bine, asta nu a fost o surpriză. Era un hipster, vorbea germana și îmi spusese de mai multe ori că își dorea să se mute la Berlin după absolvire. Mă așteptam să mă întâlnesc cu el, poate chiar speram să se întâmple.

Înainte de a mă deconecta din nou, am răsfoit cronologia lui. Era în primul an de doctorat în economie, la Freie Universität din Berlin. Îl văzusem în Tempelhofer Feld, la Poarta Brandenburg, și văzusem o mulțime de poze cu el împreună cu o americancă pe nume Emilia. Am văzut o fotografie cu ei împreună, în Medellín. Eram disperată să mă duc acolo, dar el nu mă invitase nicioda-

---

12 Sebastián a vrut să aibă barbă atunci când eram la universitate, dar la vremea respectivă nu a putut produce decât o perdea subțire de fire de păr.

tă. Ea era mai urâtă decât mine. Nici măcar nu sunt mulțumită de asta. E doar o constatare.

M-am gândit să-i trimit un mesaj, bineînțeles. Mi s-a părut o coincidență prea incredibilă ca să o ignor. Mi-am făcut griji că ascunzându-mă în cafenea mi-am ocolit destinul într-un mod pe care soarta l-ar fi găsit neplăcut. Chiar dacă l-aș fi contactat, probabil că nu mi-ar fi răspuns, întrucât nu era tocmai entuziasmat să țină legătura cu mine. Ignorase răspunsul pe care i-l trimisesem la ultimul său e-mail. Probabil ar fi crezut că l-am urmărit până la Berlin și mi-ar fi șters mesajul, așa cum l-am șters și eu pe al lui Richard Grausam.

Sau poate chiar ar putea răspunde și ne-am putea întâlni din nou. El ar fi cordial, iar eu aș fi zdrobită și, cumva, toată povestea asta ar deveni în întregime despre el. De fapt, el nu este deloc important; caracterul său cu siguranță nu justifică atenția pe care i-am acordat-o până acum. Eu am fost cea mai interesantă în această relație. Și mai deșteaptă, de asemenea. Când eram împreună, nu eram atât de entuziasmată de el. Îl mințeam tot timpul. Mi se părea slab și ușor de dominat. Am dezvoltat un atașament mult mai mare față de cicatricea care s-a format în jurul despărțirii noastre decât față de persoana lui. Nu este nimic îngrozitor la el - era amabil - dar pur și simplu nu era atât de grozav, iar dacă l-am făcut să pară că e special până acum, atunci tot meritul ar trebui să fie al scrierii. Cu siguranță, nu al lui. Deși nu le doresc lui și fetei americane decât tot ce e mai bun.

Întorcându-mă în apartament, am decis că era timpul să fac curățenie și am început să golesc și să rearanjez sertarele pe care le îndesasem cu chitanțe vechi și de la supermarket și cu foi de gramatică. Am scos teancul de jurnale al lui EG. Scrisul era înghesuit, dar lizibil. Încercasem să le citesc în prima săptămână, dar germana mea nu fusese suficient de bună. Acum puteam să le înțeleg în mare parte. Sperasem să descopăr ceva întunecat despre ea – înclinații sexuale perverse, relatări despre urmărirea unui fost iubit sau, cel puțin, o mărturisire de minciună sau înșelăciune –, dar jurnalele nu conțineau altceva decât liste lungi și plictisitoare cu cheltuielile ei săptămânale și idei de autoperfecționare: „Nimic dulce după ora 16" și „Hidratare în fiecare zi".

Mai târziu, în acea după-amiază, am fost cu bicicleta la Tempelhofer Feld și m-am întins pe iarbă să citesc din *Muntele vrăjit*. Fusese cartea preferată a lui Sebastián. Îmi spusese de nenumărate ori că trebuie neapărat să o citesc, că este exact genul meu, dar eram la pagina 15 din 1.200 și era atât de plictisitoare, încât îmi doream să fi adus gramatica germană. Cauciucul meu era dezumflat și nu puteam să găsesc mijloacele necesare pentru a-l repara. Ziua devenise cenușie, fierbinte și iritantă. Am citit 25 de pagini, apoi mi-am verificat telefonul. Niciun mesaj pe Facebook, niciun mesaj pe WhatsApp.

Mi-am verificat spam-ul și am văzut un e-mail de la un expeditor necunoscut:

> **„Daphne... Anunță-mă cum te simți?! Și unde... Ai fost în visul meu de ieri și în meditația mea. Să mergem împreună la un curs de yoga? Te rog...? Mi-e dor de tine..."**

Era de la Richard Grausam. Tocmai când credeam că mi-am epuizat rezerva de adrenalină, corpul meu a reușit să pompeze încă o rundă bună în abdomen. Doamne, oare, mă privea în acel moment? Exagerez? Eram paranoică?

Am citit din nou mesajul lui. Îi puteam auzi vocea. Elipsele îmi aminteau de felul în care vorbea în propoziții deschise. Părea ironic, ori de câte ori vorbea în engleză, ca și cum întreaga limbă ar fi fost o mare glumă americană de doi bani. Trimisese mesajul cu 40 de secunde în urmă. Nu era nici pe departe lângă mine, dar, totuși, pocnea din degete în fața mea, speriindu-mă și cerându-mi atenția. Cum am putut să-l ascult și să par atât de interesată de el?

Încă o dată, am urmat sfatul dat de Santiago Álvarez, adică nu am făcut nimic. I-am șters mesajul fără să-i răspund și mi-am pus telefonul deoparte, ca și cum nimic nu s-ar fi întâmplat.

M-am uitat spre vestul câmpului. Vântul se întețise, iar în depărtare se adunau nori gri și grei. Am auzit pe cineva strigându-mi numele și am recunoscut-o pe Kat. Părul ei părea neîngrijit și unsuros, iar ea purta un top decoltat, blugi decolorați și o pereche de teniși Converse, roșii și murdari. Arăta fantastic.

– Hei, Daphne, ce faci?

– Hei, ce mai faci?

– Sunt bine!

– Ți-a plăcut petrecerea de la Gabriel?

– Nu, nu prea; după ce ai plecat, n-am vorbit cu nimeni.

M-am simțit vinovată, amintindu-mi cum mă furișasem afară, în timp ce ea era la toaletă, așa că am bâiguit o scuză, pe care ea a întrerupt-o, întrebându-mă dacă vreau să merg la ea acasă.

M-am întrebat cum aş putea să mă scuz, o întâlnire, o cină, un eseu de predat mâine, dar Kat știa că nu aveam nimic de făcut – îi spusesem că, din când în când, aveam grijă de copii, dar știa că nu era o slujbă ca lumea și nici ea nu avea una. Deși nu-mi plăcea prea mult de ea, aveam nevoie de companie, așa că m-am trezit spunând da și am urmat-o la ieșirea din Tempelhofer Feld.

Știam că locuia cu prietenul ei, traficant de droguri, și probabil că am mers cu ea doar pentru că eram curioasă în legătură cu el. Nu eram deloc interesată să fiu prietena ei. Ne-am luat bicicletele și am intrat pe o potecă de pământ atât de îngustă, încât nu încăpeam una lângă alta. Ea vorbea foarte repede și înjura peste umăr. Nu auzeam mare lucru și nu mă concentram. Încercam să țin evidența direcției în care mergeam, memorând o secvență de repere – un supermarket Aldi, o saltea pe care era scris POST-ANAL cu spray pe ea – pentru că telefonul meu urma să rămână în curând fără baterie, iar ea mă conducea pe un teritoriu neexplorat din sudul Neukölln și îmi făceam griji că voi pierde drumul spre casă, odată ce se întuneca.

Ne-am oprit la un *Späti*, deoarece Kat voia să cumpere sticksuri sărate. *Späti* sau *Spätkauf*, care se traduce literal „magazin de târg", sunt unul dintre lucrurile mele preferate din Berlin. Sunt ceva între o bodegă din New York și o *épicerie* pariziană (magazin de cartier). În Berlin, acestea sunt conduse în cea mai mare parte de bărbați turci și iată unul dintre motivele pentru care sunt atât de grozave, deoarece turcii imigranți vorbesc adesea o germană destul de simplă, așa că îi pot înțelege întotdeauna, iar ei tind să mă înțeleagă pe mine, deoarece împărtășim aceleași lupte lingvistice. Sunt mult mai prietenoși decât foștii agenți STASI care mestecă gumă și care lucrează în supermarketurile germane, și care se uită la mine cu dispreț și cu neînțelegere dacă pronunț ceva greșit.

Acest *Späti* din drumul spre Kat va deveni un loc semnificativ pentru mine, un loc în care voi trăi momente de teroare pură. Era condus de un armean, originar din estul Turciei. El era ajutat de două frumoase fiice adolescente care se îmbrăcau ca niște copile, cu părul împletit și rochițe albe cu volane. Ne-au ignorat pe Kat și pe mine când am intrat, iar ea mi-a spus ce ușurare incredibilă a fost să vorbească cu cineva care chiar o înțelegea și gândea ca ea, ceea ce era absurd, având în vedere că nu auzisem nimic din ceea ce spusese. Apartamentul ei se afla într-o clădire obișnuită, fără scenarii. *Hausmeisterul* ștergea cu mopul la intrare; scara era strălucitor de curată și era înțesată de mirosul produsului de curățenie, cu aromă de grepfrut.[13]

Apartamentul lui Kat se afla la parter și nu era nici pe departe la fel de curat ca intrarea. Era compus dintr-un salon cu mobilă neagră, crăpată, din imitație de piele, o bucătărie prea luminoasă și un dormitor îngust, cu un singur pat nefăcut pe podea. Arăta indecent, a ceva ce Tracey Emin ar putea fotografia și din care ar face o avere. Ici și colo, puteam vedea câteva încercări sincere de a crea o gospodărie funcțională pentru adulți: un raft de condimente bine stivuit, tăvițe vesele din alamă, câteva stampe

---

13 Hausmeister este o altă caracteristică berlineză. Aceștia sunt asemănători cu un supervizor din New York sau cu un concierge francez, deși adesea (dar nu întotdeauna) sunt mai prietenoși. În blocul de apartamente al lui EG, Frau Becker și-a asumat singură îndatoririle de Hausmeister. O văzusem de câteva ori în curte, învârtindu-se ineficient într-un șorț și cu mănuși galbene de cauciuc.

înrămate cu grijă și o tablă pentru a ține evidența a ceea ce se termina. Cu toate acestea, aceste gesturi pline de speranță erau eclipsate de mari pete de neglijență: becuri arse, grămezi de boluri folosite ca scrumiere, bonguri vechi care zvâcneau în apă fetidă. Kat s-a oferit să-mi facă un ceai. A scos un Tupperware plin cu *kunafa*, acele produse de patiserie extrem de arătoase, dar cu un gust care lasă de dorit. Erau înmuiate în sirop și acoperite cu fistic.

– Îmi plac mâncărurile arabe cu multe nuci, a spus ea, ceea ce părea greu de crezut, pentru că era atât de incredibil de slabă. Arabii sunt foarte generoși cu nucile, nu sunt deloc evrei în privința asta!

Antisemitismul ei dezinvolt, aruncat la voia întâmplării, era deconcertant, dar familiar. Kat mi-a amintit de niște studenți pe care îi întâlnisem în timpul studiilor la Oxford, care credeau că antisemitismul vag și „a spune lucrurilor pe nume", atunci când era vorba de „evrei", era cumva avangardist și șic.

A mai ciugulit câteva bucățele din produsele de patiserie și mi-a explicat că își cunoscuse prietenul, un suedez pe nume Lars, când cumpărase droguri de la el, într-un bar din Stockholm. Se mutaseră la Berlin cu un an în urmă. Mergeau împreună în cluburi și aveau o dietă rotativă de MDMA (ecstasy), cocaină și ketamină, dar ea era sătulă de asta și de genul de oameni falși pe care îi întâlnea în lumea interlopă din Berlin. Lars era posesiv cu ea, iar ea simțea că nu putea să-l abandoneze, după tot ceea ce trăiseră împreună, dar nu puteam vorbi despre asta atunci, a adăugat ea, pentru că el urma să se întoarcă acasă curând. Încerca să-și termine teza de master în istoria artei despre arhitectura fascistă, dar îi era imposibil să lucreze în preajma lui Lars și a prietenilor lui. Ea voia să stea cu alt fel de oameni, oameni adevărați, ca mine.

– Te rog să mănânci, a spus ea. Nu-mi spune că ești la dietă. Mănâncă, înainte ca băieții să vină acasă, pentru că nu-ți vor lăsa nimic.

Am acceptat o farfurie mică de produse de patiserie. I-am spus că și eu m-am săturat de petrecerile de la Berlin (minciună, încă nu am fost niciodată într-un club din Berlin), că și eu mă simt singură (adevărat) și că m-am săturat de superficialitatea relațiilor mele. I-am spus că starea preponderentă, la începutul celor 20 de ani, a fost singurătatea, că de multe ori totul părea o viață falsă, că nu puteam scăpa de sentimentul că viața mea adevărată, bună, se desfășura în altă parte și cât de speriată eram că s-ar putea să nu aflu niciodată unde, că aș fi ratat totul, zăbovind în afara scenei. I-am povestit despre venezueleni și despre rușii Katya și Gabriel, dar și despre cum nu știau cu adevărat ceva despre mine și cum nu aveau prea mult timp pentru mine, dar ea m-a întrerupt:

– Ei bine, nu te deranja cu Gabriel. Evreii sunt zgârciți cu timpul lor, nu-i așa? Nu-și fac prieteni buni.

În acel moment, Lars a venit acasă. Era înalt și cu umerii foarte largi. Ne-am îmbrățișat cu grijă, pentru că se rănise la degetul mijlociu de la mâna dreaptă și îl înfășurase într-un bandaj alb imens. M-a întrebat dacă vreau cafea, iar el a măcinat-o și a făcut-o într-un ibric pe aragaz. Părea nesănătos, dar nu era respingător. De fapt, era carismatic și părea capabil de o distracție cu adevărat răutăcioasă. Eram foarte conștientă de mirosul lui. Am observat asta când s-a aplecat să mă îmbrățișeze. Așezată oarecum contra vântului, am continuat să îl inhalez, în timp ce el făcea cafeaua. S-a așezat foarte aproape de mine, iar antebrațul meu se tot freca de al lui. Am spus „nu, mulțumesc" zahărului, produselor de patiserie și sticksurilor cu sare și țigării pe care a rulat-o, dar DA vodcii duble cu Red Bull, care era călduță și anesteziantă. Exact ceea ce aveam nevoie. Nu mă descurc deloc cu iarba. Ultima dată când am fumat a fost în săptămâna dinaintea absolvirii, în luna mai, cu doi ani înainte. Fusesem în vizită la un mare prieten de-al meu, originar din Boston, pe care îl numeam cu toții Google Greg. Era un fel de geniu al matematicii, își publicase deja lucrările în câteva reviste și își atribuia majoritatea descoperirilor sale inhalării copioase de Alaskan Thunderfuck. M-a pus să miros enorma pungă de la IKEA, în care îndesase iarbă și a început să-mi explice teza lui de disertație din anul trei, în timp ce ne pasam vaporizatorul. Ceva legat de programare, limbaj, matematică a limbajului. Îmi amintesc că am dat din cap cu emfază, ca și cum aș fi înțeles. La un moment dat, a demonstrat ceva întrebând:

– Ce bea o vacă? Răspundeți repede!

– Lapte!

– Ce se pune în prăjitorul de pâine?

– Pâine prăjită!

– Pâine și apă. Așadar, vedeți modul în care oamenii asimilează limbajul...

Am fost complet uimită de acest lucru și m-am întrebat dacă nu cumva mi-am pierdut mințile. Părea că vorbește cu un ton maniacal, așa că m-am scuzat și am plecat pe coridor, spre baie. M-am privit în oglindă. Fața mea era normală, dar inima îmi bătea incredibil de repede. Subsuorile îmi erau umede. M-am întors în camera lui, comportându-mă ca și cum totul ar fi fost normal, iar el și-a reluat explicațiile. După puțin timp, am fost atât de cuprinsă de panică, încât m-am ridicat brusc și am spus că trebuie să plec imediat - o problemă cu un student absolvent, e în agenda mea de-o veșnicie, scuze și iar scuze, abia mi-am amintit! Am reușit să traversez strada și să intru în apartamentul meu. Ecranul tactil al telefonului meu părea ciudat, iar mâinile îmi erau atât de amorțite și tremurau, încât abia puteam să scriu. Pe cine să sun, m-am gândit. Cu siguranță, nu pe Sebastián. Se despărțise deja de mine. Nu-mi amintesc motivul pe care l-a invocat - a făcut tot posibilul să inventeze o explicație care să nu mă rănească -, dar știam că adevărata cauză era că fusesem o iubită groaznică și că îl mințisem constant. Am sunat-o pe mama, care dormea și i-am spus: „Am o presimțire", iar ea mi-a spus să prăjesc niște pâine și să beau un pahar cu lapte, că va fi bine, că aceste lucruri se întâmplă tuturor. Am continuat să mă plimb și să mă ciupesc de piele, pentru a mă asigura că sunt încă acolo din punct de vedere fizic, verificând obsesiv ora. Câteva ore mai târziu, m-am simțit mai bine, dar am jurat să nu mai fumez niciodată iarbă.

Mi-am terminat repede băutura, am dat pe gât o a doua și mi-am turnat o a treia. Kat a plecat să cumpere alte băuturi, iar eu m-am trezit singură cu Lars. Și-a lipit picioarele de ale mele. M-am prefăcut că nu observ și am început să-i relatez toată povestea cu cărămida. S-a uitat la mine foarte intens, iar eu i-am evitat privirea. Am vrut să mă întorc spre el și să-l sărut, dar mi-era frică de Kat. Ea s-a întors curând, a venit să se așeze lângă mine și mi-a oferit o băutură, iar eu m-am trezit punându-mi brațul în jurul ei, supracompensând intențiile mele rele.

– Deci, micuța K? Ce mai faci? am mormăit.

– Hmmm, foarte bine, foarte bine, ești bine?

– Da, sunt foarte bine! Sunt foarte bine.

– Vrei să faci o injecție cu mine?

– Nu, mulțumesc!

– Haide!

– Nu, îmi pare rău.

Mi-a dat brațul jos de pe ea, iar eu am făcut un shot de vodcă, cu fața arzând. Mă simțeam jenată, prea exuberantă și beată. Ea părea plictisită și a început să se uite la mâini, trăgând de pielea din jurul unghiilor care era deja roz și crudă.

– Mi s-a întâmplat ceva nebunesc astăzi!

Am povestit că m-am întâlnit cu Sebastián, așa cum povesteam întotdeauna - brodând, exagerând:

– Apoi, a trebuit să sar în acest bar de doi bani și să beau ceva, ca să-mi liniștesc nervii. Ne-am despărțit cu mult timp în urmă, dar am avut mereu sentimentul că va reapărea cumva în viața mea. Nu-mi pot explica cu adevărat, dar am simțit mereu că a fost ceva nerezolvat între noi, un fel de afacere neterminată, știi?

Ea a dat din cap.

– Habar nu aveam că era în Berlin, am mințit eu. Dar, da, acum nu mai sunt sigură, poate ar trebui să dau de el, adică e destul de ciudat să mă prefac că nu l-am văzut niciodată. Ce crezi că ar trebui să fac?

– Să-i trimiți un mesaj, cu siguranță!

– Așa crezi?

– Adică, are sens. Ești într-un oraș nou, nu ai niciun prieten aici, ai putea la fel de bine să-i scrii. În cel mai rău caz, el nu răspunde, nu-i așa?

– Sau spune ceva oribil...

– Da! Păi, dacă răspunde, atunci știi că nu merită să-ți pese de el până la urmă.

– Bine, bine, ai dreptate. Ce zici de asta? Hei, Seb, ce mai faci? Acum locuiesc în Berlin și cred că te-am văzut în Kreuzberg. Anunță-mă dacă erai tu. Sper că ești în regulă.

I-am găsit profilul, am apăsat pe pictograma mesajului și l-am trimis. Până atunci, ceața devenise atât de densă, încât îmi înțepa ochii. Kat spunea ceva și am reușit să-i răspund, dar mă tot gândeam la Sebastián. Inima îmi zvâcnea, respirația îmi era rapidă și superficială. Am mai luat o dușcă de vodcă, pentru a încerca să mă calmez. Să-mi liniștesc nervii. Calmează-ți nervii. Lars a venit cu mai multe băuturi. Aveau gust de detergent de vase. Am mai luat o înghițitură și mi-am dat seama că o să mi se facă rău. M-am ridicat, tot zâmbind, cu dinții strânși. Am reușit să ies pe ușa din față înainte de a vomita în holul apartamentului, pe toată podeaua pe care *Hausmeister* o curățase cu doar câteva ore mai devreme. Am ieșit pe ușa din față și mi s-a făcut din nou rău. Am rămas acolo, aplecată timp de mai multe minute, vomitând, valuri de greață și apoi ușurare. „Îmi curăț trecutul", mi-am spus. Mi-am șters gura cu dosul palmei și am intrat în *Späti*, unde am cumpărat o pungă cu nuci, o pungă uriașă de popcorn, M&Ms, o sticlă de Cola dietetică și un borcan de Nutella, de dimensiuni familiale. Omul de la *Späti* mi-a împachetat totul, iar eu am echilibrat cele două pungi de plastic portocalii și foșnitoare pe mânerele bicicletei, în timp ce mă întorceam în întuneric, urmând drumul de la *Späti*, trecând pe lângă salteaua POST-ANAL, peste pod și spre Aldi, spre casă.

În apartament, mi-am dat jos pantofii și mi-am

despachetat gustările. Stând în picioare, la tejgheaua din bucătărie, am mâncat mai întâi nucile, lingând zahărul și apoi ronțăind caju, migdalele, nucile pecan mai degrabă îmbibate în ceva dulce. Pachetul cu floricele de porumb s-a desfăcut cu un râgâit, emanând o respirație de cinema, dulce ca naiba, și le-am mâncat în pumni, între linguri de Nutella și înghițituri de Cola dietetică. Perdelele mele nu erau trase. M-am întrebat cât de vizibilă eram și dacă ar fi știut cineva ce făceam. Mă simțeam de parcă mă priveam din curte, uitându-mă la cutia luminoasă a ferestrei mele, clară, ca o celulă luminată. Mă vedeam acolo, la fel de goală ca o *Daphnia magna* sub microscop, redusă la o ființă care doar se hrănește, numai intestine tremurânde și inimă zvâcnind. Liniștită și mortificată totodată, mestecând mecanic, fără să simt gustul produselor. Pachet la gură, borcan la gură. Am amestecat M&M-urile albastre și galbene într-o ceașcă cu o oală întreagă de quark și am adăugat linguri mari de ștevie, făcând o granola dulce și improvizată. Mi-aș fi dorit să pot face ceva ca să o scot din starea asta - orice - să mă ridic și să bat în geam, să arunc o piatră, să o sperii. Să se așeze și să mănânce ca o persoană normală. Fă-ți o masă adevărată. Blocați-l pe Sebastián, înainte ca el să poată să răspundă. Mi-am verificat telefonul. Nu răspunde. Am „răsfoit" Facebookul. Am văzut o poză cu Katya și Catalina, probabil făcută de Luis. Ieșiseră împreună, fără să mă invite. Am aruncat borcanul de Nutella, pachetele, am curățat tejgheaua. Am căzut în pat, cu gura încă plină de ciocolată. Mâinile mele lipicioase au pătat așternuturile. Am așteptat somnul, dar valul de epuizare se retrăgea. M-am întrebat dacă eu, Kat și Lars vom fi prieteni. Mi s-a părut ciudat că nu-mi trimisese niciun mesaj Kat, deoarece plecasem fără să-mi iau rămas-bun. Dar era obișnuită ca eu să o las baltă.

Vecinul de deasupra mea, Günter, își făcea sesiunea săptămânală de sex zgomotos, iar ciudatul de la parter punea din nou muzica lui groaznică. Prietena lui Günter se prefăcea în mod evident că are orgasm. Nimeni nu țipă tot aerul din plămâni în felul ăsta. Dar, din nou, eu am avut parte doar de sex destul de mediocru, poate Günter chiar era un amant formidabil. La început, mi s-a părut aproape amuzant, dar, după vreo douăzeci și ceva de minute, am început să mă simt serios enervată. Prinsă între doi bărbați, pasivă ca întotdeauna, supusă neputincioasă la secrețiile lor orale. Trebuie să fac ceva, m-am gândit, la naiba cu biata mea germană. M-am dat jos din pat, mi-am încălțat pantofii de alergare și m-am oprit pe palier. La etaj sau la parter? Deși Günter era mai prietenos, nu puteam să-l întrerup și mă temeam că își va da seama că îl auzeam făcând sex de luni de zile și că va bănui că îmi făceam o plăcere voyeuristă înfiorătoare din el. Așa că am decis să-l rog pe tipul de jos să dea muzica mai încet.

Ușa de la intrare era închisă, am bătut o dată și am așteptat un minut bun, dar nu a răspuns nimeni. Știam că era acasă; îl puteam auzi acolo, deschizând dulapurile din bucătărie și bătând oalele și tigăile. Am bătut din nou la ușă, puțin mai încet, și am simțit că stătea nemișcat să asculte. M-am dat puțin înapoi, așteptând să deschidă, dar după o altă pauză a devenit clar că nu avea de gând să o facă. Am așteptat amândoi de o parte și de alta a ușii, iar eu îi simțeam atenția, în timp ce îmi asculta prezența. Eram pe punctul de a bate din nou la ușă, dar ceva m-a oprit. Am avut brusc sentimentul că orice se întâmpla în mintea persoanei de cealaltă parte a ușii nu era ceva bun. M-am îndepărtat încet, târându-mi picioarele astfel încât să-mi înăbușesc pașii. El tot nu se întorcea la vasele lui. Îl puteam auzi cum respira. Am început să mă simt destul de speriată și am luat-o înapoi pe scări, cu grijă să nu fac zgomot, tot cu fața la ușă. Am încuiat de două ori ușa în urma mea și am încercat să ascult un semn de viață de la parter, dar Günter continua în forță la etaj, așa că nu am putut auzi nimic. După răutatea pe care o simțisem prin ușă, am fost de fapt recunoscătoare că l-am auzit pe Günter la etaj, bucuroasă că cineva cu atâta rezistență la viață era treaz la doar o aruncătură de băț, dacă aveam vreodată nevoie de ajutor. Mi-am verificat din nou telefonul – tot niciun răspuns de la Sebastián – apoi m-am băgat în pat.

6.

Bărbați

M-am trezit într-o o cameră care înota de căldură. Aveam gura uscată și maxilarul strâns. Mi-am verificat telefonul și am văzut răspunsul lui Sebastián:

„Bună! Nu cred că e o idee bună să ne întâlnim. Sunt cu cineva aici, în Berlin, așa că te rog să nu mă mai contactezi."

Impactul acestor cuvinte m-a lovit cu inteligența unei palme. Am șters mesajul și i-am blocat contul, înainte ca el să mă blocheze pe mine. M-am gândit că s-ar putea să fiu din nou bolnavă, dar am ieșit oricum la alergat, alergând răzbunător, mai mult decât de obicei, urcând și coborând pe drumuri fără ieșire, pentru a marca exact 18 kilometri pe dispozitivul meu de urmărire a distanței. O încercare ineficientă de absolvire. M-am întrebat de ce mă încurajase Kat să-i scriu. Simțeam o oarecare răutate în ea. Poate că se răzbuna că o abandonasem la petrecere. Sau poate că simțise că era ceva între mine și Lars. Cu siguranță că mă răzbunasem pe ea vomitând în toată intrarea din apartament.

Din când în când, disperarea mă copleșea și mă opream complet. Nu mai băusem nimic din noaptea precedentă, iar gâtul îmi era încă inflamat de la boală. Mi-am ridicat pantalonii scurți și mi-am ciupit coapsele. Erau cel puțin 29 de grade, iar tricoul îmi freca pielea, lăsând pe pieptul meu un model ciudat de semne care arăta ca o plăcintă înțepată cu furculița. M-am gândit la tot ce mâncasem. Atât de rușinată, încât îmi venea să strig sau să mă dau cu capul de un stâlp de iluminat. Mi-am imaginat reacția lui Sebastián. Un moment emoționant de creștere a orgoliului - poate un mesaj către un prieten („Ghici cine mi-a trimis din nou un mesaj?"), urmat de iritare și apoi de plăcerea respingerii: „Te rog să nu mă mai contactezi."

Alergând înapoi spre apartament, am fost cuprinsă de un sentiment teribil de teamă. Mi-am imaginat că intru în curte, că mă uit la apartamentul meu și că văd din nou un geam spart. Sau poate că cineva se ascundea în apartament. Vecinul de la parter. Sau, chiar mai rău, Richard Grausam. Frica mea de el era atât de viscerală, încât gândul la el mă făcea să vreau să fug și să mă ascund ca un animal vânat. Era de neconceput pentru mine să mă aflu vreodată într-o cameră, singură cu el. Dar era adevărat, o făcusem și, din când în când, îmi aminteam lucruri. Îl ținusem de mână. Îi sărutasem gâtul. Împărtășirea unei beri (pe care o plătisem). Aceste flashbackuri - care îmi apăreau din senin - erau mult mai tulburătoare decât telefoanele sau e-mailurile lui hărțuitoare.

Eram prea obosită pentru a-mi termina alergarea și am mers pe jos ultimii kilometri până acasă. Am descuiat ușa și am fost surprinsă de haosul din apartament. Nu-mi aminteam să-l fi lăsat într-o stare atât de groaznică, cu mormane de rufe pe tejghea. Cearșafurile de pat erau pe jos, iar ambalajele de mâncare erau împrăștiate peste tot. Mi-am îngrămădit hainele transpirate și pe cele pătate cu vomă și/sau Nutella în mașina de spălat și am stat mult timp la chiuvetă, curățând petele taninoase de piele de pe cănile lui EG, folosind apă fierbinte și mult detergent de vase roz neon, cu aspect nociv, pe care l-am inhalat adânc în plămâni, ca și cum aș fi fost într-o baie turcească. Am privit în gol pe fereastră, spre curtea de jos. Chiar dacă nu fac nimic altceva, doar să continui această existență minimă, m-am gândit, timpul va continua să treacă pe lângă mine. Chiar dacă voi rămâne la fel de imobilă ca un prespapier, timpul va continua să adune zilele și să fixeze chitanțele tuturor, până când mă voi trezi cu un teanc gros la 40 de ani și cu unul și mai consistent la 60 de ani. Sunt sigură că vor însuma ceva care să mă facă să mă simt grea și satisfăcătoare, că mă voi simți bogată la sfârșit – indiferent cât de sărace au fost de fapt zilele mele, mă gândeam, în timp ce stivuiam vasele.

Aveam nevoie de o distragere a atenției. Am luat U-Bahn-ul până la cinema și am văzut două filme, unul după altul. Primul a fost îngrozitor, o comedie franceză, pe care germanii au găsit-o hilară, dar care, de fapt, nu era deloc amuzantă. Sau poate că a fost – pur și simplu, nu m-am putut concentra asupra filmului. Eram prinsă în ceea ce germanii numesc *Kopfkino*, care se traduce literal prin „cinema din capul tău", dar care înseamnă un vis cu ochii deschiși sau un coșmar de zi care se repetă în minte: noaptea în care Sebastián te-a făcut să încerci *aguardiente*, mândria cu care l-ai prezentat familiei tale, ziua în care s-a despărțit de tine când te-a prins cu o minciună – aceste clișee la care ar trebui să fii imună, dar care te-au ținut captivă timp de doi ani, opt luni și câteva zile – dar cine le mai numără?

Cel de-al doilea film a fost „Call Me By Your Name", iar vizionarea lui mi-a reînnoit hotărârea de a nu mă mai gândi la Sebastián și de a profita cât mai mult de timpul petrecut în Berlin. Ceva legat de rutina unei familii din clasa de mijloc - atenția acordată mâncării, mesele corespunzătoare cu trei feluri de mâncare și așternuturi curate - toată această civilizație a avut efect asupra mea ca acele butelii de oxigen administrate celor mai grave cazuri de tuberculoză din *Muntele vrăjit*. După luni de zile în care am gâfâit respirația îmbâcsită a bulei mele solipsiste, mi-am amintit că există lucruri mărețe și nobile pe lumea asta: decorul, patosul, destinul, onoarea, dragostea. Undeva, pe parcurs, pierdusem din vedere acest lucru. Căzusem în grija de a ști dacă supermarketul avea în stoc îndulcitorul meu preferat, dacă Rewe sau Aldi era mai ieftin, dacă era important să cumpăr produse organice, dacă politica identitară este de fapt un lucru bun sau dacă mă simt obligată să cred că este, pentru că vreau să fiu considerată o persoană bună, dacă toate eșecurile mele personale pot fi puse în mod legitim pe seama părinților și a patriarhatului sau dacă aceasta este doar o cale de scăpare a lașilor.

La un moment dat, mizele vieții mele au coborât îngrozitor de jos: am trăit și am murit, în funcție de lungimea cozii la supermarket și de firele de păr din sendvișul meu și de volumul muzicii vecinului de la parter. Construisem rudimentele unei existențe de moluscă, un fel de existență care se hrănește din fundul pământului - o existență în care cuvintele patos, soartă, onoare, dragoste nu aveau nicio valoare.

Cu toate acestea, în timp ce mergeam cu U-Bahn-ul

spre casă, euforia mi s-a umflat în piept și mi-a forțat fața să zâmbească. Încă mai puteam să am o astfel de viață. E adevărat, nu mai părea atât de promițătoare în ultima vreme, dar avusesem un început bun. Crescusem în preajma unor persoane rafinate, cu gusturi deosebite și cu o fibră morală impecabilă - vestimentația și mintea mea neîngrijită, mâncarea crudă îngrozitoare și minciunile interminabile fuseseră probabil doar o fază. Semințele unor lucruri mai mărețe erau latente, undeva, în mine, așteptând doar să înflorească.

Da, încă mai există speranță pentru mine, m-am gândit, în timp ce descuiam ușa exterioară și apoi, ușa care dădea spre curtea interioară și mă îndreptam spre scări. Nu pot continua să trăiesc cu o dietă compusă din gramatică, nopți în care mă culc devreme și prietenii platonice. Sunt tânără și am înflorit cât de mult voi înflori vreodată. Ar trebui să mă bucur de asta cât mai pot. M-am gândit că am abordat Berlinul în mod greșit, în timp ce puneam ceainicul la fiert. Numai eu aș fi fost atât de perversă, încât să transform acest oraș într-un sanatoriu. Mi-am petrecut fiecare seară pe Reddit și pe terenurile sterile de pe Google sau urmărind pe Facebook oameni cu care nu mai vorbeam. Cu mult înainte de miezul nopții, mă învăluiam în cearșafurile albe ca un crin ale lui EG, în timp ce în jurul meu, oamenii ieșeau în oraș, își aprindeau țigări unul altuia în timpul nopții și se culcau împreună, în vreme ce eu mă trezeam singură. Mi-am făcut o cafea instant decafeinizată cu lapte și ștevie. Am fost inspirată. Nu avusesem prea mult noroc cu prietenii - niciunul dintre cei care îmi plăceau cu adevărat nu era singur ca mine. Katya îl avea pe Chorizo, venezueleana Catalina îl avea pe Luis,

Gabriel o avea pe Nina, iar Ollie și Evan de la întâlnirea de alergare aveau parteneri. Cei care erau singuri - Callum și Kat - îmi erau la fel de utili ca o pereche de marinari care se îneacă. Toate aceste relații nu se apropiau nici pe departe de realizarea fanteziei mele, cu o trupă de încredere de prieteni germani. Următorul lucru, cel mai bun, după o gașcă mare și complotistă de amici, după părerea mea, este dragostea romantică. Eram singură de aproape trei ani.

Nu mai puteam permite ca obsesia mea pentru Sebastián să se agraveze. Ce se întâmpla dacă mă întâlneam din nou cu el? Dacă mă întâlneam cu el și cu americanca? Atunci ar fi câștigat oficial. Ne-am întrecut din ziua în care ne-am despărțit. Nu era deloc un concurs recunoscut public, recunoscut în mod deschis, dar, totuși, amândoi știam că se întâmpla. Dacă nu te căsătorești cu prima ta iubire, vei rămâne blocată într-o luptă la distanță cu ea toată viața, desfășurată în acel loc nebulos dintre mintea ta și contul tău de social-media. S-ar putea să nu te gândești la asta în mod conștient, dar, crede-mă, fiecare succes se va simți mai dulce pentru că va fi o mică răzbunare. De fiecare dată când vei obține o promovare, o tunsoare grozavă, un orgasm memorabil, te vei gândi la el și vei simți o fericire specială, satisfăcătoare și răzbunătoare. Bineînțeles, a uita de el ar fi răzbunarea supremă, dar social-media și internetul fac acest lucru imposibil. Chiar dacă acum ai totul sub control, în câțiva ani vei ceda „mâncărimii" de a-l căuta pe Google.[14] Competiția se termină doar atunci când amândoi veți fi morți. Până acum, Sebastián câștiga concursul: un doctorat în economie la Berlin (8 puncte), o

14 Acest lucru NU este hărțuire. Este o muncă de detectiv, normală, din punct de vedere emoțional.

prietenă (5 puncte), o barbă frumoasă (2 puncte), răspunsuri oribile la mesajele mele (5 puncte). Trebuia să măresc miza dacă voiam să îl ajung din urmă. Un bărbat înalt, german, ar fi fost ideal.

Tinder, însă, s-a dovedit a fi un salt prea radical. Mi s-a părut foarte intruziv; în momentul în care am descărcat aplicația, camera a vibrat brusc de pretendenți. Am șters-o după câteva glisări înfricoșate și m-am înscris pentru un cont MatchTime, pentru 9,99 euro pe lună. Am preferat-o, și pentru că părea mai degrabă un computer decât un telefon, iar comunicarea cu cineva prin intermediul unui laptop, în timp ce stăteam la birou, mi se părea mai puțin promiscuă decât să fac acest lucru, întinsă în pat, glisând pe un telefon tactil și elegant.

Profilurile potențialilor parteneri sunt dispuse pe ecran într-un semicerc, ca un set de cărți de joc. În centru se află pagina persoanei luate în considerare, în prezent. Funcționează ca una dintre acele benzi rulante rotative mari din restaurantele de sushi, unde felurile de mâncare sunt pregătite dinainte, iar tu doar iei ceea ce îți atrage atenția, în timp ce se învârte.

Un bărbat pe nume Henrik, în vârstă de 28 de ani, care locuiește în Schöneberg, avea următorul profil:

NOȚIUNI DE BAZĂ:

Heterosexual, bărbat, necăsătorit, 178 centimetri, în formă

VORBEȘTE:

Germană, engleză, ceva franceză, ceva daneză; a urmat cursurile universitare, ateu (dar nu este important), nu fumează, bea uneori, nu se droghea-

ză, vegetarian, nu are copii, scorpion
PROBABIL CĂ TE-AȘ PUTEA BATE LA:
Ridicat greutăți la sală
APRECIEZ:
Curiozitatea
PETREC MULT TIMP GÂNDINDU-MĂ LA:
Gândire
CÂND VOI MURI:
Probabil că nu voi mai picta
CEEA CE CAUT DE FAPT:
Funduri mari și încheieturi subțiri, ca de fantomă.

Recunosc că asta a fost una deosebit de groaznică. Dar nu am ales cu grijă - m-am conectat din nou la MatchTime pentru a-mi reîmprospăta memoria despre cum arată, iar Henrik cel cu funduri mari și încheieturi subțiri ca de fantomă a fost doar primul profil pe care l-am găsit. Următorul profil care a apărut a fost al lui Farouk, 27 de ani, din Prenzlauer Berg, 180 centimetri, cu o constituție „un pic mai mare". Altă etnie, vorbește germană, arabă și ceva engleză, a abandonat facultatea, fumează uneori, bea uneori, se droghează uneori.

AUTOCARACTERIZARE:
Dacă ești rasist, du-te naibii!
Sunt foarte pornit împotriva rasismului, sexismului și homofobiei
Dragostea învinge

REGULA MEA DE AUR:
Dulceața este adesea falsă!

UN FILM PE CARE L-AM URMĂRIT IAR ȘI IAR, ȘI IAR:
Doar clasicele!
Dacă aș fi trimis la închisoare, aș fi arestat pentru:
Obstrucționarea justiției
CEEA CE CAUT DE FAPT:
Sex anal romantic.... (glumeam)

Nu este pentru cei slabi de inimă. La început, am fost foarte cuminte și am trecut încet prin profiluri, acordând cu atenție fiecărui băiat ceea ce i se cuvine, citind totul despre filmele lui preferate și urmărind linkurile pe care le postau către videoclipuri și meme de pe YouTube. Un alt motiv pentru care am fost lentă a fost pentru că mă temeam că, într-o manevră aleatorie, aș fi dat din greșeală click pe lângă persoana perfectă. Odată ce ai făcut click pe marea cruce roșie, profilurile eliminate dispar pentru totdeauna (cu excepția cazului în care ai un abonament de 14,99 euro pe lună). După câteva ore, însă, am devenit destul de pricepută în a judeca dacă trebuie sau nu să mă opresc asupra unui profil. Am devenit un fel de expert, un fel de antropolog MatchTime, dacă vreți. De fapt, am început să clasific bărbații în diverse categorii. Cele mai comune opt diferențe sunt:

1. Cititorii de *Micul Prinț*

Egouri mari, intelecte superficiale. Acest tip este ușor de recunoscut după secțiunea „culturală", completată extensiv. Acești bărbați sunt dornici ca tu să știi totul despre ce filme au urmărit (o mulțime de filme noir și „Twin Peaks") și ce cărți au citit. Nu vei găsi nimic mult mai lung de 250 de pagini pe lista lor - doar o mulțime de romane scurte pentru băieți deștepți. Charles Bukowski și Milan Kundera ocupă un loc important; Murakami este destul de tipic; poate Hesse (*Siddhartha*), ceva de Chuck Palahniuk (*Fight Club* sau *Monștri invizibili*), ceva de Bret Easton Ellis (*American Psycho*) și întotdeauna, dar întotdeauna, dintr-un motiv pe care nu-l pot înțelege, *Micul Prinț*, de Antoine de Saint-Exupéry. Presupun că este „franțuzească", cea mai scurtă carte care abordează teme legate de alienare și de singurătate. Spun lucruri de genul: „Gândurile mele despre viață se află undeva între Dostoievski și Cernîșevski, Nietzsche și Marx" și „Sunt mai murdar ca Bukowski!" Acestor tipi le plac „discuțiile profunde", sunt îngrijorați de „autenticitate" și susțin că urăsc social-media - folosesc MatchTime „ironic" sau în scopuri „experimentale": „Nu sunt adeptul aplicațiilor de întâlniri, dar cred că aș încerca" sau „O să văd dacă funcționează, pentru că întâlnirile sunt nașpa, dar prefer să vorbesc față în față." De asemenea, le place să explice lucrurile; de exemplu, James, 31 de ani, un bărbat heterosexual, în formă, monogam, dezvăluie: „contrar credinței populare, cafeaua sau techno nu sunt stiluri de viață. Aș aprecia dacă ai avea mai multe lucruri de făcut în viața ta." Ei urăsc femeile cu adevărat frumoase, iar această furie secretă se strecoară prin respingerea „rahatului de fată falsă", vizibil în comentarii, precum „fără chestii superficiale, fără selfie-uri, nu vreau să-ți urmăresc fundul pe Instagram".

2. BĂRBAȚII CU SURORI

Bărbații din această categorie nu au chiar aceleași aspirații intelectuale ca băieții din prima categorie, deoarece nu vor neapărat să fie cultivați, dar vor să fie văzuți ca fiind foarte inteligenți, din punct de vedere emoțional. Adesea, au surori, și vor continua să menționeze că au surori, iar dacă nu au o soră, vor avea o prietenă bună de sex feminin, una cu care au crescut, la propriu, ea îmi spune totul, știi? Fotografiile lor de profil vor fi pline de femei, uneori, și cu bebeluși și copii, iar ei au tendința de a-și aranja lista de lecturi pentru a include cel puțin un autor de sex feminin (bell hooks apare în mod proeminent). Sunt ca acei oameni care cred că având un prieten de culoare înseamnă că nu sunt rasiști - ei cred că a fi rude cu femei conferă legitimitate afirmației că respectă femeile. Țin tampoane în baie. Ei cred că asta îi face sfinți.

3. „Aliații", „antifasciștii"

Se numesc pe ei înșiși „antifas". Aplică prefixul „post" și verbul „decoloniza" la cea mai improbabilă colecție de substantive: Facebook; Europa; Conștiința colectivă; Întâlniri; Persoane fără adăpost; Psihologie; Cărți. Seamănă foarte mult cu „bărbații cu surori", în sensul că ei cred că angajamentul politic îi izolează de a fi șovini și îi îmbracă cu o aură de pietate irezistibilă. Pentru un bun exemplu al acestui subtip, luați-l în considerare pe Jonas, 28 de ani, 181 centimetri, constituție medie. Profilul său constă în următoarele:

AUTOCARACTERIZARE:
În prezent, mă concentrez pe proiecte care susțin moduri de lucru și de viață postcapitaliste și bazate pe justiție. Trebuie să decolonizăm internetul și mințile noastre și să învățăm să gândim poststructural.
ÎMI PETREC MULT TIMP GÂNDINDU-MĂ LA:
Cum ar putea arăta munca neînstrăinată/decomercializată.
AR TREBUI SĂ-MI TRIMIȚI UN MESAJ DACĂ:
Îți place să vorbești despre antifascism, feminism, postcapitalism, scrie-mi.
APRECIEZ:
Sarcasmul, gândirea critică și anticapitalismul.

4. Teoreticienii conspirației

Richard Grausam, categoria hărțuitorilor. Îl plac pe Julian Assange și cred că acuzațiile de viol împotriva lui fac parte dintr-o conspirație „capcană de miere", condusă de SUA. Ei, ca și subtipul din prima categorie, sunt înclinați spre pedagogie, în genul „nu trebuie să fii vegan/dependent de Greenpeace, dar să fii conștient de mediul înconjurător și că societatea de consum este o formă de manipulare implicită, simțind nevoia de a cumpăra ceva de Black Friday, Cyber Monday, Crăciun, zile de naștere, aniversări, Paște, toate acestea contribuie... Vă rog să nu o faceți!"

5. Bărbații cărora nu le plac în mod evident femeile

Titlul acestei categorii este de la sine înțeles. Să luăm exemplul lui Tobias, 33 de ani, heterosexual, bărbat, singur, 184 centimetri. El prezintă multe dintre trăsăturile sale:

AUTOCARACTERIZARE:

Nu-mi pasă de ceea ce este aleatoriu. Îmi prețuiesc timpul meu și îl voi prețui și pe al tău. Să pierd timpul discutând despre nimic, doar de dragul de a discuta, nu este ideea mea de existență. Nu mă joc. Dacă nu ai o poză care să-ți arate corpul, nu-ți voi trimite mesaje.

Sunt foarte deschis în ceea ce vreau și cu cine o fac și cu cine nu vreau.

Sunt independent și lucrez mai ales în muzica live... În restul timpului, sunt fericit să fiu singur, pentru că îmi place de mine. Și ar trebui să faci și tu la fel, pentru că altfel nu ne vom înțelege. Când oamenii nu mă cunosc, cred că sunt cel mai egoist. Dar când mă cunosc, cred că sunt cel mai puțin egoist. Cred că ambele sunt adevărate.

Dacă ți-am trimis un mesaj, atunci nu este pentru că am nevoie de o altă partidă de sex, ci pentru că vreau.

Dacă ești slabă în poze și grasă în viața reală, atunci, la revedere.

APRECIEZ:

Femeile care gândesc cu adevărat pentru ele însele și s-ar putea gândi să sfideze dinamica de gen și să trimită mesaje mai întâi, măcar o dată.

6. GI Joe

Americanii cu brațe mari, nasuri drepte și ochi de oțel. GI Joe este un BĂRBAT american, cu brațe mari, nasuri drepte și privire tăioasă. GI Joe este un bărbat de modă veche, în accepțiunea conservatoare a termenului, așa cum îl înțelegea bunica ta. Ei nu te invită să „ieșiți" sau să „vă răcoriți" într-o solicitare formulată ambiguu, care ar putea fi platonică, ar putea fi romantică sau ar putea fi pur sexuală; ei te întreabă dacă te pot scoate la o întâlnire. Nu vă vor lăsa să împărțiți nota de plată și vă vor conduce acasă pe jos dacă nu au o mașină care să vă ducă (GI Joe nu sunt prea preocupați de mediu). Bineînțeles că pot conduce - asta se înțelege de la sine. Sunt buni la toate sporturile. Se uită la canalul sportiv ESPN și țipă la televizor. Fac glume banale. Mănâncă multă carne și Cheez-It și beau Bud Light și cola cu aromă de vanilie.

7. Băieții inteligenți și cultivați

Principalele diferențe între acești băieți și cititorii *Micului Prinț* sunt: a) nu vor menționa *Micul Prinț* și b) profilul lor va fi mult mai scurt. Nu se sfiesc să folosească emoji „drăguțe" și nu-și neagă gustul pentru cultura de consum. Le place Soarele, brunch-ul, fotbalul și The Strokes. Sunt deștepți, dar, spre deosebire de cititorii *Micului Prinț*, nu-și asociază sexualitatea cu intelectul. Au tendința de a avea un oarecare succes cu femeile, așa că nu sunt atât de dificili ca unele subtipuri.

8. Bărbații drăguți și minunați

Aceștia constituie probabil 25% dintre bărbații de pe MatchTime - sunt, pur și simplu, numeroși și fac mai mult decât să compenseze pentru toți ceilalți.

Au tendința de a fi foarte timizi, le este greu să vorbească despre ei, insistând că sunt doar „normali" și „prietenoși". Admit adesea că și-au rugat prietenii să-i ajute să le completeze profilul, iar aceștia îi descriu ca fiind „loiali, pozitivi, ușor tocilari, de sprijin". Primul lucru pe care oamenii îl observă la ei este că „sunt mereu zâmbitori" sau „introvertiți, dar amabili". Au tendința de a-și enumera atât defectele, cât și calitățile, hotărâți să nu se supraestimeze. Deși nu sunt insistenți, nu sunt nici ușor de influențat - au umeri largi și cariere de succes și locuri de muncă interesante, în domenii de ajutor umanitar sau inginerie. Le place să gătească „tot felul de lucruri! Dar mai ales mâncăruri sărate, *quiche* și *risotto*. Și *Kartoffelkloesse*, un fel delicios de găluști de cartofi." Sunt modești, dar pasionați de interesele lor, deschiși la vegetarianism, dar nu militanți în această privință. Sunt băieți de treabă, zâmbesc din plin în pozele lor de profil, privind direct în aparatul foto, fără a lua o postură ironică sau a se preface că sunt captivați de ceva din afara cadrului. Ei sunt singurul subtip de bărbați, dispuși să se supună din toată inima și cu bunăvoința experienței MatchTime. Ei nu pretind că este un joc; sunt suficient de curajoși, încâ să afirme că au mari speranțe de a întâlni pe cineva.

Sunt foarte tentată să copiez și să lipesc câteva dintre profilurile lor pentru a dovedi cât de minunați sunt - nu o voi face, din respect pentru intimitatea lor - dar, credeți-mă pe cuvânt, sunt adorabili. Descoperirea unor astfel de bărbați a contat mult, pentru a-mi ridica moralul, iar simplul fapt de a ști că ei există valora de un milion de ori mai mult decât 9,99 euro pe lună.

Bineînțeles, categorisirea de mai sus nu este, în niciun caz, exhaustivă, o mulțime de bărbați se află la intretăierea mai multor genuri în același timp. De asemenea, trebuie remarcat faptul că grupul din care face parte un bărbat în incubatorul MatchTime nu reflectă întotdeauna personalitatea sa în sălbăticie, deși de multe ori o face. Cei mai mulți dintre bărbații care m-au plăcut făceau parte din categoriile 1 (cititorii *Micului Prinț*) și 4 (teoreticienii conspirației), ceea ce are sens, deoarece cred că am menționat că am studiat filosofia și poate chiar l-am menționat pe Murakami. Am primit o cantitate decentă de atenție din partea celor din categoria 6 (GI Joe). Cei mai mulți dintre ei nu erau de nasul meu și ar fi avut de unde alege în alt oraș, dar multe femei din Berlin sunt feministe și nu pot face față sentimentelor contradictorii pe care le produc acești bărbați hipermasculini, astfel încât concurența pentru categoria 6 este scăzută.

Bărbații care îmi plăceau aveau tendința de a aparține categoriilor 1 (cititorii *Micului Prinț*) și 7 (băieții inteligenți și cultivați). Aveam tendința de a nu mă îndrepta spre categoria 8, bărbații drăguți și minunați. Nu, nu pentru că „fetelor le plac băieții răi", ci pentru că mă cunosc prea bine - când merg la întâlniri, mă deconectez de ceea ce simt, îmi cedez suveranitatea, îi pasez frâiele liberului meu arbitru pretendentului meu. Devin o oglindă, oglinda woolfiană pe care am menționat-o mai devreme, uneori, o oglindă și mai rea, oglinda lui Erised: o parte reptiliană primară a creierului meu discerne cumva ce vrea partenerul meu de la mine și cine vrea să fiu, iar eu îmi schimb complet forma pentru a reflecta ceea ce își dorește cel mai mult. Dacă vor pe cineva prost, eu sunt proastă și îi întreb ce înseamnă de fapt să fii inginer. Dacă vor o franțuzoaică, încep să vorbesc cu drag despre Left Bank și despre apartamentul bunicii mele de lângă Sorbona. Dacă intuiesc că este un conservator în secret (și toți conservatorii din Berlin trebuie să fie secreți), atunci încep să mă plâng de gunoaie și de cât de îngrozitori sunt toți acești oameni care se hrănesc doar cu marele stat german, iar dacă sunt comuniști (deși încerc să-i evit cu adevărat), atunci încep să mă joc într-o manieră nemulțumită cu mânecile hainei și le spun că mă gândesc să mă mut într-o comună din Pankow, atât de mult mă preocupă să nu contribui la îmbogățirea Kreuzbergului. Cel mai nebunesc lucru pe care îl fac este să mă contorsionez fizic. Nu sunt sigură dacă am menționat acest lucru, dar sunt ciudat de înaltă, iar dacă un tip este prea aproape de înălțimea mea, atunci mă cocoșez sau mă ghemuiesc pentru întreaga seară, ceea ce este destul de obositor. Totuși, acest lucru nu tinde să se întâmple prea des, pentru că nu voi merge niciodată la o întâlnire cu un bărbat care nu-și include înălțimea în profilul său și spun „nu" unui bărbat mai mic de 178 centimetri. Nu-mi place să mă cocoșez peste un potențial iubit.

Acest lucru ar putea să mă facă să par vicleană, manipulatoare și dominatoare. Dacă sunt, atunci este pentru intenții mult mai pure. Îmi place ca oamenii să se simtă confortabil și să fie acceptați pentru ceea ce sunt. Este adevărat că, uneori, pot să o invoc pe Estella și să devin arogantă și crudă, dar, în general, nu-mi place să-i supăr pe cei din jurul meu. Nu vreau să spulber fantezia de-o viață a unui german despre femeile franceze. Nu vreau să înjosesc un bărbat prin faptul că mă ridic deasupra lui. Uneori, mă simt protectoare față de toată lumea, la propriu.

Iată de ce nu m-aș duce niciodată cu bună-știință la o întâlnire cu un bărbat din categoria 8. Pentru că ceea ce nu am spus despre dorința mea de a mulțumi este că nici nu este sustenabilă. Pot să mulțumesc pe cineva pentru o seară, poate pentru câteva luni. Dar pur și simplu nu este posibil să stau ghemuită întreaga mea viață. Iar când încep să mă ridic puțin, să admit că de fapt urăsc Parisul și că nu mănânc niciodată croasante, încep problemele. Prietenii încep să se simtă zădărniciți, bărbații se simt dezamăgiți. M-am vândut pe promisiuni false și toate încep să se târască înapoi, cu o chitanță în mână. Încep să mă simt solipsistă, neînțeleasă de cei care pretind că mă iubesc. Îi pedepsesc fără milă, pentru că s-au lăsat păcăliți de bunăvoie de fațada mea. Întotdeauna există un punct de ruptură, în general, de obicei cineva care îmi atrage atenția asupra unei inconsecvențe: „Dar am crezut că iubești Franța!? Stai, dar nu ai spus că deja îți faci doctoratul?" De obicei, știu când se va întâmpla asta. M-am învățat să citesc semnele și am tendința de a mă ridica și de a pleca, înainte ca prietenii sau iubiții să înțeleagă bine ce s-a întâmplat.

Desigur, aș putea să fiu sinceră. Nu, am fost respinsă la admitere, mi-a fost rușine să recunosc asta; și, nu, de fapt nu sunt vegană, doar că am vrut cu adevărat să crezi că sunt o persoană bună - dar nu sunt diferită de altcineva. Sunt slabă, iar nevoia mea de a fi plăcută este mai puternică decât plăcerea mea pentru adevăr. Astfel, categoria 8 este interzisă, la fel ca prietenii din categoria 8, pentru că dezamăgirea oamenilor minunați și drăguți este ceva ce am mai făcut. Am jurat că voi renunța la acest obicei în noua mea viață din Berlin.

7.

„Urechea absolută"

A doua zi, după ce am descărcat MatchTime, a fost o zi de luni, la sfârșitul lunii iunie, cât și începutul unui nou modul de germană. Începeam nivelul B2.2, unde urma să învățăm „să interacționăm cu un grad de fluență și de spontaneitate care să facă posibilă interacțiunea regulată cu vorbitori nativi, fără ca vreuna dintre părți să fie supusă la efort". În acea zi, erau câteva fețe familiare – Kat, bineînțeles, purtând un maiou Adidas și jambiere practic transparente – și Gabriel (categoria numărul 8, exemplară), dar și venezuelenii și rusoaica Katya, care fuseseră promovați cu un nivel în clasa noastră. Era un singur elev nou, o fată pe nume Leila. Era chipeșă, cu părul negru și niște ochi căprui întunecați și splendizi. Părea să vrea să vorbească cu mine la sfârșitul orei, dar a trebuit să mă grăbesc să plec. Mi-era teamă ca nu cumva Kat să spună ceva despre faptul că am vomitat la intrarea în apartamentul ei. Aveam și o programare la epilare cu ceară, pe care o rezervasem pentru a-mi pregăti corpul pentru întâlnirile de la MatchTime. Pe drum, mi s-a părut că l-am văzut din nou pe Sebastián, de data aceasta, pe o bicicletă Uber Eats și am început să mă îngrijorez că hărțuirea lui Richard Grausam mă transformase într-o paranoică cu diplomă. Nu am stat pe gânduri, cu privire la această apariție, am pus-o pe seama nervilor de dinaintea epilării. Urăsc să mă duc la salonul de epilat. Să plătesc femei din Turcia sau din Magreb, ca să se ocupe de lambourile grotești ale corpului meu alb și moale, mă face să mă simt ca un opresor colonial. Ba, mai rău, mă face să mă simt ca și cum m-aș oprima pe mine însămi. Îmi ușurez părul, îmi reprim foamea, îmi ung fața cu chimicale bej - nu este, oare, plata a 40 de euro pe lună pentru a îndepărta puful care îmi onorează formele un pas prea departe? Nu, m-am gândit, în timp ce împingeam ușa de la Waxing Dreams, în cazul meu, nu este. După cum am mai spus, sunt foarte înaltă, am umerii foarte largi și mâinile destul de mari. Feminitatea mea este deja șubredă și, cu siguranță, nu este suficient de bine stabilită, ca eu să pot scăpa fără să fiu păroasă. Sunt o feministă, desigur, dar vreau să fiu atractivă.

Mi s-a arătat rapid o cabină impecabilă și mi s-a spus să mă dezbrac. Șengül era persoana care avea să se ocupe de mine și mi-a simțit neliniștea când mi-a spus că trebuie să-mi dau jos și lenjeria intimă. „Sunt numai femei aici!" a spus ea. „Toate arătăm la fel acolo jos. Este ca oasele, știi, sub schelet. Desfă-ți picioarele, *mein Schatz.*[15] Ține pielea strânsă. Nu, mai degrabă așa. Cine ți-a făcut semnul ăsta pe piept? Nu un bărbat? Ești foarte slabă, ți-a frânt cineva inima? Nu? Îți este dor de casă? Nu-mi lipsește deloc Turcia. Gaziantep. O cunoști? Lângă graniță. E prea cald! Teribil! Dar mâncare foarte bună, mult mai bună decât aici. Cunoști gözleme? Baclava? Dacă te duci acolo, o să te îngrași mai mult. Ha! Poate e mai bine să rămânem aici! Ha! Întoarce-te acum, *mein Schatz*, îndoaie piciorul așa."

La ieșire, m-am întâlnit cu venezueleana Catalina, care își lega bicicleta chiar în fața Waxing Dreams.

---

15 Schatz sau Schatzi înseamnă „comoară" sau „dragă" în germană.

– Bună ziua! a exclamat ea. Ce faci aici?

– Eram în vizită la o prietenă, i-am răspuns. Ce faci?

– Vino cu mine, te rog. Beau o cafea cu Katya.

Am urmat-o în Markthalle IX, o frumoasă piață acoperită din secolul al XIX-lea, chiar după colț. Prietenul rusoaicei Katya vindea pâine la brutăria italiană de acolo, iar Katya începuse de curând să lucreze la „camionul" de espresso, de vizavi. Cred că și-a găsit acel loc de muncă, în principal, pentru a-l supraveghea, pentru că era extrem de posesivă. Mi se părea că el făcea tot ce putea pentru a-i încuraja gelozia - frământa aluatul într-un mod inutil de senzual și oferea mostre de focaccia fetelor germane suple care se înghesuiau în jurul lui, punându-și feliile între buze ca un preot care administra sacramentul. Venezueleana Catalina a cumpărat un sendviș cu mozzarella și pesto și îmi tot oferea din el. Katya mi-a făcut un espresso dublu și s-a așezat la masă.

– Uită-te la ea - o vezi pe cea cu părul negru? Cu fusta albastră? Dacă ea încearcă ceva cu el, știu că el o va termina cu mine.

A luat o mușcătură din sendvișul ei. Pesto, mozzarella și roșii. Vederea lui m-a făcut să leșin de foame.

– Întotdeauna așteaptă următorul upgrade. Știi, săptămâna trecută, am văzut că era pe Tinder. Mi-a frânt inima, m-a durut atât de tare! Și m-a mințit, mi-a spus că și-a făcut abonament, ca să-i explice unui prieten cum funcționează.

– Este gratuit, am corectat-o eu.

– Ce? a bolborosit ea, cu gura plină de pâine.

– Tinder. E gratis.

– Ah, bine! Dar uită-te la ea, cred că poate e prea frumoasă pentru prietenul meu. Nu știu, pentru o aventură de o noapte, poate că ar face-o.

– Ascultă, Katya, ești mult prea frumoasă pentru el! Dacă el o vrea pe cealaltă, las-o să-l aibă. Probabil că se merită unul pe celălalt. Nu poți ieși cu cineva care te face să te simți atât de nesigură. Ești tânără, ai totul în față!

Ambele femei au dat din cap, în semn de acord cu platitudinile mele, genul de lucruri pe care prietenele mele de sex feminin le regurgitează mereu una către cealaltă când suntem împreună. Chorizo era o jigodie sordidă, nu merita timpul ei – dar știam că s-ar fi dus acasă și ar fi comandat niște lenjerie intimă scumpă pe internet sau ar fi mers la o epilare completă la Waxing Dreams, orice pentru a se agăța de el. Tot ce făceam eu era să-i spun cum ar trebui să reacționeze și acum avea să se simtă de două ori ratată: ratată pentru că nu a fost capabilă să se agațe de un bărbat mediocru și ratată pentru că nu a avut răspunsul adecvat de femeie independentă și eliberată la această pierdere.

Am ajuns acasă și în curte am trecut pe lângă vecinul de la parter. Era sprijinit de perete și fuma, cu fața spre fereastra mea. Ne-am ignorat unul pe celălalt, fără să ne recunoaștem tangoul tăcut, fervent, prin ușă. Am pus ceainicul pe foc și m-am conectat la MatchTime. Îmi lăsasem fereastra deschisă și apartamentul era plin de fumul vecinului. Am aprins niște tămâie și am început să dau scroll.

Aveam două mesaje noi. Primul era de la Hans, 26 de ani, heterosexual, bărbat, singur, 180 centimetri. Locuiește în Friedrichshain. Fotografiile lui erau destul de drăguțe – una cu el la un lac, una cu un grup de prieteni la Tempelhofer Feld și una în care ținea o poză cu el însuși folosind o oglindă pentru a-și face un selfie. Mi-au plăcut hainele lui, hipster, dar îngrijite. Avea părul negru, pielea palidă și câteva cicatrici vechi de acnee care îl făceau mai puțin chipeș și mult mai simpatic. Profilul lui era foarte bine pus la punct, de categoria 7: Inteligent și cultivat:

AUTOCARACTERIZARE:

Un artist al mișcărilor, noțiunilor și emoțiilor.

ÎMI PLACE SĂ FAC:

Biscuiți și prăjituri, mai ales, înainte de Crăciun. Stollen, de exemplu. Și *Pickert*, care este un fel de clătită westfaliană.

CE FAC CU VIAȚA MEA:

Nu face pe filosoful cu mine!

PARTENERUL MEU AR TREBUI SĂ FIE:

În viață și, în mod ideal, să nu fie imaginar.

ÎMI PETREC MULT TIMP GÂNDINDU-MĂ LA:

Cum să nu mai gândesc prea mult la orice.

CEL MAI INTIM LUCRU PE CARE SUNT DISPUS SĂ-L RECUNOSC:

Sunt pe MatchTime.

Ne-am trimis câteva mesaje și am stabilit o întâlnire pentru vineri seara. Celălalt mesaj a fost de la un tip pe nume Milosh, 26 de ani, heterosexual, bărbat, singur, 180 centimetri, al cărui profil era și el întruchiparea unei categorii 7:

Născut în Polonia, crescut în Freiburg. Studiază păsările, albinele și istoria, DJ. Deutsch, poloneză, engleză și un pic de franceză. Ich liebe hummus![16]

16 Iubesc humusul!

Prima fotografie era un prim-plan al profilului său, cu un parc înzăpezit care se întindea în fundal. Purta o bonetă neagră, cu șuvițe mari de păr șaten-închis, pieptănate peste ochi.

Următoarea fotografie trebuie să fi fost făcută în timpul verii - purta ochelari de soare rotunzi, tip John Lennon și privea fix în aparat, cu părul lung și cu fața în formă de inimă. Cea de-a treia fotografie era mai puțin promițătoare - purta una din acele șepci snapback pe care eu le consider un semn distinctiv al idioțeniei, și un maiou, cum purta Lars, prietenul lui Kat. Mesajul său, pe care l-am tradus din germană, suna astfel:

„Bună, Daphne, ce mai faci? Cocktailul din imagine arată delicios. Îți place să bei și vinuri? Roșu sau alb?"

Am redactat câteva răspunsuri, verificând dacă germana mea era corectă, folosind Google Translate, scriind în căsuța de text fără să le trimit, pentru a vedea cum arătau pe pagină.

„Bună, Milosh! Și mie îmi place șapca ta! Da, numai Deutscher Riesling în aceste zile!"

Hmm, dar probabil că el nu știe ce este Riesling, ceea ce va fi jenant, sau știe, dar faptul că îmi place îl va face să creadă că sunt pretențioasă și că sunt genul de fată cu multe mofturi care se va aștepta ca el să plătească pentru lucruri. Mi-au plăcut semnele de exclamare, totuși - au transmis atmosfera de entuziasm fără suflare pe care încercam să o proiectez. Poate ceva mai mult.

„Bună, Milosh!
Alb, pe vremea asta!"

Dar apoi m-am gândit că sună ca și cum aș fi țipat. Fără semne de exclamare?

„Bună, Milosh.
Alb, pe vremea asta."

Nu, absolut groaznic, arăta ca un haiku. Un smiley era de ajuns.

„Bună, Milosh.
Alb, pe vremea asta!"

Sau:

„Bună ziua, Milosh!
Alb, pe vremea asta."

În cele din urmă, am ales:

„Hello, Milosh.
Alb, pe vremea asta!"

Lejeritatea tonului a funcționat în mod evident, pentru că Milosh a propus o întâlnire sâmbătă, la o zi după întâlnirea pe care o plănuisem cu Hans. Ar fi fost primul sfârșit de săptămână ocupat cu socializarea pe care îl aveam de când mă mutasem la Berlin.

Oamenii spun întotdeauna că cele mai importante momente trec de obicei neobservate, invizibile, precum peștii într-un râu care curge. Nu le observi în acel moment, spun ei, ești prea ocupat să te lași dus de val. Dar mie nu mi se pare că acest lucru este adevărat. Știu întotdeauna când ziua pe care o trăiesc va ajunge să se înalțe deasupra celorlalte în peisajul trecutului meu și dacă cineva pe care tocmai l-am cunoscut va juca un rol principal. Probabil că acest lucru spune ceva despre mine – nu am fost niciodată foarte bună la „a mă lăsa dusă de val". Nu cred că mă scufund vreodată pe deplin în ceva. Corpul meu este în pârâu, e adevărat, dar întotdeauna am capul puțin deasupra apei. Mereu mă uit în jos, la mine, urmărindu-mi picioarele care se zbat și peștii și buruienile din jurul meu.

Ideea este că atunci când m-am trezit pe 24 iunie, știam că cele 48 de ore care mă așteptau vor fi de genul celor la care mă voi opri, atunci când voi analiza volumul greu al trecutului meu. În viitor, i-aș fi pus pe călugării mei contabili să lumineze aceste pagini fie cu îngeri și cu foițe de aur, fie cu o mulțime de diavoli teribili din manuscrisele medievale. Doar că nu eram încă sigură cu care anume.

M-am dus să alerg în Tempelhofer Feld, ca de obicei. Geamurile terminalului aeroportului Albert Speer au prins culoarea Soarelui, care încă nu răsărise complet. Când am ajuns, era încă un disc roșu discret, dar când am terminat prima buclă, inunda cerul și își pierdea forma.

Întotdeauna mă simt cumva exorcizată după o alergare. Simt că am respirat și am transpirat toate impuritățile care s-au acumulat în mine. Nu știu sigur de unde vine preocuparea mea de a mă simți pură. Nu e ca și cum aș fi crescut cu moravuri sexuale stricte. Oricum, dacă preocuparea mea ar fi fost să fiu pură în „sensul creștin", atunci aș fi fost în regulă. Adică, practic trăiam viața castă a unei călugărițe, doar că nu aveam vreunul dintre aspectele de convivialitate ale unei mănăstiri.

Tipul de puritate care mă preocupă este mai mult... clinic. Are mai mult de-a face cu sentimentul de necurățenie și contaminare, cu o suspiciune insinuantă că mintea și trupul meu au fost ruinate. Genul de sentiment care mă face să-mi doresc să-mi pot curăța organele și creierul cu înălbitor. I-am spus odată unui terapeut despre asta, iar ea s-a entuziasmat și a început să speculeze că aș fi avut o traumă din copilărie îndelung reprimată.[17] S-ar putea să fie ceva întunecat și îngrozitor, a spus ea, care să fi putrezit urât undeva în subconștientul tău. A încercat să scoată din mine orice ar fi fost prin hipnoză, dar nu a descoperit nimic.

Pur și simplu, nu-mi place ideea ca ceva din afara corpului meu să intre în corpul meu fără permisiunea mea explicită - fie că este vorba de mâncare, sticlă, droguri, sânge. Frica merge și în sens invers. Mi-e frică de prea mult sânge sau de faptul că un organ îmi cade cumva din corp. De fiecare dată când îmi venea ciclul, eram îngrozită că aș putea avea o hemoragie. Într-un fel, subconștientul meu este, probabil, ca un fel de agent stresat de control al frontierei din SUA, doar că, în timp ce instrumentele acestuia sunt pistoale, electroșocuri, bastoane și câini de detecție, eu am doar alergarea, restricția calorică și produsele de curățare.

Sunt, de asemenea, un agent de control al frontierei extrem de neglijent, genul care apare cu uniforma pătată

---

17 De asemenea, m-a diagnosticat cu invidia penisului.

și mototolită, care adoarme în timpul turei și lasă să treacă 10.000 de imigranți ilegali. Întotdeauna greșesc și îmi pierd controlul – las părul să se acumuleze și să înfunde dușul, nu mă spăl pe mâini după ce merg cu U-Bahn și, cel mai rușinos dintre toate, mănânc mii și mii de fulgi de ovăz, în miez de noapte, la lumina Lunii. De multe ori, când mă trezeam în apartamentul lui EG după unul dintre aceste „festinuri de la miezul nopții", nici măcar nu mă puteam hotărî să mă uit la dezordinea de căni de terci pe jumătate pline, linguri unse cu ulei de cocos sau quark, pachete de zahăr goale. Abia după ce alergam și făceam duș, când simțeam că mi-am achitat datoriile, făceam curățenie cu grijă, deschizând ferestrele și aprinzând niște tămâie. Curățând mizeria în acele ocazii mă simțeam optimistă, ca și cum aș fi pornit de pe o pagină albă, perfectă.

Când m-am întors de la alergare, picioarele mele erau acoperite de praf. M-am spălat și mi s-a scurs pe tibii ca un caramel topit. Degetele mari de la ambele picioare erau învinețite și unghiile stăteau să cadă. Îmi amintesc că eram puțin îngrijorată de cât de mult păr pierdeam. Peria mea prindea mănunchiuri groase de păr atunci când mă pieptănam. Mi-am înfășurat bine părul într-un prosop și mi-am frecat cu ulei de nucă de cocos rănile de pe piept, care erau din nou dureroase și sângerau din cauza frecării de sutienul sport. Aplicarea uleiului de nucă de cocos se simțea întotdeauna ca un fel de balsam. A fost unul dintre cele mai frumoase lucruri pe care le-am făcut pentru a avea grijă de mine. Am deschis fereastra și perdeaua a fluturat în briza ușoară. Mi-am uscat părul și, în acea vineri, mi-am petrecut o veșnicie întreagă, trecându-mi degetele prin el ca o mamă cimpanzeu care își îngrijește puiul.

M-am îmbrăcat și, per total, arătam destul de bine. Purtam o cămașă enormă și strălucitoare care lăsa iluzia că nu purtam nimic pe dedesubt. Deodorant, fond de ten, pudră, rimel. Hans și cu mine stabilisem să ne întâlnim în jurul orei 20:30 și am plecat cu mult timp înainte, oprindu-mă la un *Späti* pentru a cumpăra un pachet de gumă cu scorțișoară pe care am mestecat-o nervoasă și am scuipat-o, în timp ce mergeam cu S-Bahn-ul spre Ostkreuz. Uitându-mă acum în urmă, mă simt aproape nostalgică, în legătură cu persoana care eram atunci, un miel încrezător, înconjurat de răutate, dar orb la ea, care tropăia, privind înainte spre viitor și spre ceea ce îi rezerva acesta, preocupându-se doar de partenerul ei și dacă acesta o va găsi drăguță.

Ceilalți pasageri păreau mai ciudați decât de obicei și distanți, ca și cum se forma o ruptură între mine și toți ceilalți. Ei erau încă pe Pământ, legați de normalitate, în timp ce eu pluteam în derivă, în spațiu. S-ar putea să sune foarte melodramatic, dar ar trebui să adaug că: a) eram extrem de emoționată în legătură cu întâlnirea și b) purtam căștile mele cu funcție de blocare a zgomotului exterior, care sunt atât de eficiente, încât mă fac să mă simt mereu ca și cum aș fi într-un fel de lume a umbrelor. Nu ascultam muzică, pentru că încercam să-mi economisesc bateria. Tot ce puteam auzi era sunetul propriei mele înghițituri și bătăile inimii în urechi. Îmi provoc adesea atacuri de panică atunci când acord prea multă atenție bătăilor inimii mele. Mi se pare atât de improbabil ca întreaga minune înaltă a ființei mele, adică imaginația, spiritul și sufletul meu, să fie legată de asta, o pompă sângeroasă de mărimea unei fripturi. Cu cât mă gândesc mai mult la inima mea, cu atât mai repede bate și atunci nu mă mai pot gândi la altceva. Google Greg mi-a explicat odată ceva ce el numea „quantum weirdness". Fizicienii, mi-a spus el, au descoperit că particulele subatomice prezintă proprietăți diferite atunci când sunt măsurate, ca și cum ar fi conștiente că sunt observate. De când îmi povestise despre asta, m-am îngrijorat constant că acest „efect de observator" s-ar putea aplica inimii mele și că dacă mă gândesc prea mult la ea ar putea ceda.

Trenul meu a oprit în Ostkreuz la ora 8:25. Mi-am dat seama repede că fusese o idee stupidă să ne întâlnim acolo, ca și cum ai plănui să te întâlnești cu cineva pe care nu-l cunoști în Times Square sau în Oxford Circus. Am petrecut un sfert de oră bun căutând ieșirea principală a gării și mi-am verificat telefonul.

„O să întârzii puțin, îmi pare rău!" îmi scrisese.

„Kein Thema!" (Nicio problemă!) am răspuns eu și am pus telefonul la loc în buzunar, apoi am început să pun în scenă una dintre cele mai tensionate reprezentații de cinci minute din viața mea. Oricine a fost la o întâlnire MatchTime sau Tinder va ști exact la ce mă refer - nu pot să o descriu decât ca fiind actul de a pretinde că nu te prefaci că nu aștepți o întâlnire pe nevăzute. O astfel de reprezentație presupune să arunci o privire nonșalantă și nefixată - dar nu dezlipită - în direcția generală din care crezi că ar putea veni persoana cu care trebuie să te întâlnești. Câmpul vizual ar trebui să fie destul de larg atât pe orizontală, cât și pe verticală, deși spațiile complet deschise trebuie evitate pe cât posibil, deoarece ar putea avea ca rezultat faptul că vei vedea partenerul când acesta se află la câteva minute de mers pe jos. Atunci vei

fi nevoit să te holbezi la el ca un ciudat fără minte până când va ajunge la tine. Dacă îl reperezi, încearcă să te prefaci că nu l-ai văzut. Dacă nu reușești acest lucru, este mai bine să începi să te îndrepți spre el într-un ritm moderat.

În mod ideal, nu ar trebui să ai telefonul în mână - te va face să pari excesiv de dependentă de rețelele de socializare, ca genul de persoană care nu este niciodată capabilă să fie doar cu sine. Dacă nu reușești să-ți menții privirea nonșalantă, nefixată - dar nu dezlipită - pe toată durata spectacolului, folosește un alt tip de recuzită. În Berlin s-ar putea să reușești să te descurci cu un tricou sau ceva artizanal, dar ideal ar fi un câine sau o țigară. La limită, o carte este suficientă. Totuși, NIMIC care ar putea arăta ca un obiect de recuzită - acest lucru exclude orice lucru de Proust, rușii deprimanți (Tolstoi, Dostoievski, Bulgakov etc.) și din păcate pentru mine, în acea zi, *Muntele vrăjit*. Am adus în schimb *Der kleine Hobbit*. Știam versiunea engleză aproape pe de rost, așa că a fost ușor de înțeles. Mi-am întrerupt lectura, prefăcându-mă doar că citesc cam la fiecare două pagini sau cam așa ceva, plimbându-mi ochii de-a lungul orizontului pentru a vedea dacă nu cumva aș putea zări pe cineva care să semene cu un heterosexual, bărbat, necăsătorit, 180 centimetri. Deși este important să pari încântător de absorbit în propria lume, nu trebuie să pari inaccesibil. Am fost întreruptă din lectura mea falsă de o bătaie ușoară pe umăr:

– Daphne? Sunt Hans.

Am știut în acea clipă că nu se va întâmpla nimic serios între noi. Mi-a plăcut înălțimea lui și lejeritatea cu care mi-a atins umărul. Era amabil, nu prea timid, destul de educat. Dar am știut că nu voi putea niciodată să fiu

„implicată romantic" cu el. Știu imediat dacă voi fi sau nu în stare să fac sex cu cineva și sunt întotdeauna fidelă acestui instinct. Nu este vorba despre cât de bine arată. De fapt, nu mă simt niciodată atrasă de bărbați uluitor de frumoși. Subconștientul meu de control al frontierei ține o lesă prea strânsă asupra inimii mele și, astfel, a făcut multe pentru a mă proteja de durerea de inimă și de umilința de a mă îndrăgosti de tipi ca Sean Connery, în ciuda faptului că actorul a fost colosul sexualității mele. În copilărie, am sperat să cresc și să fiu Bond însuși. Când mi-am dat seama că sunt femeie, mi-am concentrat energiile pentru a deveni o fată Bond. Când mi-am dat seama că nu eram nici pe departe la fel de frumoasă ca Honey Ryder sau cu Jinx Johnson, am început să muncesc din greu la școală, astfel încât să pot merge la universitate și să devin deșteaptă și să pot doar să întrezăresc câte ceva din Bond în drumul său spre întâlnirile cu M și Q. La universitate, am încercat să proiectez calități asemănătoare cu ale lui Bond, precum noblețea și stilul, asupra hipsterilor pitici din clasele mele de filosofie, cu un succes limitat. Așadar, nu era vorba de aspectul lui Hans, care era perfect decent - era altceva, ceva „chimic".

Detaliile serii petrecute împreună sunt nesemnificative și sunt puse în umbră de evenimentele din următoarele 36 de ore, așa că le voi descrie pe scurt. Hans se gândise în mod clar unde să mergem. M-a condus de-a lungul ciudatului port Ostkreuz și pe o peninsulă a râului Spree, numită Kap Stralau. Peninsula era pustie și plină de vegetație, la doar câteva minute distanță de gară și de cluburile de noapte, cu buncăre de beton din vechiul Est. A adus o pătură de picnic și un delicios derivat afumat de Club-Mate pe care să-l încerc. Era din Münster, același oraș ca și EG, și vorbea exact ca ea. Clipea destul de mult, ca un iepure speriat, și avea unghiile tăiate pătrat. Studia ceva îngrozitor, ceva de genul „managementul relațiilor de ospitalitate", dar numai pentru că părinții îl obligaseră. Ceea ce își dorea cu adevărat era să meargă la conservatorul din Berlin, deoarece era un pianist foarte talentat. De fapt, se lăuda ușor că avea ceva numit „ureche absolută", ceea ce însemna că putea să recunoască înălțimea și să numească nota muzicală a absolut oricărui sunet. Această abilitate, pe care am pus-o imediat la încercare scoțând tot felul de țipete și zgomote ciudate, a acționat ca un fel de refren al întâlnirii. Ne-am sărutat și nu a fost deloc neplăcut. În jurul orei 2 dimineața, m-a însoțit până la peronul S-Bahn. Eram agitată, vorbeam prostii pentru a-mi acoperi teama că ar putea încerca să mă sărute în fața mulțimii de pe peron. Dar nu a făcut-o. M-a îmbrățișat și mi-a suflat la ureche, un pic deznădăjduit „Komm gut nach Hause" (du-te acasă în siguranță). Sau poate că eu eram cea deznădăjduită, plină de cofeină de la Club-Mate, dar cu stomacul gol, plecând singură spre un apartament gol.

8.

Sub asediu

Am realizat foarte repede că eram în trenul greșit. Asta e chestia cu S-Bahn-ul. Oricât de mult l-am lăudat, am omis să adaug că este foarte greu de folosit. Sunt sigură că ar trebui să fii un fel de Alan Turing pentru a găsi o anumită logică în el. Liniile au nume complet arbitrare, compuse din litere și numere care par capricioase.

Până atunci, circulasem doar pe câteva linii și am crezut în mod eronat că toate liniile S-Bahn fac buclă. Mi-au trebuit aproximativ șapte stații pentru a-mi da seama că nu aveam să ajung în Kreuzberg doar sperând, așa că am coborât la următoarea stație. Mă aflam în Marzahn, „estul profund" al Berlinului. Am fost puțin îngrijorată de blocurile-turn cu aspect neprietenos, de lumina foarte slabă și de faptul că următorul tren spre Ostkreuz venea peste 52 de minute. Era ora 2:30, iar eu eram epuizată și flămândă. Așa că am ieșit din gară, înfruntând străzile cu nimic altceva decât *Der kleine Hobbit* pentru a mă apăra, în speranța că voi da peste un autobuz care să mă ducă acasă.

Acum văd, bineînțeles, că acesta a fost un comportament clasic de victimă a unei crime, că toate elementele erau la locul lor pentru o poveste suculentă de crimă adevărată. Desculță, păr blond, întâlniri pe internet. Poliția l-ar fi acuzat pe Hans, bineînțeles, iar el ar fi putut arăta ca un suspect real în presa tabloidă, cu mâinile sale mari și pătrate și ochii săi care clipeau des. L-ar interoga, l-ar întreba: „Care a fost înălțimea muzicală a ultimelor ei țipete, bastard vestfalian?!" Hans este atât de minunat și de drăguț, încât ar fi putut face o mărturisire falsă, doar pentru a închide cazul.

Cu toate acestea, deși am fost speriată, mai ales când am rămas fără baterie la telefon, a fost genul de frică delicioasă și stăpânită, pe care o simți atunci când te ghemuiești cu niște popcorn pentru a urmări un film de groază. Nu am crezut că se va întâmpla ceva cu adevărat teribil. Acest lucru ar putea părea stupid de naiv dar, ca să fiu sinceră, viața până atunci îmi dăduse destule motive să fiu naivă și proastă. De când mă știu, lumea a fost în general indulgentă și binevoitoare cu mine. Nu am fost niciodată lăsată să plâng când eram copil și nu mi s-a refuzat niciodată nimic din ceea ce îmi doream când eram mică. În adolescență, mă îmbătam și mergeam singură acasă pe întuneric și ajungeam nestingherită într-un apartament cald și liniștit. Dacă îmi lăsam cartea de credit într-un bar, mă aștepta în spatele tejghelei când mă întorceam să o recuperez. Aveam tendința de a avea noroc cu mandarinele și portocalele – cumva, întotdeauna le primeam pe cele fără pielițe. Așa că acest comportament, luând S-Bahn-ul fără să verific unde merge și încrederea mea că voi găsi un autobuz spre casă, la ora 2:35, nu era chiar o nebunie. Se baza pe dovezi trăite și pe date empirice. Adevărat, poate că nu fusesem suficient de atentă la valul recent de nenorociri din viața mea: abandonarea de către iubit, după trei ani de relație, respingerea de la școala de absolvire, dobândirea unui hărțuitor, incapacitatea de a-mi găsi prieteni, izolarea socială și intelectuală completă. Cu toate acestea, dacă făceam un bilanț al tuturor evenimentelor din cei 26 de ani ai mei, avea totuși sens să fiu optimistă. În mod miraculos, a apărut un autobuz și am mers cu el până la cinematograful meu din Mitte, iar apoi am luat U-Bahn-ul, prin stațiile cunoscute spre est, până la stația Hermannplatz. Era deja 3:30. Am cumpărat un pachet de M&Ms galbene și trei pachete de M&Ms albastre de la automatul din stație și le-am mâncat pe toate până acasă, turnându-le în gură ca pe niște Tic Tac.

Mi-am scos cheile și am intrat în curtea de la 105 Huberstraße, simțindu-mă la fel de epuizată și de ușurată ca Bilbo, la întoarcerea sa, în siguranță, în Bag End. Lumina vecinului de la etaj era stinsă, ceea ce însemna că nu voi fi adormită de împunsăturile lui ritmice. Vecinul de la parter, însă, era foarte treaz. Apartamentul său de la parter era o adevărată celulă de lumină și emana o ceață de fum de hașiș, despre care știam că s-ar fi dus în sus și ar fi intrat prin fereastra deschisă în dormitorul meu. Ar fi mirosit a iarbă zile întregi. Am văzut patul vecinului pe podea și un coșmar de vase și coșuri de gunoi pline. S-a întors spre mine, iar ochii noștri s-au întâlnit pentru scurt timp când am trecut pe lângă el. Mi s-a părut că l-am văzut lingându-și buzele, într-un mod crud și vădit lasciv. Dar ar fi putut fi un truc al luminii. Eram atât de obosită, încât abia îmi puteam ține ochii deschiși.

Mi-am târât trupul obosit pe scări și am intrat în apartamentul meu. Mi-am dat jos pantofii și am pășit desculță pe coridor, când am simțit o durere înjunghiată în călcâiul piciorului. Am aprins lumina și am vrut să țip. Întreaga cameră strălucea de veselă albă și sticlă transparentă. Dulapurile erau deschise, iar farfurii sparte zăceau pe tejghele și pe podeaua bucătăriei.

Am auzit ceva pe scări. Am fugit în baie și am închis ușa în urma mea. Am presupus că cel care intrase în apartament era undeva în apropiere. Poate că se afla încă în apartament. M-am simțit amețită. M-am așezat pe podea, legănându-mi capul în brațe și apăsându-mi fața între picioare, mușcându-mi genunchii și împingându-mi limba împotriva lor pentru a mă asigura că sunt încă în viață și că încă îmi mai pot simți corpul. Nu am țipat. Am așteptat ca mânerul ușii să se întoarcă.

Mă străduiam să ascult, dar eram disperată să nu aud nimic, instinctul meu de a înfrunta situația luptându-se cu reflexul mai exersat al negării. Colțurile gurii mele erau strânse și se încleștau într-o grimasă. Transpirația era rece în cămașă. Mi-am căutat telefonul. Nu mai avea baterie. Am mai așteptat un pic, apoi m-am târât afară din baie, apăsându-mi genunchii în cioburi, și mi-am luat încărcătorul. L-am băgat în priză și am așteptat ca ecranul să se aprindă. Am regretat atunci toate momentele în care am răscolit detaliile de la locurile crimelor și am aflat cât de multe am putut despre victimele asasinilor. De data aceasta, eram eu, iar în câteva ore, urma să fiu autopsiată de străini cu mâini aspre și bisturie ascuțite. Conținutul uluitor al stomacului meu va fi examinat și expus, iar festinul meu de M&Ms de la miezul nopții, semidigerat, va fi folosit pentru a estima ora morții. Ecranul meu s-a aprins, iar la lumina lui, am văzut că podeaua era acoperită de sânge de la tăieturile de la genunchi și de la picioare.

Am format numărul poliției, 110, și o femeie a răspuns imediat:

– *Polizeinotruf, hallo.*

– *Hallo, ich wohne in Kreuzberg, Huberstraße.* Cred că cineva a intrat în apartamentul meu.

– Sunteți în pericol?

– Nu știu, dar cred că da, da.

– Care este adresa dumneavoastră?

M-a făcut să repet de câteva ori.

– Nu vă puteți muta? Recepția este proastă.

– Nu, îmi pare rău, nu pot, cred că sunt în pericol.

Am auzit-o cum bătea la mașină, apoi a spus:

– Bine, vor veni la tine în câteva minute. Consideri că trebuie să rămân la telefon?

– Da, vă rog.

Și așa am stat nemișcate și am respirat împreună, în tăcere, până când a sunat soneria.

– Au sosit, i-am spus, iar ea a închis, înainte ca eu să pot spune mulțumesc.

Curtea neagră a fost brusc plină de puncte de lumină. Era 4:15. M-am asigurat că am telefonul și cheile, mi-am încălțat pantofii și am coborât în fugă scările.

– *Polizei!*

Atât de tare au strigat când m-au văzut, încât eram sigură că trebuie să-i fi trezit pe puținii vecini care nu auziseră agitația. Nu-mi venea să cred cât de mulți erau, poate șase, dintre care trei, în curtea de alături, care dădeau cu piciorul în coșurile de gunoi și luminau ferestrele de la parter.

– *Polizei! Halt!*

– Eu v-am chemat! Eu v-am chemat!

– De ce ați ieșit? Întoarceți-vă înăuntru!

M-am întors și doi dintre ei m-au urmărit până în

apartamentul meu. Alți trei s-au adunat mai sus, la etajele de deasupra.

– De ce ai lăsat ușa deschisă?

Am ridicat din umeri, dar nu am simțit nimic; nu puteam să fiu mai speriată decât eram deja. Ofițerul mare, blond și liniștitor de brutal, a scos un pistol din husa de la șold și s-a sprijinit cu spatele de ușa apartamentului meu, care stătea întredeschisă.

– *Hallo!* a strigat el. *Polizei! Komm raus!*

Mi-am dat seama că el credea că atacatorul s-ar putea afla în apartamentul meu, ceea ce părea ilogic, întrucât eu fusesem în el cu câteva momente înainte, dar și palpitant de posibil. A trântit ușa de perete pentru a se asigura că nu era nimeni în spatele ei. O femeie ofițer de poliție venise deja în spatele nostru și au intrat amândoi în fața mea. Ea și-a scos pistolul. Au aprins lumina coridorului și au privit spre baie. Podeaua era acoperită de sânge. Bărbatul a smuls perdeaua de duș cu atâta violență, încât bara de perdea a căzut pe podea și mi-a răsturnat borcanul cu ulei de cocos, care s-a spart. Ambii ofițeri de poliție au sărit, dar eu nu am tresărit. Adrenalina mă secătuise și abia dacă mai îmi păsa de ceva. Polițistul s-a dus în dormitorul meu, trăgând plapuma de pe pat, călcând peste farfurii și veselă spartă care pocneau ca niște cochilii de melc. Toate farfuriile și toate paharele erau împrăștiate pe podea. Am văzut cu ușurare că obiectele mai prețioase ale lui EG - supierele și salatierele - fuseseră cruțate. Ofițerul Blondie s-a uitat sub pat, atunci mi-am dorit atât de mult să fi făcut ordine cu o seară înainte. Ai crede că acest gen de mizerii mărunte ar dispărea în astfel de situații, dar se pare că nu-i așa. Mă simțeam paralizată de rușine. Lăsasem ambalajele de M&Ms și un borcan de Nutella lângă pat și am văzut cum ofițerul Blondie cum le înregistra în timp ce scruta camera. A deschis și a închis ușa din față și a examinat încuietoarea. Îi puteam auzi pe ceilalți polițiști strigând: „Poliția! Poliția!" sus și băteau la ușile vecinilor mei. L-am auzit pe vecinul de la etaj, Günter, deschizând ușa și vorbind cu unul dintre ei.

Polițiștii din curte au venit apoi în apartamentul meu. Aglomerația de uniforme impecabile și ceața de parfum Axe m-au făcut brusc conștientă de pantalonii mei scurți și de transpirația de sub brațe, care mirosea diferit de mirosul meu obișnuit, mult mai acid, ca laptele închegat. Ofițerul Blondie mi-a făcut semn să mă așez pe patul nefăcut și m-a întrebat când descoperisem stricăciunile.

– Acum vreo zece minute.

La asta, ceilalți ofițeri au oftat și au ieșit în curte, ca și cum tocmai le pierdusem timpul. Nu știam sigur dacă renunțau sau se duceau să caute suspecți în zonă. Le-am auzit mașinile îndepărtându-se.

– Unde ai adresa de domiciliu?

– La Londra.

– De cât timp locuiești aici?

– De patru luni.

– Germana ta este bună.

A fost palpitant.

– Aveți permis de trecere?

Un permis? m-am întrebat, deoarece „pass" în franceză înseamnă card de călătorie.

Nu au o mașină de poliție?

– Nu, nu am permis, folosesc o bicicletă, dar pot să cumpăr unul dacă este necesar.

Și-a dat ochii peste cap, furios.

– Nu! *Ein Pass, PAssPORT, PAssPORT, PAssPORT.*

Am scotocit în sertar și i-am înmânat permisul meu francez. Din punct de vedere tehnic, nu sunt britanică și mă temeam că această neconcordanță din povestea mea va da peste cap întreaga investigație. Dar el nu a scos niciun cuvânt, nici măcar când s-a întors spre poza mea urâtă de pașaport. S-a uitat de la fotografie la mine fără să clipească și a arătat spre sângele de pe genunchii mei.

– Cine a făcut asta? a întrebat el, arătând spre sângele care curgea.

– Eu am făcut-o. M-am tăiat în cioburi, am spus eu.

– Și cine a făcut asta? a întrebat el, arătând spre bășicile de pe pieptul meu. M-am uitat în jos. Cicatricile se închegaseră ciudat, în linii foarte îngrijite. Îmi plăceau, mi se părea că arătau ca niște semne tribale sau ca o vopsea de război. Dar cum să spui „haine de sport" și „frecare" în germană?

– Nu-i nimic!

La asta, Blondie și ceilalți doi polițiști rămași s-au întors spre mine, ca și cum ar fi înțeles.

– A făcut-o un bărbat? a întrebat el, ceva mai blând.

Am roșit și am zâmbit la acest lucru. Ei nu înțelegeau deloc. Credeau că sunt genul de femeie care are o viață romantică, cineva care ar putea fi în mod plauzibil victima unui abuz domestic. Ba, mai mult, credeau că eram capabilă să fiu timidă și discretă în această privință.

– Nu! Serios, nu e nimic!

L-am văzut pe aghiotantul lui brunet mâzgălind ceva. Aceasta era cea mai mare atenție pe care o primisem de luni de zile. Îmi plăcea la nebunie. Faptul că li se părea credibil că cineva ar putea să se simtă posesiv cu mine era incredibil de măgulitor. Ofițerul Blondie a arătat spre farfuriile sparte. Le-a mormăit ceva celorlalți doi, care au ridicat unele dintre fragmente cu mâinile goale, ceea ce mi s-a părut foarte neprofesionist. Dar amprentele digitale? Unde erau mănușile și pungile pentru probe?

– Au mai avut loc și alte spargeri în acest apartament?

– Nu știu nimic despre asta. Dar ceva ciudat s-a întâmplat acum câteva luni, în jurul datei de 3 aprilie.

– Ce s-a întâmplat, mai exact?

– Cineva a aruncat cu o piatră și mi-a spart fereastra.

– Ai raportat atunci?

– Nu.

Mai multe rotiri ale ochilor și arcuiri ale sprâncenelor.

– Ai observat dacă lipsește ceva?

M-am uitat și am văzut că laptopul meu era încă pe birou. Nu mai aveam nimic de valoare.

Am deschis dulapurile de haine și de bucătărie - se părea că toate lucrurile lui EG erau încă acolo.

– Nu, nu cred că lipsește nimic. Nu am nicio bijuterie sau ceva de genul ăsta.

– Hmm! Atunci de ce ar fi intrat cineva în apartamentul tău dacă nu voia să fure nimic? Ai vreo idee cine ar putea face asta? Cineva care ar vrea să te sperie? Ai un prieten?

– Nu.

– Un fost iubit?

M-am gândit cu o tresărire de spaimă la Richard Grausam, hărțuitorul. S-ar putea să fie el, m-am gândit. Era nebun și sinistru. Dar cronologia nu avea sens, din moment ce îl cunoscusem la o lună după prima cărămidă. Dar, din nou, nu l-aș fi pus în pericol. Chiar dacă era atât de nebun și de sinistru. Cu toate acestea, ipoteza unor motive psihologice complexe era într-adevăr dincolo de germana mea la acea vreme, așa că am răspuns simplu.

– Nu. Dar cred că știu cine a făcut-o. Probabil că a fost vecinul de la parter. Nu mi-am dat seama că știam acest lucru până când nu am spus-o, dar apoi am știut-o cu toată certitudinea. Blondie le-a făcut semn celorlalți doi care au fugit jos și au început să bată în ușă și să strige: „Poliția! Poliția!" în felul lor amenințător. Ei s-au întors un minut mai târziu.

– Nu e nimeni acolo. Dar tipul de sus spune că i s-a părut că a auzit ceva în apartamentul dumneavoastră mai devreme, în jurul prânzului.

– Günter a spus asta? Nu se poate așa ceva. Eram acasă atunci, am plecat abia pe la ora 6.

Ofițerul Blondie a făcut o notă, apoi a întrebat:

– Ușa era deschisă când te-ai întors?

– Nu, am descuiat-o.

– Dar fereastra era deschisă?

– Da. Da, era deschisă.

– Ai lăsat-o deschisă?

– Cred că da.

S-a încruntat și a mai făcut o notă.

– Dar nu ar fi fost ușor să ajungă la fereastra ta. Ești sigură că nimeni altcineva nu are o cheie de la apartamentul tău?

– Da, sunt sigură. Dar cred că nu ar fi atât de greu să urce. Vecinul de la parter ar fi putut să se urce pe pervazul ferestrei și să se tragă singur în sus. E înalt.

Polițistul a coborât să verifice ceva și apoi s-a întors, încruntat.

– Ai dreptate, distanța dintre fereastra lui și a ta nu este foarte mare, mai ales pentru un om mai înalt. Dar de ce ar fi intrat acest bărbat în apartamentul tău? Este iubitul sau fostul iubit?

Acești polițiști erau romantici, disperați să facă din asta un fel de poveste de dragoste.

– Nu! Nici măcar nu am vorbit vreodată!

– Atunci, de ce?

– Pentru că îmi aruncă priviri foarte neprietenoase, urâte. E doar un sentiment.

– E vreun motiv pentru care te-ar viza? Ai mai vorbit cu el înainte? V-ați certat?

– Nu, niciodată. Eu sunt mereu tăcută.

Avea un aer îndoielnic. Arăta bine și era expert în chestii dubioase.

– Când l-ai văzut ultima dată?

– L-am văzut când am venit acasă și el m-a văzut pe mine. M-a privit cu ochi neprietenoși.

– Când a fost asta?

– Pe la ora 3.

– Unde ai fost în seara asta?

– În oraș cu un prieten.

– Ai luat droguri?

– Nu! Nu!

– Știi cum îl cheamă pe acest bărbat

– Nu. Dar s-ar putea să fie pe soneria de afară.

– E vreun alt motiv pentru care te-ar fi vizat? Faci parte din vreo organizație politică sau cu un stil de viață special?

Habar n-aveam ce voia să spună. M-am gândit că poate mă întreabă dacă sunt anarhistă sau lesbiană.

– Nu. Cred doar că nu mă place. Am sentimentul că nu-i plac femeile, în general.

– Ei bine, a spus ofițerul Blondie, sceptic. Ai vreo dovadă?

– Nu, am răspuns eu. Dar după ce am venit acasă și am găsit apartamentul în halul ăsta am auzit un zgomot pe scări. Cred că mă urmărea, ca să vadă cum voi reacționa.

– Ei bine... a spus el. Nu putem face prea multe fără dovezi.

M-am uitat la dezordinea din apartament. Știam deja că nu-mi vor fi de niciun ajutor.

– Da, am înțeles. Ce ar trebui să fac?

– Știi... a început el, jucându-se cu telefonul în mod distrat. Nu cred că este o idee bună să rămâi aici.

Au mai zăbovit încă zece minute, cerându-mi copii ale contractului meu de subînchiriere, ale contractului dintre EG și Frau Becker, pe care nu le aveam, și numărul de telefon al lui Frau Becker, pe care de asemenea nu-l aveam. Investigațiile lor birocratice erau mult mai minuțioase decât aspectul de rezolvare a crimelor din munca lor. Le-am oferit apă și cafea, dar au refuzat, amintindu-mi de oamenii care îmi reparaseră fereastra. Ofițerul Blondie mi-a dat o carte de vizită cu numărul secției locale de poliție din Kreuzberg.

– Data viitoare, sună la acest număr. Este mai bine dacă rămâi la un prieten în seara asta. Mult noroc!

Au plecat fără să-și ia rămas-bun. Am încuiat de două ori ușa în urma lor și m-am așezat pe patul meu, pe jumătate ușurată că eram singură și pe jumătate dornică să-i văd din nou. Era deja ora 5 și habar nu aveam ce să fac.

Plănuisem o alergare, dar mă gândeam că inima mea ar putea să cedeze dacă aș face acest lucru. Puteam, dar nu voiam să fac duș. Eram prea speriată. Mă tot gândeam la acel pasaj din *Ghidul supraviețuitorului*:

> **„Siguranța ta este responsabilitatea ta. În cele din urmă, nu te poți baza pe poliție, pe părinți, pe vecini pentru a te proteja. Trebuie să iei măsuri pentru a te apăra, să te protejezi prin orice mijloace necesare."**

Dar nu aveam o idee, despre cum să mă protejez. M-am uitat în jos, în curte. Inima încă îmi bătea cu putere. Nu era nimeni prin preajmă. Mi s-a părut ciudat că niciunul dintre vecinii mei nu ieșise să vadă ce se întâmplă și să verifice dacă sunt bine. Probabil că acest lucru avea legătură cu discreția germană, o calitate pe care o apreciam când eram lăsată în pace în cafenele sau în parcuri, dar pe care o resimțeam în acea dimineață. Germanii sunt atât de „privați", m-am gândit eu. Sunt atât de respectuoși față de spațiul dintre vecini, încât, dacă într-o zi domnul și doamna Cohen sunt scoși din apartamentul lor, în miez de noapte, de Gestapo, sau Daphne Ferber este bătută până la moarte de vecinul de la parter, se vor preface că nu aud nimic. Nu știam ce să fac. M-am gândit să le trimit un mesaj colegilor mei de clasă sau prietenilor mei de la alergare, dar m-am simțit prea rușinată. Nu din cauza a ceea ce mi se întâmplase – știam deja că avea un fel de farmec întunecat –, ci pentru că era pur și simplu atât de jenant să-i sun într-un moment atât de intens de vulnerabilitate. Nu suportam să recunosc că ei erau, de fapt, singurii prieteni pe care îi aveam în Berlin și singurele persoane cărora mă puteam adresa în caz de urgență.

În schimb, am trimis trei mesaje: unul tatălui meu, unul mamei mele și unul fratelui meu. A fost minunat să trimit din nou mesaje, să văd toate fețele zâmbitoare stupide, filtrele de selfie și toate aceste lucruri care confirmau existența unei lumi mai blânde și mai prietenoase decât cea în care fusesem aruncată.

[05:44:51] Tată, mi s-a întâmplat ceva rău în timpul nopții, sunt bine, dar te rog să mă suni când citești acest mesaj.
[05:45:07] Mamă, te rog să mă suni când te trezești. [05:45:53] Bună, frate. Te rog să mă suni când ai un minut liber.

Tatăl meu este insomniac. Abia dacă doarme, așa că mă puteam baza pe el să mă sune imediat. Părea epuizat.

– *Oui? Alors?* a spus el. Și?

-Tată, cineva a intrat în apartamentul meu și mi-a distrus toate paharele și farfuriile.

– Ce vrei să spui?

I-am explicat ce se întâmplase, despre faptul că venisem târziu acasă (bineînțeles că nu am menționat ora sau data), despre cum se uitase vecinul de jos la mine și despre ce spusese poliția.

– Ești sigură că el este?

– Nu!

Nu i-am spus însă și despre hărțuitorul meu. Un tată nu poate suporta prea mult adevăr.

– Bine... Ei bine, ce ai de gând să faci? Poți să suni un prieten?

– Da, vine cineva la mine! am mințit eu.

– Bine. Nu sta acolo în seara asta. Vrei să-ți trimit mai mulți bani? O să-ți rezerv o cameră la hotel.

– Nu, mulțumesc, tată!

– Pleacă de acolo și trimite-mi un mesaj când ieși.

I-a dat telefonul mamei mele, care dormea lângă el.

– *Darrrrrrrling*, a mormăit ea somnoroasă.

Vocea de lapte și miere.

– Mamă, sunt bine, chiar sunt bine.

– Draga mea, a zis ea din nou.

A fost prima dată când am simțit că pot să plâng.

– Ți-ai sunat prietenii, dragostea mea? Vin pe la tine?

Părinții mei cred că am o mulțime de prieteni. Este una dintre iluziile lor despre mine.

– Da, mamă. Vin pe la mine

– Bine. Dragă, ce ai de gând să faci? Ai de gând să te muți?

– Chiar nu vreau! Am plătit chiria pentru următoarele două luni. Dar nu știu dacă e sigur să rămân aici. Nu-mi dau seama dacă reacționez exagerat sau nu. Crezi că ar trebui să mă mut?

Ea a rămas tăcută. Săraca femeie... Chiar am făcut-o să treacă prin multe în 26 de ani. Când eram copil, mă rușinam ușor, eram teribil de geloasă pe fratele meu mai mare și plângeam în fiecare dimineață când pleca la serviciu. În adolescență, am fost complet superficială. Purtam tricouri cu iepurași Playboy și salivam după micii labagii din clasa mea, în timp ce ea încerca să mă facă să mă interesez de *Bonjour Tristesse*. Am plecat la 18 ani la Oxford, nu am sunat niciodată și rareori m-am dus acasă. M-am întors ca o zdreanță emaciată, trei ani mai târziu, și nu am făcut nimic cu notele excelente pe care aproape mă omorâsem ca să le câștig. Mâncam pe furiș, fără să-i dau niciodată plăcerea de a mă hrăni. Ascundeam ambalajele de mâncare și lingurițele cu crustă de miere în sertarul cu șosete, dar ea știa mai bine ce să facă și nu mă confrunta direct cu ele. Pur și simplu, dispăreau. Asta făcea pentru mine mama mea, evacuându-mi discret cele mai mari rușini, care erau și ale ei. Și iată-mă acolo, la ora 5, într-o sâmbătă, făcându-o responsabilă pentru siguranța mea, când ea merita să doarmă și să viseze.

– Nu știu, dragă, a zis ea în cele din urmă. Ce a spus tata?

– Nu-ți face griji, o să mă ocup eu de asta.

– Nu te supăra! Ce ar trebui să fac? Nici măcar nu știu unde locuiești și nu știu cum să te ajut! Vrei să vii acasă?

– Nu, e în regulă. Nu-ți face griji, o să mă ocup eu de asta. Te sun mai târziu.

Sunt adesea Estella cu mama mea. Ea mă iubește atât de mult, încât nu sunt niciodată păzită în cruzimea mea.

– Te rog, nu te supăra pe mine!

– Nu mă supăr. E în regulă. Vorbim mai târziu.

Și am închis, înainte ca ea să poată să răspundă.

Mi-am făcut o cafea cu lapte și zahăr adevărat. Mă simțeam mai calmă și mai stăpână pe mine, după ce îmi supărasem mama. Știam că se va agita, dar nu voia să recunoască faptul că era îngrijorată, pentru că îi spusesem că îngrijorarea ei îmi submina încrederea în mine. Telefonul meu a vibrat cu un mesaj de la ea:

„Te rog să-mi trimiți un mesaj când ieși de acolo, draga mea! Îmi pare rău că nu ne-am înțeles. xxxx"

Am ignorat-o și am decis că mă simt suficient de curajoasă să fac un duș. M-a speriat liniștea totală. Îmi amintea de un peisaj de zăpadă virgină atât de perfectă, încât la tentația de a o călca în picioare ar fi fost imposibil de rezistat, iar zdrobirea ar fi început din nou. Mi-am pus un podcast, ultimul episod din „This American Life" și am pășit în jurul vasului zdrobit de ulei de cocos, care începuse să se topească și să se împrăștie. Nu am agățat perdeaua de la duș, pentru că nu am vrut să încurajez realizarea unui remake din „Psycho". M-am spălat de mirosul de sânge și de lapte acru de pe mine. Tăieturile nu mă dureau, dar arătau impresionant. Încă mă simțeam rău de la adrenalină. Fratele meu m-a sunat când am ieșit de la duș. M-am întors în dormitor și m-am așezat înfășurată într-un prosop pe podea, legănând telefonul între ureche și umăr, privind cum străluceau marginile zimțate ale sticlei, în timp ce Soarele răsărea.

– Hey! Ce s-a întâmplat?!

Tonul lui era glumeț. Ca întotdeauna. I-am explicat, iar el a râs.

– Ha-ha!

– Ce crezi că ar trebui să fac?

– Berlinul este o junglă. Trebuie să pleci de acolo.

– N-ar fi o reacție exagerată?

– În niciun caz. Oricine ar fi, a spus foarte, foarte clar că nu te vrea acolo. Ai nevoie de bani?

Nu-i dădeam prea multă atenție. Căutam pe Google: crime în Kreuzberg.

– Nu, mulțumesc pentru întrebare.

– Mută-te înapoi la Londra! Poți să stai cu mine cât timp dorești.

– Mulțumesc dar, de fapt, îmi place la Berlin, am spus, deși principalul motiv pentru care nu voiam să mă întorc acasă era pentru că ar fi părut o capitulare.

Părinții mei consideraseră că decizia mea de a mă muta la Berlin a fost o idee proastă. Nu credeau că pot avea grijă de mine și nu le plăcea să mă îndepărtez de casă. Voiau ca eu să mă împac cu șeful meu de la Knights in Black Satin, să mă împac cu colega mea de apartament și să îmi asum responsabilitatea pentru pisoiul neglijat Pringle. Nu erau de acord cu politica pământului pârjolit pe care o aplicasem în viața mea londoneză și mă criticau pentru faptul că abandonam locurile și oamenii ori de câte ori lucrurile nu mergeau așa cum voiam eu. Dar, dacă aș fi părăsit Berlinul în acest moment de cumpănă, le-aș fi dat dreptate. Și chiar iubeam Berlinul, într-un mod ciudat și disfuncțional. În ciuda cărămizilor, a spargerilor, a hărțuitorului, a singurătății devastatoare pe care o simțeam atât de acut, încât semăna cu o durere fizică, sfâșietoare. Eram convinsă că aici se aflau toți prietenii, iubiții și stimulii de care aveam nevoie, dacă aș fi învățat să abordez lucrurile așa cum trebuia. Nu-mi pierdusem speranța că în curând voi fi răsplătită pentru perseverența mea și că fiecare lucru se va aranja pentru mine. Am fost întotdeauna o persoană foarte încrezătoare.

I-am trimis un mesaj lui EG din Seattle și lui Gabriel.

[06:40:07] Daphne: Bună, dragă EG, mă tem că am vești proaste. M-am întors acasă după o noapte petrecută în oraș, foarte devreme în această dimineață și am constatat că cineva intrase prin efracție în apartament, iar poliția a venit, dar nu a fost de mare ajutor. Nu sunt sigură ce ar trebui

să fac. Îmi pare foarte rău pentru toată această situație.
[06:57:38] Daphne: Bună, Gabriel, pot să te întreb ceva când te trezești?
[06:57:56] Daphne: Mă tem că este un pic urgent. Așa că spune-mi când pot să te sun!!!

Era ora 10 noaptea în Seattle, dar EG m-a sunat aproape imediat. I-am explicat, încercând să par normală. Ea solicita detalii, reacționând cu o groază, proporțională cu ceea ce se întâmplase, dar eu vorbeam în propoziții stranii și banale, pe care nu le folosesc de obicei, spunând lucruri, precum: „Nu-i nicio problemă", „Sunt OK" și „Sunt sigură că tot ce am nevoie este un somn bun", ca și cum rostirea unor astfel de platitudini ar fi păcălit realitatea și mi-ar fi forțat viața să devină din nou banală. M-a întrebat dacă știu cine ar fi putut intra prin efracție.

– Cred că ar putea fi tipul de la parter.

– Ah, chiar așa? Doamne, e destul de ciudat. Ți-am povestit cum a încercat să-mi dea un cadou în prima seară în care m-am mutat, dar era târziu, așa că nu am vrut să deschid ușa!

– Da, îmi amintesc, am spus eu, gândindu-mă că lipsa ei de vecinătate a semănat semințele apropiatei mele distrugeri.

– Ah, dar nu-i așa că nu are niciun sens? De ce ar fi făcut asta?! E atât de antisocial! Serios, pur și simplu, antisocial! Ai făcut ceva care să-l tulbure?

– Nu! De fapt, de la început a dat muzica foarte tare.

A urmat o pauză stânjenitoare, pe care am interpretat-o ca fiind jena ei de a subînchiria apartamentul ca fiind

„un cuib drăgălaș, într-un cartier frumos". Probabil că s-a gândit că o să-mi cer banii înapoi, lucru care nu-mi trecea prin minte.

– Pur și simplu, nu-mi vine să cred, este o nebunie. Ai vreun prieten la care poți sta în seara asta?

– Da, desigur! am mințit eu. Vrei să-i spui doamnei Becker ce s-a întâmplat? Nu cred că pot să-i explic totul în germană.

– Bineînțeles că o voi face! a răspuns ea.

– Bine. Somn ușor! Îmi cer scuze pentru tot.

Telefonul meu a vibrat de la mesajele primite de la familia mea, care voia cu disperare să știe dacă am ieșit de acolo. I-am lăsat în suspans, mi-am verificat e-mailul și am văzut că EG îi scrisese deja lui Frau Becker, spunându-i că apartamentul fusese cumva spart.

Frau Becker nu a răspuns la e-mail, dar, 30 de minute mai târziu, am văzut-o în curte sortând pubelele și am auzit-o dând cu mopul pe scări, reluându-și îndatoririle de *Hausmeister,* ca și cum nimic nu s-ar fi întâmplat. Mi s-a părut incredibil de ciudat acest comportament, dar nu mai puteam să mă descurc cu limba germană, așa că, în schimb, am verificat din nou Facebook și WhatsApp, trimițând bună dimineața și zâmbete la diverse cunoștințe, menținându-mă distrasă ca unul dintre acei operatori de telefonie de modă veche care se ocupa cu o singură mână de centrala telefonică locală, deconectând mufe și apăsând întrerupătoare, făcând transferuri între WhatsApp și Google și Facebook, rugându-mi părinții neliniștiți „să aștepte" și jonglând cu mai multe linii în același timp. Mi-am petrecut următoarele câteva ore în această stare, calm și eficient. Câteva ore mai târziu, Gabriel mi-a răspuns.

[12:25:46] Gabriel Shamai: Hei hei
[12:25:54] Gabriel Shamai: M-am trezit
[12:27:54] Gabriel Shamai: Sper că nu am întârziat prea mult.
[12:28:33] Daphne: Pot să te sun?

Nu mi-a răspuns la telefon și aproape că am început să plâng de disperare, dar m-a sunat înapoi imediat.

– Bunăăă DIMINEA-ȚA, DARF-ne. Cuuum ești?

Tocmai se trezise și era cu Nina. Îi întrerupeam o dimineață frumoasă, de cuplu. Probabil că stăteau dezbrăcați în patul frumoasei Nina, hrănindu-se reciproc cu lingurița cu granola ei făcută în casă. I-am explicat ce se întâmplase și i-am întrebat dacă pot să rămân pentru o noapte. El a spus imediat că da. Unul dintre colegii lui de apartament era plecat pentru zece zile, puteam să stau acolo până când acesta se întorcea. Știam unde locuia? Da, Siegfriedstraße. M-am oferit să plătesc pentru cameră, dar el a spus: „În niciun caz!" Puteam să mă duc oricând doream.

Am scos geanta mare și albastră de la IKEA de sub pat și am aruncat în ea bunurile mele cele mai prețioase: pantofii de alergare, lenjeria preferată, *Muntele vrăjit*, carte încă neterminată. M-am uitat prin cameră. Nu mă deranjasem să curăț geamul, nici nu măturasem vasele murdare sparte și resturile de ulei de cocos. Eram disperată să ies de acolo, dar mă temeam și că vecinul mă aștepta și pândea cu niște acid. Avusesem o fază în care căutam pe Google „femei desfigurate în atacuri cu acid: înainte și după" și îmi tot imaginam pielea mea tânără transformată în țesut cicatricial ceros. Mi-am strâns rucsacul în jurul taliei și mi-am agățat geanta IKEA pe umărul drept. Am încuiat ușa în urma mea și am coborât în grabă scările, protejându-mi fața și ochii când am trecut pe lângă ușa lui.

Frau Becker zăbovea lângă coșurile de gunoi, uitându-se la bucățile de geam care sclipeau. Avea părul dat cu permanent și era mai mov decât ultima dată când o văzusem; purta mănuși galbene de cauciuc, cizme Wellington și un șorț cu litere galbene pe care scria „I'LL FEED ALL YOU FUCKERS". Aceasta era ținuta ei obișnuită de curățenie.

– Ah! *Hallo!* a spus ea și a arătat cu degetul deasupra mea. Teribil!

Eu doar am dat din cap.

– Asta s-a întâmplat deja de două ori de când te-ai mutat aici, nu s-a mai întâmplat niciodată înainte, a continuat ea. Nu am avut niciodată probleme aici și sunt proprietara clădirii de 60 de ani.

– Nu este vina mea, am spus eu, și am simțit cum îmi înăbuș un plâns. Nu am făcut nimic!

– *Naja*, a răspuns Frau Becker, care este modul german de a exprima duioșia fără a părea prea evident impolitețe. Ei bine... a adăugat ea șoptit. Cred că vecinul de la parter a făcut-o. Uite ce am găsit în fața ușii lui.

Mi-a făcut semn să mă apropii și a scos din buzunar o folie de aluminiu. De aproape, am înțeles de ce părul și linia părului ei arătau atât de ciudat. Își făcuse cea mai profundă operație de lifting facial pe care am văzut-o vreodată. Pielea ei părea ca o peliculă adezivă, trasă strâns peste oase. A desfăcut folia de aluminiu și mi-a dat-o. Conținea rămășițele a ceea ce era, fără îndoială, un joint.

– Droguri, a spus ea, prefăcându-se că fumează și încrucișându-și ochii, imitând ceea ce credea ea că ar putea arăta o persoană drogată. Băiat rău!

Apoi și-a încrucișat din nou ochii și a mai tras un fum simulat din mâna ei cu mănuși de cauciuc.

Am fost destul de impresionată de istețimea ei neașteptată. Nu făcuse cu adevărat curățenie; costumația era un paravan. Făcea ceea ce ar fi trebuit să facă poliția, își băga nasul peste tot, își băga nasul în lucruri. Poate că asta făcuse în toate lunile astea, pretinzând că face curățenie dar, de fapt, îi supraveghea pe chiriași. Asta ar fi explicat cu siguranță cât de murdar era locul. În orice caz, am fost de acord cu concluzia ei, dar am considerat că dovezile ei erau insuficiente. Iarba te poate face paranoic, dar nu auzisem niciodată ca ea să fi dat cuiva impulsul de a intra prin efracție și de a vandaliza apartamentul unui străin.

– Da. Nu știu... am spus eu, ridicând geanta IKEA. Acum mă duc la un prieten.

– Bine, uite aici numărul unui lăcătuș, în caz că vrei să schimbi încuietorile, a spus ea, punând bilețelul în buzunarul din față al cămășii, cu mâna ei cu mănușă de cauciuc. Sună-l când vrei!

Când ușile s-au trântit în urma mea, inima mi s-a luminat de ușurare. M-am târât transpirată spre stația de U-Bahn, trecând pe lângă Der Kaninchenbau, încă plină. Am mers cu trenul în direcția Oberlandstraße, în Neukölln Sud. Mă întrebam dacă nu cumva o să mă întâlnesc cu Kat. Geanta mea de la IKEA s-a legănat și m-a lovit. Ce pachet firav eram, oase fragile de porțelan învelite în falduri transpirate de mătase. Mi-am amintit de bunele intenții cu care mă mutasem în apartamentul lui EG, cum credeam că voi folosi cratița ei specială pentru sparanghel, că voi învăța să trăiesc cu suporturile cu pahare pline de ciocolată, că voi începe să iau pilule ca ea și că voi avea un iubit. Dar sufletele nu se refac cu o schimbare de decor. Bineînțeles că știam asta dintotdeauna, toată lumea știe, dar să o trăiesc din nou și din nou, în fiecare oraș și apartament nou, să execut varietăți ale aceleiași coregrafii obositoare doar pentru a mă regăsi în același loc, urându-mă în oglindă, toate mă secătuiau de ultimele rezerve de optimism pe care le mai aveam.

Mi-am evitat reflecția în fereastra U-Bahn-ului și m-am dat la o parte pentru a-i lăsa pe cerșetori să treacă. O femeie roșcată, cu o gură frumos conturată, a urcat în stația următoare. Ținea în brațe un bebeluș, iar capul lui rotund, cu ochii ca niște nasturi, se uita fix la ea. Nu-mi plăceau copiii. Îmi doream, dar eram sigură că uterul meu era ostil vieții, un deșert poluat și acid. Fata mânca un cornet de înghețată verde și, din când în când, îl îndrepta spre fața bebelușului, ca și cum l-ar fi tamponat cu o pensulă groasă. Bebelușul lua din înghețata verde și își mișca bucuros mânuțele și picioarele. Oare, voi fi și eu vreodată așa? Iată la ce mă gândeam. Se va sfârși vreodată această prostie?

9.

„Cele mai dragi bunuri ale sufletului"

Pentru ca timpul să treacă mai ușor în timpul alergărilor noastre lungi, Ollie, Evan și cu mine îi învățam pe rând pe ceilalți câte un cuvânt nou și interesant din germană. Într-o zi toridă, în Tempelhofer Feld, Evan ne-a vorbit despre *Habseligkeiten*, pe care l-a definit ca fiind „cel mai prețios bun pe care îl are o persoană". Ne-a testat memoria la fiecare cinci kilometri sau cam așa ceva, cerându-ne să-l silabisim și să-l folosim în mod corespunzător într-o propoziție. Cel care pierdea trebuia să facă un sprint de 100 de metri. În apartamentul lui EG, am căutat expresia. Evan avea dreptate, *Habseligkeiten* înseamnă într-adevăr „cele mai prețioase bunuri", dar dacă înțelegi puțin germana, sensul este mult mai profund. *Hab* vine de la cuvântul „a avea", *selig* înseamnă „binecuvântat" și evocă și cuvântul pentru suflet, *Seele*. Împreună, aceste asocieri se compun pentru a însemna ceva de genul „cele mai dragi bunuri ale sufletului", „ultimele obiecte de care se agață persoanele fără adăpost și refugiații", „singurele lucruri pe care o victimă a unui dezastru le va salva înainte de a fugi".

Așadar, eram acolo, călătorind cu U-Bahn, cu *Habseligkeiten-ul* meu îndesat în geanta IKEA, cu greutatea ei înfiptă în umărul meu. Am simțit un murmur al acelui vechi optimism care se ridica în mine. O luam de la capăt. Se întorcea valul, începea un nou capitol.

Gabriel mi-a deschis ușa de intrare. Curtea lui era mult mai mare decât a mea și plină de cărucioare și triciclete pentru copii. Și el locuia în *Hinterhof*, dar la etajul șase. M-am urcat ca un catâr încărcat și am încercat să-mi reconfigurez trăsăturile pentru a ascunde masca de teroare pe care o purtam încă de dimineață. Am reușit însă doar parțial, pentru că atunci când Gabriel a deschis ușa m-a luat în brațe. Se bronzase foarte tare, iar contrastul cu ochii lui palizi îi făcea să pară și mai albaștri. Părul lui era o învălmășeală de bucle decolorate. Arăta și mirosea ca un înger.

Apartamentul era mai ordonat decât fusese în timpul petrecerii, dar, de data aceasta, dezordinea de pantofi, firimituri și urme de la ceștile de cafea mi s-a părut îmbucurătoare. Dormitorul meu era cel mai apropiat de intrare, în stânga bucătăriei. Era destul de ordonat, cu tavanul înalt și curat. Dădea spre un arțar enorm, care estompa soarele de după-amiază și arunca umbre dansatoare pe pereții goi. Gabriel îmi făcuse patul, golise unul dintre dulapurile colegilor de apartament pentru hainele mele și pusese trei narcise galbene în paharul de lângă pat. Toate aceste mici gesturi erau incredibil de emoționante. Mă simțeam la fel ca în copilărie, când mă întorceam acasă după excursiile școlare în care nu-mi plăcea să merg. Întoarcerea acasă era ca un paradis regăsit. Mama mă scotea din autobuzul școlar și mă ducea acasă, unde mă îndopa cu sendvișuri cu salam și tort de ciocolată. Sosirea la Gabriel îmi amintea de revenirea în cercul iubirii, după zile de anonimat și indiferență. Am început să plâng.

– Îmi pare rău! De fapt, nu e chiar atât de rău, am spus eu, ştergându-mi faţa cu mâinile încrustate de mizeria din U-Bahn. Nu mă simt cu adevărat speriată sau ceva de genul ăsta. Sunt doar foarte obosită, îmi pare rău.

M-am aşezat la masa din bucătărie în timp ce el pregătea cafeaua şi am trecut în revistă evenimentele din acea noapte. La fel ca aproape toţi ceilalţi cu care urma să discut cazul, interesul principal al lui Gabriel era să încerce să afle un motiv.

– Am discutat cu Nina, a spus el, şi ea a crezut că ar putea avea legătură cu îmbogăţirea sau ceva de genul ăsta. Poate că îi urăşte pe străini sau este un fel de tip extremist antigentrificare din Neukölln?

– Poate! am spus eu, deşi omul părea atât de direct, încât mă îndoiam că era capabil să nutrească vreun fel de sentiment politic.

De asemenea, am fost dezamăgită de ideea că şi-ar fi dat seama că eram străină. Am făcut eforturi supraomeneşti pentru a trece drept nemţoaică. Nu vorbeam niciodată engleză în public, purtam un tricou de fotbal german pentru a alerga, afişam ostentativ titlurile în limba germană a tot ceea ce citeam. În acel moment, citeam *Der kleine Hobbit*, pentru numele lui Dumnezeu!

– Ei bine, oricum... a început Gabriel. Este o poveste uimitoare şi ciudată. Ar trebui să scrii despre ea.

– Poate că o voi face. Dacă va fi un bestseller, o voi arunca prin fereastra vecinului meu.

A zâmbit şi m-a întrebat dacă vreau să iau cina cu el şi cu Nina. Eram pe punctul de a spune da, dar apoi mi-am amintit de întâlnirea mea cu Milosh de pe MatchTime.

Era 7:15, iar eu trebuia să mă întâlnesc cu el la ora 8.

– E prea târziu să anulez acum, am spus.

Privind în urmă, mă întreb de ce nu am plecat din Berlin chiar atunci. Așa cum subliniase fratele meu, orașul nu-mi dăduse prea multe motive să rămân. Fusesem hărțuită, îmi fuseseră sparte farfuriile și apartamentul și nu aveam un loc de muncă. Deși era adevărat că îmi îmbunătățisem cunoștințele de germană, nu aveam prieteni germani cu care să le exersez. Invitația fratelui meu de a mă muta înapoi la Londra era tentantă. Îmi plăcea Fulham, cunoșteam un loc drăguț în zonă, unde aș fi putut găsi un loc de muncă, iar dacă voiam cu adevărat să continui cu germana, aș fi putut merge la Goethe-Institut. Dar, în același timp, hărțuirea, vesela și spargerea nu mă făceau să mă simt groaznic în pielea mea. Era ceva revigorant în legătură cu faptul că mi se întâmplau lucruri rele. La Londra, eu îmi provocasem toate nenorocirile. Pentru mine, lucrurile fuseseră incredibil de ușoare acolo. Găsisem o slujbă la o cafenea cool, care venea la pachet cu un grup de prieteni. Aceștia m-au invitat la petreceri la ei acasă și la fripturile de duminică. Locuiam într-un apartament într-o casă frumoasă din Queen's Park, pe care o împărțeam cu o franco-canadiancă pe nume Cécile, care lucra ca restauratoare de mobilă la Sotheby's. La două săptămâni după ce m-am mutat, am adoptat un pisoi pe care l-am numit Pringle. Ea m-a iubit și m-a luat cu ea peste tot. Îmi făcea masaje când mă durea corpul de la munca de chelneriță. M-a învățat să port ochelari de soare roz sau portocalii pe tot parcursul anului pentru a bloca cenușiul mohorât al Londrei. În fiecare duminică, pregăteam cafele irlandeze mari pentru micul dejun, apoi mergeam prin Old Spitalfields Market și ne întorceam acasă împovărate cu mobile vechi pe care Cécile le restaura. Totul în apartament îi aparținea. Era rafinată; iar viața mea era încântătoare. Dar tocmai stricasem totul în felul meu obișnuit: lingușeală, minciună, dispariție, repetare. Nu am mai vorbit cu nimeni din acea perioadă. Unii mă disprețuiau și îmi doreau răul, dar alții, știam, inclusiv fosta mea colegă de apartament, erau îngrijorați și voiau să ia legătura cu mine. I-am ignorat și m-am simțit vinovată, dar nu atât de vinovată încât să le răspund vreodată. În Berlin, pe de altă parte, eu eram victima inocentă. Niciuna dintre nenorociri nu era din vina mea. Celălalt lucru era că aceste incidente nefericite acționau ca niște containere tangibile ale anxietății, care se găsea în viața mea la acea vreme. De fapt, anxietatea nu a avut niciodată sens. Eram norocoasă, tânără, cu părinți care mă susțineau financiar și cu o educație bună. Cu toate acestea, de când mă știu, am fost chinuită de un sentiment de teamă. Nu era îndreptat spre nimic, dar era mereu acolo, o umbră întunecată asupra vieții mele. Hărțuiala și cărămizile i-au dat fricii mele un sens. Adunau toate umbrele mici de nefericire care de obicei pătau totul, ca un mare magnet, astfel încât restul părea mai curat, mai clar. Eram extenuată când m-am pregătit să mă întâlnesc cu Milosh, făcând un duș rapid și folosind gelul de duș AXE Ice Chill al lui Gabriel, parfumul său exagerat de masculin amintindu-mi de polițiștii bărbați. Cu doar 24 de ore mai devreme, mă pregătisem să mă întâlnesc cu Hans, iar cu 12 ore înainte de asta, fusesem furioasă pentru că rămăsesem fără cafea instant. Toate acestea păreau acum să facă parte dintr-o existență mai naivă, o existență pe care nu o mai trăiam. Am împrumutat de la Gabriel o cămașă de flanelă, verde cu alb, pe care am asortat-o cu o fustă din denim pe care o furasem de la EG. Era prea mică pentru mine și prea scurtă, dar simțeam că aveam nevoie de o ținută nouă cu care să întorc pagina. Mascara și anticearcăn pentru a ascunde cearcănele enorme. Arătam foarte bine, de fapt. Tăietura de pe obraz și cicatricile de pe piept mă făceau să arăt oarecum sălbatică, iar fața mea era roz și roșie. Întotdeauna arăt cel mai bine atunci când sunt bolnavă, mahmură sau epuizată. Tensiunea slăbește și ceva din fața mea se deschide.

Îmi lăsasem bicicleta la EG și întârziasem, așa că Gabriel mi-a împrumutat-o pe a lui. În timp ce pedalam spre nord, am străbătut aerul îmbâcsit și poluat atât de repede, încât mă simțeam ușoară ca o briză, doar că fabrica de biscuiți funcționase puternic toată ziua, așa că aerul avea un gust dulce în loc de sărat. Mi-am dat seama că mor de foame și m-am gândit la toată mâncarea pe care o lăsasem să putrezească în frigiderul din vechiul apartament. Întârziasem puțin, așa că nu a trebuit să trec prin toată reprezentația de a pretinde că nu te prefaci că nu aștepți o întâlnire pe nevăzute și nici să invoc privirea nonșalantă, nefixată, dar nu descumpănită. El era acolo. Era atât de chipeș, încât nu-mi venea să cred că era acolo pentru mine.

– Daphne?

– Da, mă bucur să te cunosc.

Ne-am îmbrățișat.

– Ai mai fost la Tempelhofer Feld?

– Da, i-am spus și i-am arătat screensaver-ul.

– *Krass!* Este cel mai bun loc din Berlin. Te deranjează să stai pe iarbă? Știu locul cu cea mai bună priveliște.

Ne-am așezat bicicletele una lângă alta.

M-a îndrumat spre un petic de iarbă aflat aproape în stânga pistei centrale, departe de malul de iarbă unde stătusem cu Richard Grausam. I-am arătat fabrica de biscuiți și i-am povestit cum credeam că mirosul era cauzat de o reacție chimică misterioasă între elementele din sol. A cumpărat beri și mi-a făcut cunoștință cu ceea ce avea să devină în curând băutura „noastră", ceva între ceea ce englezii numesc *shand, iar* germanii, *Radler*.

Nu-mi amintesc foarte clar conversația, dar nasul lui era perfect. Întotdeauna am apreciat un nas bun. Al lui era ascuțit, format de o copilărie petrecută inhalând aerul fin al Pădurii Negre. M-a întrebat despre familia mea franceză și despre viața mea din Londra. Mi-a povestit despre bunicii săi polonezi și despre copilăria sa într-un sat mic de lângă Freiburg.

Se mutase la Berlin pentru a studia, pentru un master în istorie. A jucat fotbal cu o echipă mixtă și a fost DJ în câteva cluburi. Avea o soră geamănă pe nume Ella și, mai îngrijorător, o fostă iubită pe nume Hedvig.

– Am fost împreună timp de cinci ani și jumătate.

– Oh, și când v-ați despărțit?

– Acum câteva luni. Dar a fost complicat - am locuit împreună, așa că a trebuit să mă mut. Avem același grup de prieteni.

Am vrut să-l întreb de ce s-au despărțit, dar nu am îndrăznit.

– Și cum îți place Berlinul, Daphne? Germana ta este incredibil de bună.

Între timp, Soarele începuse să apună, ceea ce este întotdeauna un eveniment dramatic pe Tempelhofer Feld. Este atât de plat și de deschis, încât oferă o linie a orizontului perfect neîntreruptă. Niște bărbați din spatele nostru au început să bată tobele. Oamenii au aprins grătare, au băut și au râs. Fumul se ridica în spirale pe tot câmpul, iar sclipirile roșii ale cărbunelui transformau iarba în ceva ciudat și preistoric.

El fuma țigări rulate și, după câteva pahare, l-am rugat să-mi ruleze și mie una. Îmi place când bărbații îmi rulează țigări. Este unul dintre puținele lucruri pe care ei pot să le facă și eu nu pot, iar asta mă face să mă simt ca o domnișoară și ca și cum mi-ar putea fi de folos. A mai scos un *Radler* din rucsac. Era unul dintre acele rucsacuri Fjällräven pe care le poartă copiii cool. Simbolul lor este o vulpe, animalul meu preferat.

– Cum se spune asta în germană? l-am întrebat eu.

– Fuchs, a spus el, și a atins ușor pandantivul cu vulpe pe care îl purtam la gât.

– De unde îl ai?

– De la mama mea.

Apoi mi-a atins obrazul și mi-a trasat cicatricea care îl străbătea.

– Și cum ai făcut-o?

Încă mă simt mândră de incredibila reținere de care dădusem dovadă de a nu fi divulgat imediat toată povestea cu cărămida și spargerea din prima clipă. Era complet împotriva naturii mele. De obicei, dacă vreau ca cineva să mă placă, atunci consider că toate secretele mele sunt la îndemână, un joc cinstit în schimbul negocierii afecțiunii. Dacă stau să mă gândesc bine, mi-e mai puțin rușine de toate minciunile pe care le-am spus decât de toate adevărurile pe care le-am spus. Am mărturisit unor persoane aproape străine cele mai profunde și mai întunecate lucruri despre mine și despre familia mea. Le-am spus totul despre infidelități, cancere, supradoze - genul de lucruri despre care altor oameni nu le place să vorbească, spuse doar câtorva persoane care le-au câștigat încrederea. Întotdeauna mi-am exploatat nenorocirile pentru scopuri narative. Dacă trebuie să trăiești ceva oribil, poți la fel de bine să transformi rahatul în aur, spunând o poveste bună.

Iar cărămizile au făcut cu siguranță o poveste bună. I-am povestit lui Milosh despre asta în germana mea șovăielnică, scoțând-o în evidență. Mă tot întrebam dacă o să ne sărutăm. Cineva a început să cânte la vioară, iar Milosh a râs și și-a pus capul în mâini.

– E aproape prea romantic, Daphne!

Habar nu aveam cât era ceasul, dar se întunecase deja. Eram amețită de băutură și amețită de dragoste, iar stelele, Luna și cerul păreau strâmbe și ciudate. Începusem să tremur de oboseală.

– Mor de foame! a spus el brusc. Să luăm ceva de mâncare?

M-a condus la o pizzerie care îi plăcea, în Schillerkiez, printr-o încrucișare întunecată și plină de frunze, de străzi pietruite în afara intrării estice în Tempelhofer Feld. Am ocupat loc pe o bancă afară și el s-a întors cu patru felii mari, dintre care trei cu carne.

– Nu ești vegetariană, nu-i așa? a întrebat el.

– Nu, am mințit eu, luând o mușcătură lascivă din pizza cu pepperoni.

Nu mai mâncasem carne de ani de zile, dar nu prea îmi place să recunosc acest lucru în fața bărbaților de care sunt atrasă. Mă face să mă simt pretențioasă și cerebrală, ambele fiind calități total neafrodisiace. În ciuda tuturor obiceiurilor ciudate pe care le-am cultivat în jurul mâncării, întotdeauna mi-a plăcut să împart mâncare grasă cu băieții care îmi plac. Mi se pare senzual și riscant să ne hrănim trupurile împreună. Am vrut să par epicureică, capricioasă și originală în gusturi. Am vrut ca nimeni să nu știe că eram preocupată de greutatea mea, deși probabil acesta era principalul obiectiv al vieții mele la acea vreme.

L-am însoțit până la stația de S-Bahn. La fel ca Hans, căruia nu i-am răspuns niciodată la mesaj, Milosh locuia în vechiul Est. Am zăbovit stângaci lângă gară, tăcerea dintre noi devenind din ce în ce mai încordată. S-a îndreptat spre mine cu o ezitare sfâșietoare, cu ochii dansând între ochii și buzele mele, verificând dacă mă citise bine și dacă asta era ceea ce îmi doream. Sărutările noastre aveau gust de limonadă. Mâna lui tremura la baza gâtului meu, la claviculă. Îmi simțeam pulsul sub degetele lui. S-a îndepărtat și ne-am zâmbit unul altuia, timizi și emoționați.

– Aceasta este de departe cea mai bună primă întâlnire pe care am avut-o vreodată! a spus el.

– Sunt complet de acord.

– Ne vom mai întâlni curând?

Am dat din cap și ne-am sărutat din nou.

El a trebuit să fugă pentru a ajunge la tren.

Am zâmbit tot drumul spre casă, savurând seara și cererea lui de a mă revedea. În întuneric, străzile păreau ciudate și necunoscute; am urmărit Google Maps până la Gabriel. Mi-a luat ceva timp să găsesc Siegfriedstraße, iar pe scări nu era lumină, așa că a trebuit să urc pe bâjbâite până la apartamentul lui Gabriel. Nu-mi aminteam dacă locuia la etajul cinci sau șase și mi-am forțat cheia în diverse încuietori, încercând să o găsesc pe cea potrivită.

[02:35:12] Daphne: Ești încă treaz?
[02:36:54] Daphne: Nu-mi amintesc etajul. Sunt nebună
[02:42:59] Daphne: Toate bune, am rezolvat
[02:44:14] Daphne: Mulțumesc pentru tot. Schlaf gut![18]

18 Somn ușor!

10.

Dreptate de justițiar

A fost ușor să alerg în acea dimineață, pentru că încă aveam adrenalină în organism. Cerul era senin, iar Soarele nu răsărise. Lumina se simțea moale și ca untul pe pielea și pe membrele mele. Am zărit un șoim de prerie cocoțat pe un stâlp de gard, cu capul afundat în penajul de zăpadă al pieptului, imobil și somnoros. M-am gândit la Grausam. Îmi plăcea să-l compar cu Milosh și să mă gândesc la el cu cruzime. Mi-era frică de el, e adevărat, dar mă bucuram să-i ignor mesajele și să fiu martoră la modul în care se umilea pentru mine. Era un bătrân oribil și acru și viața lui era deja ruinată, pe când a mea nu. Mi-au fost promise lucruri sănătoase. Nu era nimeni acasă când m-am întors, mi-am făcut o cafea în espressorul Bialetti și am mâncat niște semințe de chia din borcanul enorm pe care îl avea Gabriel, înghițind guri mari și negre. Îmi pocneau între dinți. Transpirația mi se scurgea în spatele genunchilor. Mi-am petrecut toată ziua plimbându-mă între patul meu și bucătărie, dorindu-mi ca Gabriel să se întoarcă pentru a nu fi singură, dar temându-mă să nu mă prindă cu mâna în borcanul cu prăjituri.

Nu s-a întors nici în seara aceea, nici în dimineața următoare. M-am îngrijorat că poate mă evita și am hotărât să găsesc un alt loc unde să locuiesc; asta înainte de sfârșitul zilei. M-am bucurat de plimbarea necunoscută spre ora de germană din acea după-amiază, scurtând prin marginea de sud-est a Tempelhofer Feld și prin Schillerkiez. M-am așezat lângă Leila, care mi-a împrumutat pixuri și hârtie și m-a lăsat să împart manualul ei, deoarece îl lăsasem pe al meu la EG. Ne-am testat reciproc la secțiunea *Wortschatz*.[19] Tema noului capitol de germană era crimă și pedeapsă și a trebuit să completăm golurile dintr-o poveste despre un jaf. Știam toate cuvintele, bineînțeles, din cauza recentei mele întâlniri cu legea, iar Leila a părut impresionată când am nimerit „dovadă", „urgență" și „suspect".

În timpul pauzei, am urmat-o pe Kat afară. M-a rugat să-i țin telefonul mobil, în timp ce își rula o țigară. Purta una dintre cămășile uriașe ale lui Lars și o șapcă Yankees. Arăta uimitor. A început să-mi povestească despre weekendul ei. Fusese la un club și nu dormise de vineri. Leila, Katya și venezuelenii ni s-au alăturat. În cele din urmă, Katya a vorbit peste ea.

– Arăți rău, Daphne. Atât de obosită, ce s-a întâmplat?

– Ei bine, am spus în germană, am avut un weekend foarte nebunesc. M-am întors după o noapte în oraș și am constatat că cineva intrase în apartamentul meu.

– Doamne, nu-mi vine să cred că s-a întâmplat așa ceva. Adică, mai întâi au aruncat o cărămidă prin geam, iar apoi au intrat prin efracție? Ce ghinion! Crezi că poate ești blestemată?

– Mulțumesc, Katya, asta mă face să mă simt mult mai bine...

Dar Kat m-a întrerupt brusc:

---

19 Wortschatz înseamnă „vocabular" în germană. Acesta provine din alăturarea dintre Wort, care înseamnă „cuvânt", și Schatz, care înseamnă comoară.

– Ce naiba, fată? Ce prostie ai spus. Care e problema ta?!

– Oh, Doamne, doar glumea!

– Ți se pare că vrea să audă glumele tale proaste acum?!!

Pauza s-a terminat. Kat i-a aruncat Katyei o privire plină de ură în timp ce ne așezam. Ea, la rândul ei, a evitat să ia contact vizual cu cineva, clipind rapid, ca și cum ar fi vrut să-și rețină lacrimile. Abia dacă a mai spus ceva pentru restul orei și a fugit spre ușă, înainte ca profesorul să termine de citit temele pentru acasă. Kat m-a luat conspirativ de braț în timp ce mă ridicam să plec.

– Daphne, a spus ea. Hai să ieșim împreună!

Nu a fost o întrebare. Ne-am îndreptat instinctiv spre Tempelhofer Feld. Ea m-a presat să încerc să aflu mai multe detalii despre seara de vineri. Voia să aflăm „cine dracu a făcut-o", iar când i-am spus că îl suspectam pe vecinul de la parter a sărit în picioare și a început să mă tragă în sus.

– Hai să mergem acolo!

– Nu, chiar nu ar trebui să mergem, am spus eu, încercând să o trag înapoi.

– De ce nu?

– Ce o să-i facem?

– Întreabă-l ce naiba are!

– E o idee groaznică.

– De ce?

– Pentru că eu cred că ar putea fi foarte periculos.

– Ce crezi că ne va face?

– Nu știu, dar ar putea face ceva rău.

Nu i-am spus despre frica mea secretă de atacul cu acid.

– Atunci, să mergem cu Lars. Nu, serios, el cunoaște niște tipi foarte înfricoșători, am putea să mergem acolo și să-l speriem.

– Nu vreau să-l bag pe Lars în asta.

– Crede-mă, o va face pentru mine. Îmi datorează o favoare sau două.

A rostit această ultimă propoziție pe un ton atât de lasciv, încât nu am spus nimic în replică, iar după o pauză a adăugat:

– Să mergem acolo și să-l speriem.

– Dar poliția va ști că am fost eu.

– Și? O să negi. Nu vor avea nicio dovadă. Oricum, probabil că nu va suna la poliție. Dacă tipul ăsta atacă fete care dorm, atunci sunt sigură că e implicat și în lucruri mult mai grave.

– Dar ar putea să mă urmărească și să mă rănească.

– Nu trebuie să mergi cu ei. Oricum, dacă te vede cu o gașcă mare de prieteni ai lui Lars, o să se sperie de moarte. Serios, Daphne, nu poți să-l lași pe tipul ăsta să nu te respecte. Vino la mine! Putem vorbi despre asta.

Am știut că a fost o greșeală să fi fost de acord imediat ce am ajuns la apartamentul ei. Apartamentul mirosea a iarbă, dar pupilele lui Lars erau enorme și era clar că luase ceva mult mai puternic. Un alt băiat pe care nu-l mai întâlnisem până atunci stătea pe podea. Era doar începutul serii, dar nu-mi puteam da seama dacă acesta era mijlocul, sfârșitul sau începutul distracției lor. Felii de pizza zăceau abandonate pe tejgheaua din bucătărie. Lars purta maioul său caracteristic și mă strângea foarte tare lângă el.

– Ce pantaloni scurți drăguți ai! a spus el, iar eu m-am

uitat în jur, căutând-o pe Kat, care stătea pe canapeaua din piele.

Ochii ei au urmărit mâinile lui Lars în timp ce trasau tivul pantalonilor mei scurți, iar apoi s-au rostogolit în sus pentru a se întâlni cu ale mele. A zâmbit și a dat din cap, ca și cum ar fi vrut să spună: „E în regulă, bucură-te de el!" Doamne, ce ciudat, m-am gândit. Trebuie să facă parte dintr-un joc de provocare sexuală pe care îl jucau împreună.

– Dar ți-e frig! a spus el, frecându-mi pielea de găină de pe brațe. Vrei un hanorac? Voi, fetelor, sunteți flămânde?

S-a întors spre Kat, care deja înghițea felii de pizza, iar eu i-am spus că sunt bine. Kat m-a luat de braț și m-a prezentat celuilalt tip.

– Ea este Daphne, cea mai bună prietenă a mea din Berlin, a spus ea.

Numele lui era Blinker sau Blonker. M-am așezat lângă el și mi-am strâns picioarele sub mine. Îmi făceam mereu griji că miroseau urât. Aveam o singură pereche de pantofi și rareori purtam șosete, iar până la sfârșitul zilei acestea produceau un miros atât de urât, încât eram sigură că toți cei din jurul meu își țineau respirația. Dar nimeni nu spunea nimic. De fapt, Blinker s-a apropiat mai mult și și-a îndreptat toată atenția în direcția mea. Arăta ca un ogar: păr subțire, cu șuvițe, cu o față lungă și slabă și degete ascuțite. Mi-a oferit o înghițitură din băutura lui și, când am ezitat, a părut să-mi citească gândurile.

– E numai bere acolo.

I-am zâmbit. Am luat o înghițitură și avea un gust destul de normal, dar am scuipat-o înapoi în pahar în timp ce el nu se uita.

– De unde îi cunoști pe Lars și pe Kat?

– I-am întâlnit într-un club, a răspuns el.

Avea un fel foarte îndrăzneț de a se uita, ceea ce mi s-a părut carismatic, dar citisem și că este o trăsătură clasică a psihopaților de care trebuie să te ferești.

– Și acum îl aprovizionează pe Lars cu droguri, a adăugat Kat.

– Da, dar îi ofer un preț redus.

A zâmbit și a luat o înghițitură din băutura lui.

– Vrei ceva? Am Tor K.

– Nu, mulțumesc, am zis eu, fără să am nici cea mai mică idee ce anume refuzam.

– Daphne nu se droghează. Dar este cu adevărat o dură. Povestește-le despre ce a făcut vecinul tău.

Le-am spus întreaga poveste, brodând puțin, desigur, făcând ca prima cărămidă să pară mai dramatică, iar spargerea să pară mai sinistră decât a fost în realitate. Am crezut că vor râde când le-am povestit despre conversația cu poliția, mai ales despre confuzia legată de „permis", dar nu li s-a părut deloc amuzant. Blinker a răsucit o brichetă între degete în timp ce eu vorbeam, iar Lars a dat muzica mai încet. În liniștea aceea, mi-am dat seama că practic strigasem. M-am oprit din vorbit destul de brusc.

– Și ce-ai făcut? a întrebat Blinker.

– Ce crezi că am făcut! M-am mutat!

– Nu, vreau să spun, ce ai făcut în legătură cu vecinul? m-a întrerupt el.

– NIMIC! Cum adică, ce am făcut? Ce puteam să fac? Poliția nu a fost de niciun folos.

– Poliția nu face niciodată nimic, a spus Lars.

A conectat difuzoarele la telefon și a pus un playlist

care trebuie să se numească ceva de genul „electro post-melodic care produce panică".

– Nu, dar cum rămâne cu prietenii tăi? a continuat Blinker. Probabil că ai prieteni pe care îi poți întreba.

– Să-i rog să facă ce?

– Să te ajute să i-o tragi!

– Nu am genul ăsta de prieteni!

– Ba da, ai! a spus Kat.

– Oh, asta e drăguț, Kat, dar știi, e în regulă. Chiar apreciez oferta, dar cred că e mai bine să lăsăm în pace câinii care dorm...

– Da, exact, să lăsăm câinele care doarme să moară! a strigat ea. Haide, Daphne. Ți-am mai spus înainte! Ei sunt frații mei, iar frații mei sunt frații tăi.

M-am gândit atunci la fratele meu adevărat, la avocado, la pâinea lui fără gluten și la apartamentul lui sigur și imaculat din nordul Londrei.

– E foarte drăguț din partea ta, sincer, dar nu aș vrea ca vreunul dintre voi să aibă probleme din cauza mea.

– De ce am avea probleme? a întrebat Lars.

S-a ghemuit pe podea lângă mine și genunchiul lui s-a presat în al meu. I-am întors presiunea și m-am întrebat unde duceau toate astea. Blinker a început să golească pungi mici cu fermoar pline de praf alb pe masa joasă.

– Nu o să-i facem rău sau altceva, doar o să-l speriem.

– Dar ce vom face?

– Îi spargem geamul, a răspuns Blinker.

– Dar s-ar putea să fim prinși.

– Cum? Au vreo cameră de supraveghere acolo?

M-am gândit la refuzul lui Frau Becker de a plăti pentru o cameră de supraveghere adevărată. *Hausmeister.*

– Nu, nu e nicio cameră de luat vederi.

– Ei bine, atunci! Niciun risc!

– Dar poate că va suna la poliție.

– Mă îndoiesc că tipul ăsta vrea să aibă de-a face cu poliția.

– Atunci poate un vecin ar putea suna la poliție.

– Au sunat la poliție când ți-a călcat apartamentul?

– Nu.

Kat și Lars erau acum aplecați deasupra mesei, iar eu puteam vedea, pe sub cămașa ei, brazda adâncă a coloanei vertebrale. Blinker mi-a mai turnat o băutură, iar eu am dat-o pe gât. Care e cel mai rău lucru care se putea întâmpla? Să fim arestați? Și dacă am fi fost prinși sau opriți, presupun că ar fi fost o poveste de care să ne amintim. Kat s-a apropiat și a început să se joace cu fermoarul hanoracului meu, hipnotizată de cum micii dințișori de metal se împleteau între ei, apoi se desprindeau ca niște degete. Îi puteam vedea pistruii și firele mici de păr din jurul gurii. S-a sprijinit de mine și i-am simțit pulsul în cutia toracică. Mi-a oferit o înghițitură din băutura ei, care avea gust de dulciuri topite.

– Nu vrei să mergi, Daphne?

– Bine, să mergem!

Toți păreau încântați, iar eu nu mă simțeam deosebit de îngrijorată. Eram sigură că soarta se va întoarce în favoarea mea – ne vom abate de la subiect, Kat va decide că e prea obosită sau toți vor fi prea drogați și vor leșina. Dar ei nu dădeau semne că ar fi mai somnoroși. Își adulmecau cocaina de pe degetele arătătoare, oferindu-mi politicos câte ceva între fiecare pufăit și frecându-și ultimele urme albe pe gingii. Își pulverizau în gură ceva ce părea a fi picături nazale, dar despre care am aflat mai târziu că era Tilidin, un derivat de opiacee administrat bolnavilor de cancer. Îi făcea să hohotească și să fie frenetici. Am plecat cu toții, Kat a fugit după un jumper și am trecut în fugă prin Tempelhofer Feld spre Huberstraße.

A fost o greșeală să o luăm pe drumul acela. Tempelhofer Feld arată dramatic în cele mai bune momente, iar în acea noapte arăta bombardat și apocaliptic. Cei trei mergeau în fața mea, siluetele lor negre semănau cu o ghirlandă de oameni cu lanțuri de hârtie. Auzeam muzică undeva în depărtare, dar nu-i puteam identifica sursa, deoarece noaptea era fără Lună și foarte neagră.

– Bun pentru acoperire, am glumit eu, nu vom fi văzuți ușor.

Ei și-au aruncat ochii spre cer și au dat din cap grav, în semn de acord.

Am convenit să ne despărțim în perechi pentru a părea mai puțin suspecți. Lars și Blinker urmau să meargă în parcul Hasenheide, pentru a găsi niște pietre pe care să le aruncăm, în timp ce Kat și cu mine am luat-o pe un drum ocolit spre apartamentul lui EG.

Respirația mea era superficială; îmi simțeam mirosul, acru și puțin sulfuros.

– Kat, am șuierat în timp ce traversam strada, dar vocea mea a făcut-o să tresară și mâinile ei s-au dus la piept.

– Doamne, am depășit viteza, nu mă speria așa!

– Scuze!

– Ce voiai să-mi spui?

– Sunt îngrijorată pentru băieți.

– De ce?

– Pentru că ei fac trafic și, dacă sunt prinși, e posibil să fie trimiși la închisoare!

Ea și-a dat ochii peste cap.

– În niciun caz. Odată a trebuit să sun la poliție când am crezut că Lars ar putea să mă omoare, iar ei nu au făcut nimic, doar mi-au spus să mă mut. Poliția chiar nu dă doi bani pe tine.

– Lars te lovește?

– Da. Adică, nu des, dar, da, uneori se răzbună pe mine.

Și-a tras mâneca de la tricou.

– Asta e o mușcătură?

– Hmm...

– Oh, Doamne, Kat, de ce nu...

Înainte de a mai putea spune ceva, i-am văzut pe băieți venind spre noi.

– Deci... a șoptit Blinker, nu destul de încet pe cât m-aș fi așteptat. Se consideră că nu facem nimic rău până în momentul în care aruncăm, așa că așteptăm momentul potrivit, când nu e nimeni acolo.

Apoi a deschis rucsacul, care era plin de pietre și de bucăți de beton.

Am împins cheia în încuietoare, doar puțin, înainte ca aceasta să se deschidă. Cei trei au năvălit înăuntru. Mă simțeam neliniștită, dar și foarte pasivă, ca și cum frânghia care mă lega de viața mea normală îmi trecea prin mâini, iar eu acceptasem deja că nu puteam face nimic în privința asta.

– Băieți... am spus, când au trecut de a doua ușă și au intrat în curte. Băieți! am șuierat. Vă rog, cred că tocmai am auzit pe cineva trecând pe lângă mine!

Ne-am oprit să ascultăm, dar nu am auzit nimic. Am descuiat a doua ușă, sigură pe gesturile mele și i-am urmat în curte, având grijă să mă agăț de clanță, înainte ca aceasta să se închidă.

– Care apartament? a șoptit Lars, uitându-se la ferestre. Toate luminile erau stinse. Prosoapele pe care vecinul de la parter le folosea de obicei drept perdele nu se vedeau nicăieri, iar apartamentul său era întunecat. Am arătat cu degetul.

– Pare gol, a observat Blinker.

– Cine aruncă primul? a întrebat Lars.

– O fac eu! a șoptit Kat, iar piatra i-a zburat din mână în același timp în care cuvintele i-au scăpat de pe buze. A fost o aruncare neîndemânatică, ratând complet fereastra și ricoșând în peretele aflat chiar deasupra solului cu o lovitură surdă.

– Idioato! a spus Lars, și a țintit.

A nimerit fereastra din mijloc și a spart cele trei straturi. Impactul a răsunat prin curtea tăcută ca niște valuri care se sparg, mai întâi un pocnet ca de bici al impactului, plescăitul geamurilor mai mari și apoi trosnetul delicat al cioburilor împrăștiate, ca apa care se retrage peste pietricele netede. Dar am fost surprinsă de cât de repede a fost înghițit sunetul înapoi, în noapte. Când piatra intrase în camera mea, am simțit zgomotul reverberând o veșnicie. De aici, de afară, a trecut într-o clipă. Poate că de aceea vecinii mei nu ieșiseră să mă verifice – pur și simplu, nu auziseră.

– Daphne? m-a întrebat Blinker.

– Sigur, am spus eu.

Stratul exterior al pietrei se fărâmița în mâna mea, grosier și granulat ca zațul de cafea. Nu voiam ca Lars să mă ridiculizeze, așa că am aruncat-o cu putere, țintind fereastra din stânga. Piatra a spart fereastra și segmente mari de sticlă s-au desprins spre noi. L-am văzut pe individ apărând și apoi pitindu-se la pământ. S-a aprins o lumină într-unul din apartamentele de la etajul doi, probabil, al lui Günter. M-am uitat în jur la ceilalți în lumina bruscă. Blinker și Lars își întorseseră fețele spre ușa curții.

– Să mergem, acum!

Am ieșit alergând din curte, bâjbâind și ciocnindu-ne unii de alții pentru a ieși toți deodată. Ei au luat-o la dreapta, spre U-Bahn, dar eu am alergat spre parcul Hasenheide și Tempelhofer Feld. Respiram greu și mecanic, dar nu știu unde se ducea oxigenul. Cu siguranță, nu era în inima mea, care mă durea, și nici în creierul meu, care continua să ruleze în buclă detalii din seara aceea: eu luând o înghițitură din băutura lui Blinker, Kat ridicându-și cămașa pentru a-mi arăta urma mușcăturii.

Am intrat în curtea lui Gabriel. Lumina din curte s-a aprins când m-am grăbit să intru, la fel de strălucitoare și orbitoare ca o lanternă. Odată intrată în apartament, m-am strecurat în dormitor și mi-am pornit laptopul. Era un zbor Ryanair pentru Londra care pleca de la Tegel la ora 5:50 și un zbor easyJet care pleca la ora 7. Nu știam cât de grav fusese rănit vecinul. Am vrut să caut pe Google „cât de ușor este să omori pe cineva aruncând o piatră", dar m-am gândit mai bine. Mi-am verificat telefonul; era deja 2:30. Aveam un mesaj de la Kat: „Noapte distractivă! Ai ajuns acasă în siguranță?" și un mesaj de la un număr necunoscut, probabil Blinker: „Nu vorbi despre seara asta cu nimeni!"

Și dacă vecinul a murit? Am putea fi trimiși la închisoare pentru asta. Am căutat pe Google „pedeapsa cu închisoarea pentru crimă în Germania": „Pedeapsa pentru Totschlag (omor prin imprudență) este de 3-15 ani de închisoare și, în cazuri deosebit de grave, închisoare pe viață (pedeapsa minimă de 15 ani)."

Chiar dacă m-ar găsi, cu siguranță, nu mi-ar da 15 ani. Nu aveam droguri în organism și am fost la o universitate bună. Aveam potențial. Așa că, în cel mai bun caz, ar fi fost cinci ani. Și, sincer, aș fi preferat mai degrabă să-mi petrec câțiva ani în închisoare, sub autoritatea legilor și a agenților raționali, decât o oră petrecută cu Richard Grausam sau ascunzându-mă de vecinul de la parter. Cel puțin în închisoare aș fi avut o structură impusă din exterior și aș fi devenit foarte, foarte bună la germană, practic, fluentă. Aș ieși și aș aprecia cu adevărat toate lucrurile cărora le pierdusem gustul - mâncare bună și familie, libertate. Chiar dacă ar fi fost cu adevărat îngrozitor acolo, ar fi fost o excelentă istorisire. Asta ar putea fi, de fapt, ceea ce mă putea ajuta să mă împlinesc ca om.

11.

Curățenie

Trebuie să mărturisesc că mare parte din ce am scris nu este ceea ce s-a întâmplat cu adevărat. Nu vreau să spun că toată povestea este o minciună – este foarte aproape de a fi complet adevărată. Mă refer doar la ultimul capitol. Nu la întregul capitol. M-am dus la Kat și l-am întâlnit pe prietenul ei traficant de droguri, Blinker. Am ieșit din casă și am adunat pietre pentru a ne răzbuna pe vecinul de la parter. Dar apoi m-am prefăcut că am pierdut cheile lui EG și, deși ceilalți au făcut un spectacol ieftin, am fost cu toții ușurați, în secret. Ne-am întors la Tempelhofer Feld și am privit cerul, iar după o oră m-am dus la apartamentul lui Gabriel și mi-am petrecut restul serii în camera mea, la telefon.

Nu sunt sigură de ce am simțit nevoia să mint. Presupun că mi-aș fi dorit să fi făcut ceva cu adevărat îndrăzneț, ca un personaj dintr-un western și să fi luat legea în propriile mâini. Mi-aș fi dorit să fi luat măsuri decisive și să fi făcut ceva, chiar și ceva stupid și regretabil. Poate că m-ar fi scoș din autoamăgirea care mi-a dominat viața. Nu am fost cu adevărat trează în timpul acelor luni la Berlin. Eram obsedată de mine și mă gândeam la propria persoană în mod constant, dar eram complet în negare, cu privire la modul în care trăiam și acționam cu adevărat. Mă vedeam ca pe o femeie tânără și arătoasă care se distra de minune, trăind experiența berlineză. Am fost atrasă de idei despre mine. Cum mi-am petrecut de fapt timpul era lipsit de importanță, pentru că, în cele din urmă, puteam să spun orice poveste îmi plăcea despre acei ani de „tinerețe ratată cu bucurie". Acest tip de negare de sine este aproape o abilitate. Nimeni nu ar fi știut vreodată că mi-am petrecut toată ziua gândindu-mă cum să evit mâncarea și că am fost în mare parte singură. Nici măcar nu știam asta cu adevărat. Un act justițiar poate că m-a forțat să mă trezesc.

În dimineața următoare, l-am întrebat pe Callum dacă mă ajută să îmi mut lucrurile din apartamentul lui EG și a fost de acord să ne întâlnim după-amiază, pe Huberstraße. Mi-am scos din nou telefonul și m-am conectat la Facebook, răsfoind paginile cu subînchirieri din Berlin. Singurul loc promițător era situat în Neukölln și aparținea unei femei pe nume Cass Wolf. Anunțul ei era următorul:

> **„Îmi închiriez apartamentul de la 1 iulie până la 30 ianuarie. Are 38 metri pătrați și este frumos amenajat și decorat. Baia este spațioasă, are cadă, dar încălzirea este defectuoasă. Bucătăria este complet echipată - de la frigider până la vase, totul este disponibil. De dimineața până după-amiaza, vă puteți bucura de Soare pe balconul orientat spre sud. Apartamentul este super liniștit, datorită amplasării în Hinterhof."**

Nu mă mai lăsam păcălită de nonsensul cu *Hinterhof*, dar mi-a plăcut ideea de balcon și baie și am trimis un mesaj. Mi-a răspuns aproape imediat, sugerându-mi să trec pe la ea seara. M-am dus în bucătărie și am stat puțin de vorbă cu Gabriel. Tocmai terminase de pregătit micul dejun: ouă cu ardei iute, roșii și salată, în mici chifle dulci de pâine pe care berlinezii le numesc *Schrippe*, iar restul Germaniei *Semmel* sau *Brötchen*. Își făcea singur acest tip de mic dejun elaborat, așezat la masă, în fiecare dimineață. Mânca încet, turnând sriracha pe sandvici și sorbind suc de portocale între fiecare îmbucătură. Mi-a oferit un *Schrippe*, dar i-am spus că eu și Callum aveam de gând să luăm o înghețată mai târziu. A făcut o grimasă.

– Știu, dar eu nu trăiesc așa sănătos ca tine, doar știi asta! Am gusturi de copil. Îmi plac doar lucrurile dulci și lăptoase.

– Ei bine, trebuie să ai grijă de tine. Amintește-ți, nimeni altcineva nu o va face.

– Da, am spus eu. Încerc!

Bineînțeles, nu încercam cu adevărat. Toată viața mea era un fel de montaj pentru o scenă de salvare. Am vrut ca cineva să mă salveze de sinele meu disfuncțional. Nu știam exact cum va arăta această salvare sau cine va fi instigatorul ei - speram la un fel de figură de druid sau călugăr. El m-ar fi dus la o cabană din Pădurea Neagră. Mi-ar fi cerut să mă așez. Mi-ar fi servit vin, pâine, ar fi insistat să mănânc. O mulțime de cearșafuri de in, cuverturi de puf și găleți cu lapte proaspăt. Aș mânca, m-aș relaxa și aș deveni o versiune feminină a lui Gabriel.

Beam cafea și făceam temele la germană, dar nu mă puteam concentra. Îmi tot verificam telefonul pentru un mesaj de la Milosh. Trebuia să-mi scot restul lucrurilor din apartamentul lui EG. Ea și cu mine nu mai comunicasem din dimineața spargerii. Evitam să-i scriu pentru că încă nu făcusem curățenie, iar ea mă evita, mi-am imaginat, pentru că se temea că îi voi cere să-mi ramburseze chiria rămasă pe două luni.

Cerul de la amiază era de un gri strălucitor și urât și era mai cald decât anticipasem. Mi-am zărit reflexia în fereastra U-Bahn-ului. Arătam ca o umbrelă ruptă. Pentru că sunt atât de lipsită de eleganță, toată lumea presupune întotdeauna că sunt „relaxată", că nu-mi pasă cum arăt. Mă prefac că sunt deasupra „stilului" și „modei", dar adevărul este că sunt pur și simplu incapabilă de așa ceva. Mă deranjează teribil aspectul meu, dar sunt neputincioasă să-l îmbunătățesc. Încerc să-mi planific ținute frumoase, respectabile, dar când mă uit în oglindă descopăr de obicei un aspect grotesc. Nimic din ceea ce port nu arată ca și cum mi-ar aparține. De multe ori, de fapt, nu este așa. Îmi rup hainele de pe mine și le las în grămezi pe podea. Prietenii mei comentează adesea despre lipsa mea de grație, arătând o pată de cafea pe tivul rochiei mele. „Ești atât de dezordonată!" îmi spun ei, dând din cap, în timp ce îmi caut cheile în geanta Aldi. „Ești atât de dezordonată!" Iar eu râd, îi încurajez și le spun: „Da, da, ha, ha, ha. Sunt așa de dezordonată, uită-te la mine!"

Am coborât pe Hermannplatz și m-am îndreptat spre Der Kaninchenbau, evitând contactul vizual cu bodyguardul cu ochi de macrou. Mă simțeam goală și expusă pe stradă. Mă întrebam dacă bodyguardul m-ar fi protejat de vecinul de la parter, dacă s-ar fi întâmplat să treacă pe acolo. Aveam un mesaj de la Milosh și unul de la Callum:

[13:03:11] Milosh: Bună, Daphne cea frumoasă. Ne vedem mâine seară, sper. Ce zici, să mergem

să vedem un film @ Hasenheide Freiluftkino?[20] Și poate mâncăm ceva gustos înainte?
[13:11:29] Callum: O să întârzii 45 de minute. Îmi pare rău, ne vedem curând.

Le-am trimis amândurora un emoji cu degetul mare în sus. Nu am vrut să intru singură în apartamentul lui EG. Cămașa mi se lipise de piele și îmi era dor de un loc răcoros. M-am hotărât să merg să beau o cafea la Karma Rösterei. Am mers până la intersecție și așteptam ca semaforul să se facă verde, când am simțit mâna cuiva pe umărul meu. M-am întors, așteptându-mă să fie Callum, dar era Richard Grausam. M-am întrebat dacă nu cumva visam. Dintr-odată, m-am simțit somnoroasă, ca și cum aș fi privit totul de departe, de la capătul greșit al unui microscop. M-am uitat fix la mâna lui de pe umărul meu. Avea degete noduroase, lipsite de eleganță, iar unghiile îi erau murdare. Mâna lui era caldă și umedă și stătea grea pe mine. Mi-am ridicat privirea spre fața lui. Avea niște ochi foarte frumoși - o nuanță odihnitoare, verde-maro, pe care n-am mai văzut-o la nimeni altcineva. Părea mai în vârstă - capul îi era atât de bine ras, încât inițial am crezut că a chelit. Buzele lui subțiri erau crăpate. Părea încântat.

– Daphne! De ce nu mi-ai răspuns la telefoane?! Eram atât de îngrijorat pentru tine!

I-am ridicat brațul de pe umăr cu o vehemență care a părut să-l surprindă.

– Daphne! Doamne, ce s-a întâmplat?! Semaforul s-a făcut verde, iar el a trecut cu bicicleta pe lângă mine în timp ce eu coboram de pe trotuar. Doamne, haide, exagerezi, ce s-a întâmplat cu tine?

20 Freiluftkino se traduce prin cinema „în aer curat". În Berlin există o mulțime de cinematografe în aer liber în timpul verii.

Mă îndepărtam, când m-a apucat de partea din față a cămășii.

– Hei! Vorbesc cu tine!

Am încercat să mă îndepărtez, dar el reușise cumva să îmi prindă sutienul prin tricou.

– Vreau doar să vorbesc cu tine! De ce te comporți așa de nebunește dintr-odată?

M-am îndepărtat din nou și de data aceasta m-am desprins. Bicicleta lui a căzut când luminile s-au aprins pe roșu și am auzit bipurile mașinilor, în timp ce se grăbea să o ridice. Am ajuns cumva în Karma Rösterei. Era pustiu, în afară de barmanul prietenos - cel cu părul roșcat și tatuaje cu păianjeni, care încă își amintea numele meu.

– Daphne! *Alles gut?* Nu te-am mai văzut de mult timp!

– Hei! Mă bucur să te văd! Ești bine?

– Sunt bine, sunt bine. Sunt ocupat, știi tu, cursuri, iar eu și prietena mea vom pleca în Mexic în câteva săptămâni, așa că am lucrat ca un nebun.

În timp ce vorbea, a manevrat automatul de cafea, amintindu-și de comanda mea.

– Ai fost vreodată? Ai vreun pont?

– Mă tem că nu. Totuși, îmi doresc foarte mult să merg și eu.

Această revenire la normalitate a fost un șoc. Chiar îl văzusem pe Richard Grausam? Rănile de pe pieptul meu pulsau. Nu-mi imaginam, chiar mă înșfăcase. Mi-am dat seama că îmi tremurau picioarele. M-am stabilizat sprijinindu-mă de tejghea. Barmanul nu a observat, a continuat să pălăvrăgească în felul lui prietenos. M-am așezat și am luat o înghițitură din cafea. Era acră și cenușie și abia o puteam gusta. Nu credeam că mă va urma într-un loc public, dar ușa s-a deschis și a intrat, a ignorat salutul barmanului și s-a așezat lângă mine. Și-a pus mâna pe genunchiul meu ca și cum ar fi fost cel mai banal lucru.

– Oprește-te! Oprește-te acum sau chem poliția! am spus eu, suficient de tare ca barmanul să mă audă.

– Doamne, Daphne, calmează-te, te rog! a șuierat el. Ultima dată când am petrecut timp împreună ai fost atât de drăguță, atât de afectuoasă! Ce s-a întâmplat cu tine? Nu arăți prea bine, ți s-a întâmplat ceva?

– Oprește-te! Lasă-mă în pace! Nu trebuie să-ți dau explicații!

– E totul în regulă, Daphne?

Barmanul a auzit cum țipam și s-a aplecat peste tejghea, având un aer îngrijorat.

– Nu, nu este în regulă. Nu vrea să mă lase în pace!

– Hei, *Quatsch*,[21] Daphne.

Grausam a vorbit cu atâta emfază, încât saliva lui a zburat pe fața mea. Îi puteam mirosi respirația. Mâna lui era încă pe genunchiul meu. I-am luat mâna de pe mine și expresia lui s-a schimbat. Pentru o clipă scurtă și absurdă, am crezut că mi-a simțit picioarele neepilate atunci când a pus mâna pe genunchiul meu și că făcea o grimasă de dezgust dar, în schimb, a părut trist și a început să mă implore.

– Ce s-a întâmplat, Daphne, te rog! Te rog să-mi explici ce s-a întâmplat. Dacă am făcut ceva, atunci spune-mi, ca să ne împăcăm. Nu înțeleg ce s-a întâmplat!

Barmanul ieșise din spatele tejghelei și acum stătea chiar lângă mine. Înălțimea lui m-a liniștit. Am văzut că și Grausam i-a sesizat prezența.

21. Nonsens.

– Vrei ca tipul ăsta să plece, Daphne? Te deranjează?

– Da, mă deranjează. Lasă-mă în pace sau chem poliția!

– Vrei să chem poliția? a întrebat barmanul.

– Hei, străinule, vezi-ți de treaba ta! a răspuns Grausam, pe un ton calm, dar ferm. Asta e între mine și prietena mea, bine?

– Da, te rog să chemi poliția.

M-am ridicat. Mă simțeam nesigură pe picioare. Corpul meu nu se simțea cu adevărat al meu, ci ca o colecție dezordonată de tăieturi de măcelar. Grausam s-a ridicat și el. Era mic în comparație cu barmanul, dar era ceva la el, un fel de energie neliniștită și periculoasă care îl făcea să pară mai impresionant.

– Eu sunt cel care ar trebui să cheme poliția la tine, Daphne. Ești atât de nebună, încât nici măcar nu te înțeleg. Ești bipolară sau ceva de genul ăsta? Ba vii la mine tot timpul și îmi spui cât de singură te simți în Berlin, ba vrei să chemi poliția! Nu mai am voie să vorbesc cu tine? Ce e asta, STASI?

– Pleacă naibii de aici, acum, a spus barmanul.

Privirea lui Grausam a zburat între mine și barman, înainte și înapoi, evaluându-ne. M-am pregătit pentru mai multă agresivitate, dar fața lui a căzut.

– Mi-e atât de dor de tine, Daphne.

Era gata să plângă.

– Nu înțeleg ce s-a întâmplat cu tine...

S-a întors și a plecat, iar eu m-am uitat la barman. Mi-am dat seama că mâna mea îl strângea de antebraț.

– Îmi pare rău.

I-am dat drumul, lăsând urme albe de la degete pe pielea lui.

– Îmi pare foarte rău pentru asta. De fapt, nu a fost niciodată prietenul meu; eu doar...

– Ești bine? Vrei să te așezi?

– Nu, nu. Trebuie să plec. Mulțumesc foarte mult pentru ajutor. Îmi pare foarte rău că am făcut o scenă.

– Nu-ți face griji pentru asta. Ești sigură că ești bine? Nu vrei să sun pe cineva? La poliție?

M-am gândit la ofițerul Blondie și la ajutoarele lui inutile.

– Nu, sunt bine, serios!

A insistat să-mi facă o ciocolată caldă la pachet, pe care am aruncat-o imediat după ce am dispărut din câmpul lui vizual. M-am întors pe jos spre apartamentul lui EG, pipăindu-mi gâtul și ceafa în timp ce îmi verificam continuu pulsul. Am vrut să încui repede ușa în fața lui Grausam, dar îmi era teamă să nu dau peste vecinul de la parter. Nu credeam că vecinul ar îndrăzni să facă ceva în plină zi. Oricum, era o zi de marți. Frau Becker venea de obicei să-și îndeplinească îndatoririle de *Hausmeister* și „curăța" curtea în zilele de marți. El nu ar fi îndrăznit să încerce ceva cu ea prin preajmă.

M-am îndreptat spre clădire și am traversat curtea, ținându-mi ochii ațintiți pe pământ în timp ce treceam pe lângă ușa lui. În apartamentul lui EG era o mizerie teribilă. Uleiul de nucă de cocos se închegase, plin de bucăți mici de sticlă, iar toată lenjeria de pat era încă pe podea, de când ofițerul Blondie o scosese de pe saltea. Am aruncat cearșafurile, fețele de pernă roz, prosoapele și perdeaua de duș în mașina de spălat cu trei capsule de rufe Spring Meadow și m-am apucat să curăț zona cea mai ofensatoare: toaletele și dușul. M-am bucurat de întârzierea lui

Callum. Nu mă simțeam atrasă de el, dar tot îmi doream ca el să fie atras de mine. Oglinda mea era pătată cu fond de ten bej și stropi de pastă de dinți.

Sticla a zgâriat îngrozitor gresia, în timp ce răzuiam uleiul de cocos de pe podea din bucătărie. Mirosea bine, a macarons. Am șters praful, am adunat toate lucrurile neidentificabile și firele de păr din toate colțurile și crăpăturile, am spălat bine la duș, am umplut toaleta cu oțet alb (despre care am aflat între timp că nu funcționează deloc la toalete) și am curățat oglinda cu bucăți de ziar vechi. Învățasem acest truc, în timp ce lucram la cafeneaua din Londra. Șeful meu fusese foarte pretențios în privința geamurilor și oglinzilor. Ne trimitea periodic fotografii cu amprente și alte omisiuni păcătoase, urmate de filmulețe pe care le făcea cu el însuși, curățând cu ziarul, arătându-ne cum se face corect.

Era deja 14:20 și Callum încă nu ajunsese. Am pus cearșafurile în uscător și am început să fac curățenie în bucătărie. Am aruncat toată mâncarea mea ciudată, Rotkohl-ul, muștarul și ovăzul, într-o pungă neagră enormă de gunoi, amestecându-le cu cioburi de sticlă și cu prosoape de hârtie ude. Am șters cu buretele toate interioarele dulapurilor, umplându-le cu provizii. Congelatorul era înghețat, iar eu am încercat fără succes să scot raftul de gheață cu un cuțit de pâine. Deși eram un pic speriată, mă bucuram. Uscătorul de rufe a început să bubuie și să vâjâie, pe măsură ce prindea viteză, iar paharele de pe raftul de deasupra se legănau odată cu el, zornăind ca niște clopoței.

Soneria a sunat. Era Callum. Am deschis ușa și m-am simțit iritată de cât de bine arăta. Era evident că fusese la sală. Puteam să-i văd mușchii atunci când se mișca. Purta un tricou alb imaculat și călcat și ochelari de soare tip aviator.

– Bună! Ce mai faci? Mă bucur să te văd! Intră! Vrei un ceai?

Era mult mai mare și mai puternic decât vecinul meu, așa că m-am simțit în siguranță. Dar mă simțeam stânjenită. Îi răspunsesem doar de câteva ori la mesaje din noaptea în care dormise la mine, în aprilie, și mă temeam că va crede că îl folosesc doar pentru corpul lui, ceea ce presupun că nu era departe de adevăr.

– Ceai cu lapte, te rog. Uau! Doamne! a spus el, întorcându-se să inspecteze ferestrele ciobite. Deci, ce s-a întâmplat? Știi cine a făcut-o?

– Promit că voi explica cum trebuie, dar nu pot acum, am răspuns, arătând în jos și făcând o grimasă terifiantă.

– Oh! a spus el. Dar crezi că vecinul de jos a făcut-o?

– Sst!!!!!

– Crezi că tipul de jos a făcut-o? a șoptit el.

– Da, sunt sigură că el a făcut-o, dar nu putem vorbi despre asta acum.

Am pus ceainicul la fiert, în timp ce el și-a scos adidașii enormi și s-a așezat cu picioarele încrucișate pe patul fără cearșafuri.

– N-ai de gând să mănânci? a întrebat el, în timp ce îi întindeam ceașca și o farfurie cu biscuiți.

– Nu, nu am timp. Trebuie să termin asta.

– Vrei să te ajut?

– Nu, stai acolo și fii garda mea de corp.

– Pot să-ți citesc un roman la care lucrez?

– Sigur!

A stat și a citit în timp ce eu împachetam și goleam dulapurile, forțându-mă să mă debarasez de rochia lui EG. A continuat să citească în timp ce eu măturam confetti de sticlă care trosneau și frecam dulapurile. A strigat povestea peste aspirator și a citit-o ghemuit pe un scaun în timp ce făceam patul. Pernele coloraseră foarte puțin în roz așternuturile. Nu prea îmi amintesc despre ce era romanul lui. Cred că era bun, chiar bun, dar nu eram atentă. Abia așteptam să plec de acolo. În cele din urmă, am terminat de curățat, iar lectura lui s-a încheiat. Apartamentul arăta perfect, la fel ca atunci când mă mutasem. EG nu avea de ce să se plângă când se va întoarce.

– Poți să mă ajuți cu un singur lucru? l-am întrebat. Te superi dacă duci jos gunoiul? Mi-e frică să nu dau peste el.

Vecinul de la parter a ieșit din apartamentul său pentru a fuma o țigară chiar în momentul în care Callum a coborât. Când m-am uitat la el, mi-a zâmbit slab. Și-a dus degetul la buze, ca și cum ar fi șușotit un copil. Un secret neplăcut pe care îl împărtășeam. A trecut pe lângă Callum, care s-a uitat brusc în jur, și s-a sprijinit de peretele din fața apartamentului meu. Vecinul s-a uitat la mine, părând la fel de ciudat și de confuz ca întotdeauna. Era prima dată când îl vedeam de la spargere. Ochii noștri s-au întâlnit, dar fața lui nu mi-a comunicat absolut nimic.

– Doamne! a spus Callum când s-a întors. Tipul ăsta miroase absolut îngrozitor! Arată atât de ciudat și de distant! Ce persoană oribilă să ai ca vecin! Mă întreb cum își permite să plătească chiria aici!

Știam eu cum. În Berlin, bogații și săracii locuiesc unul lângă altul în aceleași clădiri. Acest lucru se datorează distincției dintre „contractele vechi" și „contractele noi". Dacă aveți un contract vechi, proprietarul nu poate cere o chirie mai mare de 10% din prețul mediu al cartierului. În schimb, dacă aveți un contract nou, proprietarul poate crește chiria oricât de mult dorește. Acest lucru înseamnă, efectiv, că o persoană cu un contract vechi ar putea plăti 400 de euro pe lună pentru un spațiu destul de dărăpănat de 50 de metri pătrați, în timp ce persoana care locuiește într-un apartament de deasupra ar putea plăti 12.000 de euro pentru același spațiu. În Berlin, ei locuiesc în aceleași clădiri și se îmbracă din aceleași magazine de vechituri. Acest lucru face ca diferențele sociale să fie mult mai puțin vizibile în Berlin decât în majoritatea orașelor.

– Contract vechi, am spus. Să mergem!

Callum a târât valiza enormă pe scări și a traversat curtea. Am aruncat o privire către vecin, în timp ce treceam pe lângă el. Nu s-a uitat la noi și nici nu a scos un flacon de acid. Oare, chiar ar fi putut să o facă? Să fi fost apatia lui un semn de inocență sau o indiferență psihopată? M-am simțit ușurată când ușa s-a închis în urma mea. Nu aveam chef să fiu sociabilă, dar îi promisesem lui Callum că-i voi cumpăra o înghețată dacă mă ajută. Am mers pe jos până la Fräulein Frost, un salon drăguț în culori pastelate, lângă râul Spree. Am fost surprinsă să văd că Katya lucra în spatele tejghelei. A zâmbit ezitant, l-a privit pe Callum cu o privire de aprobare și mi-a făcut cu ochiul, cu bună-știință. Nu m-am obosit să-l prezint sau să o pun la punct. El a ales mentă și banane, ceea ce mi s-a părut o alegere teribilă, iar eu am luat vanilie și fistic. Katya mi-a dat o porție enormă în plus, iar eu m-am prefăcut că sunt recunoscătoare. A sugerat să încercăm aromele celuilalt și, în timp ce ne treceam conurile de la unul la altul, am detectat ceva ce aducea a sexualitate. I-am spus întreaga poveste a spargerii în timp ce mâncam, dar nu a reacționat așa cum mă așteptasem. Părea că l-a supărat, iar el era trist și îngrijorat pentru mine. „Nu înțelegi?" aș fi vrut să-i spun. „Nu e deprimant, e interesant. E o poveste bună."

Înghețata se învârtea în stomacul meu în timp ce mergeam cu U-Bahn-ul înapoi la Gabriel. Mi s-a făcut puțin rău imaginându-mi pasta albă și dulce acoperindu-mi toate organele. Am urcat bagajele pe scări și apoi m-am întors pe jos la U-Bahn, luându-mi pe drum un Pepsi dietetic de la *Späti*. Apartamentul lui Cass Wolf era lângă Boddinstraße, la doar două stații distanță de apartamentul lui Gabriel. Cel puțin nu va fi prea greu să-mi mut lucrurile dacă mă ia la ea. Aș putea să o fac în două drumuri sau chiar într-unul dacă luam un taxi.

12.

Foișorul Titaniei

Apartamentul lui Cass era aproape de intersecția cu o altă stradă aglomerată, Hermannstraße. Din exterior, clădirea părea dărăpănată și deprimantă, înghesuită între un magazin de kebap și o spălătorie. Am căutat în grila de nume de lângă ușă după „Wolf".

– Bună ziua, Daphne! *Hinterhof*, la stânga.

Fusesem sceptică în legătură cu *Hinterhof*, dar farmecul acestui apartament fusese de fapt subestimat în anunțul de pe Facebook. Curtea era frumoasă, cu trei arcuri din lemn cu spițe care marcau ușile și o pergolă din lemn brut, care acoperea coșurile de gunoi și magazia pentru biciclete. Erau câteva straturi supraînălțate pline de plante îngălbenite și un strat cu gunoi de grajd care delimita perimetrul exterior al curții. Plantele erau uscate, cu excepția rădăcinii unei vițe-de-vie, care se cățăra pe perete și se agăța de tocul ferestrei. Erau trei apartamente pe palier, fiecare cu sonerii pătrate de alamă, cu aspect defunct. Cass locuia în apartamentul din mijloc, la primul etaj, iar ușa ei stătea întredeschisă.

– *Halllloooo!* am strigat eu.

– Bună ziua! Poftește înăuntru! a răspuns ea.

Am pășit peste prag și m-am descălțat imediat. Era un apartament minunat. Baia avea gresie verde de la podea până la tavan. Era baia pe care mi-am imaginat-o pentru sinele meu de adult – o cadă cu picioare de grifon, aparate de îndreptat părul, un chimonou albastru agățat în spatele ușii. Dulapurile, eram sigură, erau pline de cele mai luxoase produse de înfrumusețare: La Prairie Skin Caviar, măști iluminatoare cu alge, Kiehl's Creme de Corps. Cass acoperise coridorul cu un baldachin, prinzând mătase indiană verde și aurie de tavan pentru a forma trei arcuri curbe. Atârnau atât de jos, încât țesătura îmi atingea capul, iar baldachinul se unduia în timp ce mă îndreptam spre dormitor, o cameră pătrată, mărginită de trei ferestre înalte. Pe jos era un covor alb și pufos, iar eu am încercat să-mi îngrop picioarele de hobbit în el. Un Buddha sculptat în lemn, cu ochii închiși și un zâmbet atotcuprinzător, era așezat pe o masă joasă din lemn de tec. Arăta impasibil și extaziat, un fel de variantă de karma bună a vecinului de jos cu aspect confuz. Vizavi de el se afla un pat alb și jos. Căpătâiul era un fel de zăbrele DIY Pinterest din lemn de mesteacăn, împletite cu luminițe. M-a făcut să mă gândesc la descrierea foișorului Titaniei din *Visul unei nopți de vară:* „Cunosc un mal unde suflă cimbrul sălbatic / Unde cresc bujorii și violetele care dau din cap." Cass s-a așezat pe pat în virasana, cu picioarele îndoite sub ea și cu computerul în poală. Venus a lui Botticelli purtând Lululemon.

– Îmi place plafonul, am spus eu, arătând peste umăr spre coridorul cu baldachin.

A făcut ceai și l-am băut pe micul ei balcon, pe care îl amenajase cu scaune de răchită acoperite cu pături și perne. Știu atât de multe despre ea acum, încât îmi este greu să le reduc la faptele goale pe care le-am aflat în ziua în care am cunoscut-o. Era din Aachen; avea 29 de ani și era Pești. Lucra în publicitate și realizase campanii pentru Coca-Cola și Deutsche Bank. Cu toate acestea, publicitatea era doar „vaca ei de muls", după cum spunea. Era recunoscătoare pentru asta ("Banii sunt o formă de energie"), dar fusese chemată de „munca spiritului". Făcuse un stagiu de formare a profesorilor de yoga în India și participase în mod regulat la ceremonii cu ayahuasca. La un moment dat s-a oprit din vorbă, doar pentru a mă întreba de ce îmi acopeream întotdeauna gura cu mâna.

– Oare? am spus, lăsându-mi mâna pe bărbie și așezând-o pe genunchi.

Sunt întotdeauna flatată când oamenii îmi atrag atenția asupra lucrurilor pe care le fac, chiar dacă sunt inexacte sau jignitoare.

– Da. În mod normal, înseamnă fie că minți, fie că tu crezi că cealaltă persoană minte. Crezi că toate aceste lucruri despre yoga sunt niște prostii?

– Nu! am mințit eu. Cred că uneori sunt doar timidă și de aceea îmi acopăr gura.

– Hmm... a spus ea. Ei bine, dacă vrei, poți să te muți de la 1 iulie.

– Oh, deci pot să o iau?

Am presupus că încă eram la interviu.

– Da, sigur. Am încredere în tine. Pur și simplu, așa, a spus ea, arătând spre abdomenul ei.

Ei bine, abdomenul ei trebuie să aibă o concepție foarte originală despre ce înseamnă „demn de încredere". Dar cinismul meu a durat doar o clipă. M-am simțit plină de speranță în compania lui Cass. Simțeam că ea putea vedea dincolo de poluarea și putrefacția care îmi macină sufletul, până la lucrurile pure care se ascund sub el. Mi-a arătat cum funcționează cuptorul (nu l-am folosit niciodată), mi-a explicat de câtă apă avea nevoie fiecare plantă și cum să pornesc încălzirea prin pardoseala din baie.

Singura întrebare pe care o aveam pentru Cass era dacă își cunoștea sau nu vecinii. Mi-a spus că un cuplu format din doi critici de film locuia chiar vizavi. Alături de ei era o fată siriană pe nume Leila, cu care era prietenă. S-a dovedit a fi aceeași Leila care era în clasa mea de germană, viitoarea mea prietenă, dar nu aveam să descopăr acest lucru până când nu m-am mutat. Asigurată că nu existau cărămidari printre vecini, am semnat pe loc contractul de subînchiriere. Apartamentul era scump - era un contract „nou" - dar eram dispusă să plătesc. I-aș fi promis primul meu copil și al lui Milosh dacă ar fi fost nevoie.

13.

Poftă de kebap

Am dormit bine în acea noapte și m-am trezit devreme, auzindu-l pe Gabriel cântând împreună cu radioul. Am simțit cum valuri de ușurare mă copleșesc când mi-am amintit de ziua care trecuse. Plecasem din apartamentul lui EG și urma să mă mut în locuința lui Cass: un nou început.

Milosh și cu mine convenisem să ne întâlnim în seara aceea, în parcul Hasenheide. Am ajuns mai devreme și m-am așezat lângă banca gambienilor. Mă întrebam dacă vor fi geloși când mă vor vedea cu Milosh sau dacă se vor bucura că în sfârșit întâlnisem pe cineva. Mă întrebau adesea dacă am un iubit și păreau, pe de-o parte, încântați, pe de altă parte compătimitori când oftam și spuneam „nu". Nu le păsa, după cum se pare. Nici măcar nu au aruncat o privire în direcția lui când a oprit lângă mine pe bicicletă. Era extrem de transpirat, lucru pentru care și-a cerut scuze, dar care nu m-a deranjat. Am liniștit-o pe Estella care se ridica în mine și i-am spus cât de bucuroasă eram că îl revăd.

Îi era foame, iar noi aveam puțin timp de pierdut înainte de film.

– Am chef de un kebap, a spus el, așa că am mers la dönerul de lângă Cass. I-am povestit despre mutarea din apartamentul lui EG, despre micul dejun cu Gabriel și i-am arătat clădirea în care urma să locuiesc. Îmi amintesc clar că îmi plăcea de el, în timp ce stăteam în acel local mic și urât. Arăta atât de bine, chiar și sub luminile de neon, chiar și cu frigăruile mari de carne unsuroasă care se roteau încet în fundal.

Am vorbit mult mai mult decât Milosh în acea seară și urma să vorbesc mult mai mult decât el, de fiecare dată când eram împreună, cu excepția ultimei dăți. Eu am furnizat carnea tocată de miel, iaurtul cu usturoi și roșiile din conversațiile noastre, în timp ce el a furnizat salata și pâinea. Eu eram conținutul, el era învelișul. Pe atunci, nu puteam să-mi dau seama dacă tăcerea lui era o reflectare a profunzimii interioare sau doar un semn că era prost. Am aflat mai târziu că era perspicace, un fel de geniu discret care mă înțelegea mai bine decât mă înțelegeam eu însumi. În acea seară a fost tăcut, iar eu am fost fericită să iau câteva mușcături din kebapul lui, să stau cu umărul pe brațul lui și să-l las să-mi plătească biletul la cinema. Sebastián nu mă tratase în acest mod niciodată - fusese strict de a împărți întotdeauna nota de plată, chiar și atunci când insistam că vreau să plătesc eu. Împărțirea notei de plată era măsura feminismului lui Sebastián.

Nu mai fusesem niciodată la un cinematograf în aer liber. Pe lângă Tempelhofer Feld și Hasenheide Freiluftkino, se numără printre locurile mele preferate din lume. Este situat într-o zonă împădurită în mijlocul parcului, foarte aproape de grădina de trandafiri. Este amenajat ca un amfiteatru roman, cu rânduri de bănci din lemn dispuse în semicerc, în jurul unui paravan de pânză, care atârnă de un stejar bătrân. Milosh și cu mine ne-am așezat chiar în mijloc. În jurul nostru, fumul se ridica, iar toate profilurile arătau elegant și de modă veche. Milosh și-a aprins singur o țigară și mi-a deschis un *Radler* folosind bricheta. Nu m-am priceput niciodată la asta, pe lângărularea țigărilor, face parte dintr-un repertoriu de trucuri care, cumva, funcționează cu adevărat la mine. Milosh și-a pus brațul drept în jurul umărului meu și a fumat cu mâna stângă - ăsta este un alt lucru pe care îl prefer, stângacii - dar înainte de a ne simți confortabil a început să plouă.

– Ce să facem? m-a întrebat Milosh, în timp ce toată lumea din jurul nostru se grăbea să se adăpostească.

– Putem să rămânem, am spus eu.

Și-a tras jacheta de blugi peste capetele noastre. Fasciculul de lumină al proiectorului strălucea prin ploaie, ca o lanternă de poliție care căuta ceva în ceață. Copacii care încadrau ecranul tremurau și dădeau din cap sub picăturile de ploaie. Ne simțeam ca și cum am fi fost singuri într-un cort în adâncul pădurii.

În prima jumătate am fost mai atentă la Milosh decât la film. Întotdeauna fac acest lucru atunci când mă uit la un film cu cineva - privesc cum acea persoană privește filmul, căutând un indiciu care să îmi formeze propria reacție, pentru că am mai multă încredere în răspunsul celuilalt decât în al meu. Este o prostie și o lipsă de caracter din partea mea, desigur, mai ales că am văzut câteva filme geniale în compania unor cretini adevărați - dar nu mă pot abține, încrederea greșită în sine este prea adânc înrădăcinată. Este motivul pentru care, de obicei, prefer să merg singură la cinema. Totuși, părea să se simtă bine. Zâmbea, râdea și mă strângea de mână, așa că am început și eu să mă uit la film. Când s-a terminat, ploaia s-a oprit. Hasenheide era verde-închis și picura. Mergeam în tăcere sau conversam cu voci joase, ca și cum am fi avut grijă să nu speriem complicitatea care se așezase de curând între noi. Am trecut pe lângă pizzeria în care fusesem la prima noastră întâlnire, prin Schillerkiez, până am ajuns la școala de limbi străine, unde încuiasem bicicleta lui Gabriel în acea dimineață.

– Acolo învăț germana, am spus eu și m-am simțit ca și cum i-aș fi arătat locul în care mă născusem.

Am mers înaintea lui, iar luminile bicicletelor noastre au format o celulă luminoasă care se rostogolea prin întuneric ca un tren cu multe cușete. Era aproape întuneric, iar luminile au adunat suficientă putere pentru a ilumina doar câțiva metri în fața noastră. Știam, cred, că vom dormi împreună. Doar că nu aveam nicio idee la ce să ne așteptăm unul de la celălalt. Mă simțeam ca și cum, cu fiecare apăsare a pedalelor, înfășuram o mare bobină de undiță, scurtând distanța până când am ajuns în dormitor, unde aveam să aflu dacă am prins o sirenă sau un păstrăv.

Sunt oarecum pudică, așa că nu voi împărtăși niciun detaliu. Dar Milosh era mai mult sirenă decât păstrăv. Era destul de suav și grijuliu, era dornic să facă pe plac fără să fie servil. Mi-am dat seama că cineva, probabil fosta lui iubită, se asigurase că a înțeles rudimentele plăcerii feminine. (Mulțumesc, Hedvig!) Cei mai mulți dintre puținii bărbați cu care m-am culcat nu prea aveau habar, iar eu eram și mai ignorantă. De obicei, în timpul sexului, mă simțeam de parcă se aștepta de la mine să joc într-un film porno, dar nimeni nu-mi arătase scenariul. Nu m-am uitat niciodată la filme porno - cele câteva clipuri pe care le întrezăream din greșeală îmi aminteau de filmările sub acoperire pe care le face PETA pentru a expune condițiile inumane din abatoare. Ca urmare, sunt întotdeauna complet nedumerită când bărbații încearcă să mă contorsioneze în ipostaze ciudate. De multe ori, nu am nicio idee despre ce ar trebui să fac. Acest sex omagial-porno este complet lipsit de orice duplicitate, iar de partea mea, de plăcere. Nu că bărbații cu care m-am culcat au fost răutăcioși sau egoiști - au fost întotdeauna oameni empatici și grijulii în viața reală - dar pur și simplu nu știau cum să se comporte în timpul sexului. Am improvizat cum am putut, presupunând că trebuia doar să pară că mă distrez de minune, ca prietena vecinului de la etaj.

Dacă Milosh era o sirenă, iar ceilalți bărbați erau păstrăvi, eu eram o stea de mare. Foarte pasivă, destul de inutilă, practic, încercând să arăt bine, dar fără să fac mare lucru. Eram mai ales foarte conștientă de mine însămi. Simțeam față de corpul meu ceea ce îmi imaginez că trebuie să simtă un proprietar de animale de companie anxios, atunci când participă la Crufts Best in Show: își supune câinele la încercări, sperând că antrenamentul va da roade, încercând să ascundă defectele animalului, dând în același timp impresia că se distrează.

Mulți dintre prietenii mei simt mai mult sau mai puțin la fel. Katya îmi spusese odată că deși îl iubea pe prietenul ei Chorizo și îl instiga adesea la sex „urăște penetrarea propriu-zisă", iar Kat mărturisea că cea mai mare parte a tensiunii din relația ei cu Lars se năștea din cauza lipsei ei de interes de a se culca cu el. Singura femeie pe care o cunoșteam și care adora fără complicații sexul era Cécile, colega mea de apartament din Londra. Mereu aducea bărbați acasă - erau adesea mult mai tineri decât ea, invariabil musculoși. Se închidea cu ei ore întregi, apoi mă lua din cameră ca să mergem împreună la magazin: „Trebuie să mănânc ceva plin de grăsimi după sex." Mâncam pește și cartofi prăjiți în bucătărie, iar ea vorbea despre înclinațiile ei. Presupun că mi s-a părut ciudat, dar îmi plăcea să mă bucur de strălucirea plăcerii ei. Se simțea bine în corpul ei, care era roșcat și plin de grăsime, dar îngrijit, extrem de feminin. Mi-aș fi dorit să fiu mai mult ca ea.

Nu-mi displace complet sexul. Îmi plac unele aspecte ale acestuia. Vreau să mă simt ca un obiect al dorinței. Vreau să mă simt dorită, în esență. Îmi dă un imbold să mă gândesc că sunt „amanta" cuiva. Doar că nu-mi place în timp ce se întâmplă cu adevărat. De fapt, mă simt așa în legătură cu multe lucruri - alergatul, mersul la dentist, vizitarea rudelor. Mă bucur când se termină, dar îmi place să știu că am făcut-o.

Oricum, cea mai bună parte a sexului cu Milosh este că s-a desfășurat în întregime în germană. Eu nu am spus nimic. Dar el a vorbit în germană. A folosit toate cazurile și declinările corecte, ceea ce mi s-a părut uluitor. Pentru mine, a vorbi în germană era un astfel de act, o astfel de mască, încât am presupus că atunci când germanii își dau jos hainele vor reveni la engleză, ca noi ceilalți. Nu este cazul, am aflat. Ei sunt germani tot timpul, chiar și în timpul sexului.

Am dormit foarte bine în acea noapte, mult mai bine decât dormisem în ultimele săptămâni. Deși în Berlin era cald la sfârșitul lui iunie, apartamentul lui Gabriel era răcoros. Insomniile mele recente se datorau faptului că mi se făcea adesea foame în timpul nopții. Adormeam destul de ușor, dar mă trezeam la ora 2 sau 3 și atunci trebuia să mănânc ceva. Mă strecuram afară din dormitor, oprindu-mă după fiecare scârțâit de parchet pentru a asculta un semn că Gabriel era treaz. Sună atât de ridicol, privind în urmă, dar nu ar fi o exagerare să descriu starea mea din timpul acelor raiduri furtive în bucătărie ca fiind una de teroare. Eram într-o teroare mortală ca Gabriel să nu mă prindă mâncând hrana lui la 3 dimineața. Eram într-o teroare mortală că el își va da seama că lipsește mâncarea. Eram într-o teroare mortală față de mine însămi, față de foamea mea turbată, față de ceea ce ar fi făcut corpului meu. Și totuși, în ciuda acestei terori mortale, nu am fost în stare să mă opresc. În bucătărie, care era mult mai bine aprovizionată decât fuseseră dulapurile mele la EG, mâncam pâine albă procesată și linguri de miere din borcan și ciocolată de bucătărie, și nuci, și orice altceva, bogat în grăsimi și zahăr. Mâncarea îmi dădea mai multă plăcere și rușine decât mi-a dat sexul vreodată. Nu aș termina niciodată nimic - dar aș accepta o taxă de 15% pe o mulțime de produse diferite, astfel încât nimeni nu ar observa diferența. Apoi, aș încerca să înlocuiesc totul, exact așa cum era înainte și m-aș târî înapoi în pat, cu fiecare scârțâit al scândurii din podea strigând: „Trezește-te, Gabriel! Trezește-te, în casă e o hoață!"

Dar, în ciuda faptului că nu mâncasem decât câteva îmbucături de kebap în seara precedentă, nu m-am trezit în prima noapte în care Milosh și cu mine am dormit împreună. Avea să-mi spună mai târziu că a avut acest efect și asupra fostei sale iubite. Era o persoană încântătoare cu care să împarți patul. Dormea în mod extravagant, somnul unei conștiințe germane fără vină. Forța lui gravitațională era atât de puternică, încât atrăgea pe orbita lui mai mulți insomniaci și crea o atmosferă de pace absolută.

Când m-am trezit a doua zi, în jurul orei 10, ceea ce era mult mai târziu decât de obicei, a fost doar pentru că aveam dureri chinuitoare la nivelul gambelor. Le aveam destul de regulat, pentru că eram mereu deshidratată și deficitară în aproape toate mineralele și vitaminele, dar, în acea dimineață, erau deosebit de dureroase. Mă simțeam de parcă cineva pusese mâna pe mușchi și îi sfâșia încet. Nu m-am putut abține să nu scot un oftat de durere, ceea ce l-a trezit pe Milosh.

– Ce s-a întâmplat, a întrebat el.

– Nimic... Uneori, mă dor foarte tare picioarele.

Încă pe jumătate adormit, mi-a luat picioarele în poala lui și mi-a mângâiat gambele, ceea ce era foarte drăguț din partea lui, dar nu a făcut nimic pentru a ușura durerea.

– Vreau să fac un duș, dacă nu te deranjează, a spus el după puțin timp.

I-am dat propriul prosop curat. În timp ce el făcea duș, eu m-am grăbit să fac patul, am deschis fereastra și am scăpat de orice dovadă a nopții amoroase.

Gabriel era deja în bucătărie, mâncând unul dintre micurile lui dejunuri sumare cu ou.

– Bunăăă DIMINEA-ȚAAA, DARF-ne, cum te-ai trezit? Ai avut o noapte *gud*?

„O, Doamne!" m-am gândit. Oare, auzise sexul german?

– Bună! Da, a fost frumos, mulțumesc! Filmul a fost foarte bun.

Apoi, în șoaptă:

– Milosh e aici. E la duș. Scuze, trebuia să întreb... Sper că e în regulă...

– Bineînțeles că da! Bineînțeles că da! Vreți o cafea? Vreți niște ouă?

Milosh a intrat atunci și au stat, și au băut cafea împreună, în timp ce eu făceam duș. Îi puteam auzi vorbind. Despre ce puteau să vorbească?! Oare, despre mine? Asta era o dovadă! Eram normală! Aveam un coleg de apartament care mânca micul dejun și mă culcam uneori cu băieți, ca toată lumea! Făceam parte din societate!

Gabriel a insistat să ne facă fiecăruia dintre noi câte un sandvici cu semnătura lui (fără sriracha pentru Milosh; era foarte sensibil la tot ce era picant, una dintre cele mai puțin atrăgătoare calități ale sale). Le-am înfășurat în niște folie de aluminiu și le-am împachetat alături de un termos cu cafea rece. Am pedalat până la ceea ce era acum locul „nostru" în Tempelhofer Feld și am petrecut întreaga dimineață împreună.

– Deci, de ce te-ai mutat în Berlin? A fost pentru un loc de muncă sau ceva de genul ăsta?

– Oh, nu! Adică, în principal, a fost pentru că am vrut să învăț limba germană, știi, și am vrut și un strop de aventură.

– Frumos, mișto! Și atunci, cum supraviețuiești? Părinții tăi te ajută cu bani sau cu un împrumut pentru studenți?

– Oh, nu, lucrez pentru o familie franceză.

– Cu ce te ocupi?

– Am grijă de două fete. Esther și Sylvia. Le iau de la școală. Chestii de genul ăsta. Mama lor e drăguță, dar tatăl lor e un pic cam ciudat.

– Serios?

– Da. Adesea face remarci despre aspectul meu, cum ar fi: „Îmi dau seama că nu ai avut copii, cu o siluetă ca asta" și „Vai, vai, ce talie de viespe ai!" Dar tu, Milosh? Ai o slujbă?

– Am o bursă de la Facultatea de Istorie.

Am deviat subiectul de la aranjamentele mele financiare la ceea ce ne plăcea să citim și la studiile sale. Tocmai terminase o carte pentru licență, ceva despre Ucraina sovietică, și recitea *Un artist al foamei* de Kafka, doar pentru a se distra. Eu nu o citisem niciodată, așa că s-a oferit să mi-o citească. A scos un exemplar din geantă, împreună cu sendvișurile și a citit cu voce tare, în timp ce eu sorbeam cafeaua. A fost bună, convingătoare, tot ce te-ai fi așteptat, dar era scurtă, chiar mai scurtă decât *Micul Prinț*. Am despachetat picnicul, iar eu am încercat să-i explic eseul despre Wittgenstein pe care îl scrisesem pentru licență, în timp ce el își termina sendvișul și se apuca de al meu.

– Ești sigură că nu vrei? Doar o îmbucătură? a insistat. Nu ți-e foame dimineața?

Am clătinat din cap.

– Știu că francezii preferă lucrurile dulci la micul dejun - croasant și altele asemenea.

Am dat din cap. A continuat să vorbească despre Kafka. Era în mod clar capabil să producă o interpretare rafinată a unui artist al foamei, dar era incapabil să observe unul adevărat, așezat chiar în fața lui.

Dar eu nu m-am gândit la nimic din toate astea în acel moment. Abia acum îmi dau seama de ironia situației, de faptul că el mi-a citit acea carte, în acel moment. Nu m-am identificat absolut deloc cu cartea și nici nu am crezut că Milosh era prost să nu vadă prin prostiile mele, de genul „Eu mănânc doar croasant, sunt franțuzoaică", pentru că nimeni nu a văzut vreodată prin minciunile mele.

Îmi plăcea să mi se citească cu voce tare și mi-a plăcut foarte mult de el. Mi-a pus întrebări despre teza mea, ceea ce a arătat că a ascultat cu adevărat. A avut răbdare cu germana mea, întrerupându-mă doar foarte rar pentru a furniza cuvântul potrivit sau pentru a explica ceva. Mi-a aranjat părul după urechi și mi-a spus că am un profil frumos. Era adesea tăcut, dar tăcerea dintre noi nu era incomodă.

La un moment dat, am auzit pe cineva strigându-mă, dar eram cu fața la Soare și nu mi-am putut da seama cine era. Nu mi-a păsat. Să încerce Richard Grausam sau ciudatul de jos să mă deranjeze, în timp ce stăteam cu acest spiriduș din Pădurea Neagră. Dar nu era niciunul dintre dușmanii mei; era Günter, vechiul meu vecin de la etaj. Arăta deosebit de blond, roz și porcos în pantalonii lui mici de alergare, iar în timp ce gâfâia peste noi, am observat că mirosea de parcă ar fi mâncat *Wurst* la micul dejun. Era mai prietenos decât de obicei.

– Daphne! Mă bucur să te văd! Eram îngrijorat, pentru că nu te-am mai văzut după vizita poliției.

– Oh, da, m-am mutat după aceea. Au aflat cine a făcut-o?

– Nu!

– Ți-au spus că am crezut că am auzit ceva? În acea zi, în jurul prânzului, sunt destul de sigur că am auzit un zgomot teribil de sticlă sau ceva care se spărgea în apartamentul tău. Am vrut să cobor să văd ce faci, dar nu am vrut să deranjez.

– Da, habar nu am. Cred că a fost vecinul de la parter. Mi-am lăsat fereastra deschisă și ar fi putut intra cu ușurință.

– Da, pare puțin ciudat. Nu l-am mai văzut de ceva vreme. Frau Becker a bătut la ușa lui ieri, pentru că nu și-a plătit chiria. Ceasul lui a sunat, amintindu-i că ar trebui să fugă. Oricum, mă bucur să văd că ești în siguranță. Să aveți o zi bună!

– Ne mai vedem.

– *Tschüsssssssss*, a urlat el în timp ce fugea.

– *Tschüsssssssss*, am cântat Milosh și eu la unison.

Am făcut o omisiune majoră, nereușind să menționez cuvântul *tschüss* până acum. Este primul cuvânt pe care majoritatea străinilor îl învață după *hallo*. Este un mod informal de a spune „la revedere", ca și *ciao* în italiană sau *à plus* în franceză, cu excepția faptului că *tschüss* este cântat, nu spus, și întotdeauna într-un falset. Habar nu am de ce berlinezii stricți, îmbrăcați în haine închise la culoare, tolerează un mod atât de vesel de a-și lua rămas-bun, dar o fac, și este unul dintre singurele momente în care sună sănătos și vesel, iar auzul lui mi-a ridicat întotdeauna moralul. Era amiază, Soarele atârna pe cer greu și distins, iar acolo nu erau copaci sub care să facă umbră. Milosh s-a hotărât să plece acasă și am stabilit să petrecem împreună următoarea noapte.

– De ce nu vii la mine acasă? Pot să-ți arăt camera mea și să-ți fac cunoștință cu colega mea de apartament.

Știam, din expunerea mea superficială de sfaturi pentru femei, că această invitație era un semn încurajator, că însemna că el era pregătit să treacă la etapa următoare a relației.

14.

LSD și gnocchi

Pe 1 iulie, m-am trezit într-o dispoziție, cu o respirație îngrozitoare. Dormisem prost, mâncasem în timpul nopții o conservă întreagă de alune din dulapul lui Gabriel și mă confruntam cu perspectiva de a împacheta, curăța, muta din nou. Am frecat și am șters orice urmă a prezenței mele din camera de oaspeți a lui Gabriel. Ca de obicei, am făcut o treabă proastă, am împrăștiat săpun pe suprafețele din bucătărie și am șters ineficient cu hârtie igienică, lăsând în urmă o mulțime de cocoloașe albe și lipicioase. Mi-am făcut bagajele și mi-am dat seama că îmi lipseau două dintre tricourile mele preferate. Probabil că le lăsasem la EG. Asta se întâmpla când mă mutam. Lăsam în urma mea o dâră de lucruri, ca un fel de tribut Hansel și Gretel. Probabil că erau milioane de fire de păr și piele moartă bogată în ADN care pluteau prin tot orașul. Dacă aș fi fost vreodată acuzată de o crimă sau dacă cineva ar fi vrut să mă găsească, aș fi fost ușor de urmărit.

Până când Gabriel s-a întors de la prânzul cu Nina, eu schimbasem așternuturile, aspirasem și terminasem de dat cu mopul.

– Uau, Daph-neeee, arată MI-NU-NAT, ai făcut o treabă așa de bunăăă!!!

– Măcar atât am putut face! Mulțumesc foarte mult că m-ai primit!

– Pot să te ajut cu bagajele?

– Da, ar fi minunat.

Gabriel a mers cu mine cu U-Bahn și m-a ajutat să car bagajele până la apartamentul lui Cass. În timp ce luam ultimele lucruri de pe palier, Leila de la cursul de limbi străine a urcat scările.

– Ce faci aici?

– Locuiesc aici! a spus ea.

– Oh! Și eu la fel acum! Tocmai mă mut aici!

Leila, Gabriel și cu mine ne-am mirat de coincidență, apoi am început să discutăm despre cursul de germană, în timp ce Cass privea destul de nerăbdătoare. În cele din urmă, ne-a întrerupt conversația, spunând că nu-i place să fie nepoliticoasă, dar că trebuie să prindă un avion și că vrea să treacă în revistă câteva lucruri logistice de ultim moment cu mine. Gabriel a plecat, iar Leila mi-a spus să trec pe la ea cândva.

– Sper că bei cafea, a spus ea, în timp ce o îmbrățișa pe Cass, luându-și la revedere. Nu ca această ciudată sănătoasă - nu bea nimic dacă nu este verde sau albastru.

Am urmat-o pe Cass înăuntru, iar ea a început să-mi explice câteva lucruri. Mi-a spus când să ud plantele. Mi-a dat cheia de la încuietoarea bicicletei și s-a aplecat peste balustradă pentru a-mi arăta care era bicicleta ei. Mi-a arătat cum funcționează termostatul și mi-a explicat exact cum funcționează reciclarea în Germania, apoi m-a condus în bucătărie. Am crezut că va spune ceva despre faptul că nu trebuie să mă bag în rezerva ei de semințe de in și chia, dar nu a fost așa.

– Poți să te servești cu tot ce vrei din frigider sau din dulap, a spus ea, dar mai întâi trebuie să vorbesc cu tine ceva.

– Ce anume? am întrebat eu, nervoasă.

Își dăduse seama că eram ciudată în privința mâncării? Credea că sunt prea slabă? Sau poate că tot ceea ce mâncasem la Gabriel se vedea? Credea că sunt prea grasă?

– Îți amintești că ți-am povestit despre ceremoniile cu ayahuasca?

– Da... da...

– Și LSD, și microdozarea?

– Nuuuu.

– Dar știi ce este microdozarea, nu?

Știam. Google Greg mi-a spus totul despre asta. Lua cantități mici de ciuperci magice sau LSD diluat în apă, de fiecare dată când voia să lucreze la teza sa sau să facă niște „calcule matematice nebunești".

– Da, bineînțeles.

– Ei bine, vezi asta?

Mi-a arătat cu un gest vag conținutul dulapului ei.

– Și vezi asta?

A arătat cu degetul în direcția generală a frigiderului.

– Ei bine, chestia aia are fie LSD, fie ciuperci în ea. Ești binevenită să iei și tu, dar dacă nu ai mai luat niciodată psihedelice s-ar putea să te facă să faci o mare excursie.

– Stai, ce are LSD și ce are ciuperci?

Probabil că a observat că păream îngrijorată, așa că s-a grăbit să deseneze fețe zâmbitoare pe sticlele și borcanele despre care știa că au halucinogene. În scurt timp, a trebuit să plece pentru a prinde trenul spre aeroport, dar ea m-a îmbrățișat foarte strâns și mi-a spus să nu ezit să-i trimit un mesaj dacă am nevoie de ceva.

Mi-am despachetat bagajele, încercând cât de bine

puteam să nu stric atmosfera pe care ea o lăsase cu lucrurile mele urâte și mototolite. Am rearanjat toate alimentele și băuturile pe care Cass le lăsase în urmă în cele două rafturi de jos ale frigiderului și mi-am notat în minte să nu mă ating de nimic din toate acestea, sub nicio formă. Nu aveam încredere că ea își amintea pe deplin ce conținea LSD și ce nu. Alături de înghițirea sticlei, ingerarea accidentală de droguri psihedelice este una dintre cele mai mari temeri ale mele. Deși eram prost dispusă din cauza foamei, am jurat să renunț la toată mâncarea lui Cass. Am făcut o baie și mi-am spălat fața cu pasta cu sare de mare a lui Cass, care mirosea a mojito. Am folosit masca de față cu argilă a lui Cass, exfoliantul ei mediteranean de refacere. Am făcut gargară și am scuipat o spumă din apa de gură albastră ca o lagună. Am folosit uleiul ei de față cu silimarină și am împrumutat una dintre cămășile ei de bumbac fără guler pentru a o purta cu pantalonii mei scurți roz. Arătam bine, mai ales în lumina slabă a apartamentului ei. Nu chiar ca Titania, regina zânelor, dar puteam să trec drept o Peaseblossom sau Cobweb, una dintre însoțitoarele ei de rang inferior.

Starea mea de spirit temporar ridicată s-a prăbușit din nou, în momentul în care am ieșit din apartament. Stările mele de spirit fuseseră teribil de ciudate de la spargere, trecând de la extaz la disperare, cu o amplitudine și o frecvență din ce în ce mai mari. Aceste oscilații extreme îmi afectau relația cu orașul. În zilele bune, îmi plăcea totul în Berlin. Chiar și gunoaiele, aspiratoarele și periile de toaletă sau cutiile de Häagen-Dazs păreau amuzante și festive, gunoaie fericite, ca resturile unui mare banchet. În acele zile, nu aș fi avut vreun cuvânt de spus împotriva berlinezilor. Îmi plăcea toată lumea. Cerșetorii de pe U-Bahn mi se păreau decenți și rezistenți și îi admiram pe băieții turci cu tunsorile lor complicate și pantofii de sport impecabili. Îmi plăceau chiar și bărbații care se holbau la mine și simțeam că privirea lor poposea pe sânii și pe partea din spatele genunchilor mei cu aceeași bunăvoință cu care un bondar poposește pe o floare. Cât de civilizat ne simțeam să stăm în cafenele și să bem *Radler*, să spunem *tschüss* și să reciclăm corect, în timp ce, de fapt, eram animale tinere și viguroase, capabile de mari dezordini.

Odată cu schimbarea direcției vântului, perspectiva mea asupra orașului s-a transformat. Mă simțeam ca și cum aș fi fost beată de luni de zile și în sfârșit îmi reveneam. Atunci, detestam Berlinul și puteam vedea decât cât de sărac și de distrus era. Am observat toate colțurile oribile ale vieții umane și le-am adunat laolaltă pentru a forma un buchet compus pentru a-mi intensifica ura față de acel loc. Plimbându-mă prin Kreuzberg, mă simțeam ca și cum aș fi trecut printr-un șantier de construcții, condus de nebuni criminali. Era extrem de cald și aerul era poluat; simțeam ca și cum aș fi înghițit aerul din țeava de eșapament a unei mașini diesel vechi. Străzile erau pline de perverși dezaxați care ar fi trebuit să fie în închisoare. Ce caută toți oamenii ăștia prin preajmă tot timpul? Nu are nimeni un loc de muncă la care să se ducă?! Bineînțeles, nici eu nu lucram. Dar am fost într-un an sabatic prelungit. Nu asta era viața mea!

Ziua în care m-am mutat a fost o astfel de zi. M-am îndreptat spre stație, ocupând cu răutate cât mai mult din trotuar, astfel încât bicicletele să se chinuie să mă ocolească, aruncând priviri urâte la bărbații care se uitau la mine și la cei care nu o făceau, urându-i atât pentru că mă luau în obiectiv, cât și pentru că nu mă considerau demnă de luat în obiectiv. Stația era plină de pete de umezeală cu aspect organic. Mirosul de urină era atât de puternic, încât părea să ocolească nasul; aveam impresia că îl miros cu măruntaiele stomacului. Două minute până la următorul tren. O femeie slabă s-a urcat la Hermannplatz. Mirosea a gunoi fermentat, avea unghiile lungi și îngălbenite, iar bărbia îi era plină de crustă de ceea ce părea a fi iaurt. Dezgustător! Când m-a întrebat dacă îi pot da niște mărunțiș, nici măcar nu m-am obosit să mă uit la ea, ci doar am clătinat foarte ușor din cap pentru a da de înțeles că eram în Berlin de suficient de mult timp pentru a mă fi călit la starea ei jalnică.

Am coborât la Ostbahnhof și am mers până la apartamentul lui Milosh de pe Straße der Pariser Kommune, trăgând în jos fusta, în timp ce cămașa îmi cădea pe coapse, încercând cât mai bine să par relaxată. Am verificat Google Maps din când în când pentru a mă asigura că sunt pe drumul cel bun. Zona era destul de tipică pentru vechiul Est negentrificat – traficată, fără farmec, străzile flancate de blocuri-turn și depozite enorme și părăsite. Clădirea lui Milosh a venit ca o surpriză neașteptată, un vechi Altbau elegant intercalat între clădiri brutale și sumbre.

Am așteptat în arcada umbrită a ușii lui Milosh până când transpirația de pe cămașă a început să mi se usuce, apoi am apăsat pe sonerie. Locuia la etajul șase, iar eu eram din nou udă până să urc scările. El și colega lui de cameră aveau palierul numai pentru ei și puseseră poze pe tot peretele. Le-am inspectat în timp ce mă descălțam, dornică să o văd pe fosta lui iubită. O singură fată apărea în aproape jumătate din pozele lui Milosh. Era mică și avea părul negru și creț. Avea sânii foarte mari și pielea ei era albă ca smântâna de deasupra laptelui. Dar nu eram sigură că era ea. Peretele era atât de plin de chipuri germane epicene rafinate, zeci de potențiale Hedvig, încât nu am mai putut suporta să mă uit la el prea mult timp și am bătut la ușă.

O fată palidă și slabă a deschis ușa.

– O, sunt prietenă cu Milosh? Îl caut pe Milosh... am bâiguit într-o germană îngrozitoare.

– Daphne? Tocmai a venit. Intră.

Era mult mai mică decât mine, cu gene foarte palide și ochi plângăreți.

– Eu sunt Daphne!

– Știu. Eu sunt Gracie.

– Încântată să te cunosc! Ce mai faci!?

– Bine.

– Serios?

Uneori mă comport ciudat când vorbesc în germană. Cele câteva fraze pe care le-am memorat ies pur și simplu pe gură ca o mitralieră, înainte de a reuși să le adaptez în funcție de scenariu. A fost cu siguranță ciudat să spun că am fost „încântată" să o întâlnesc, ciudat să latru „ce mai faci" unei persoane pe care tocmai o cunoscusem și apoi să insist să îmi spună adevărul. Dar după o pauză, Gracie mi-a răspuns cu franchețea berlineză caracteristică.

– Sunt destul de tristă, pentru că pisica prietenei mele cele mai bune a făcut pui în această dimineață și toți puii au murit.

Acest lucru părea un pic patetic. Dar, pe de altă parte, nu mi-au plăcut niciodată pisicile. Nu-mi place că vomită constant și sunt distante; îmi amintesc de reptilele păroase. Totuși, îmi plăcea Pringle. El era o excepție. Mă întrebam adesea ce mai face și speram că Cécile are grijă de el. Oricum, această suferință exagerată era reprezentativă pentru natura incredibil de sensibilă a lui Gracie, mi-a spus Milosh mai târziu. Era foarte sensibilă, genul de fată din cântecele populare, din jurul anului 1970.

– Oh, e atât de îngrozitor! Îmi pare atât de rău!

– E în regulă, a spus ea, încrucișându-și brațele albe, care erau, în mod ciudat, pline de pistrui.

Milosh a ieșit atunci din camera lui.

– *Na?* Ți-e puțin cald? a întrebat el, în timp ce mă îmbrățișa. V-ați cunoscut?

– Da, a răspuns Gracie, înainte de a se furișa în camera ei.

– Despre ce vorbeați? m-a întrebat Milosh.

– Despre pisicuțele prietenei ei.

– Oh, da! Atât de trist. Chiar teribil.

A dat din cap supărat, fără vreo urmă de ironie.

– Am pregătit masa, dar mergem mai întâi la o mică plimbare?

La fel ca în ziua în care ne-am întâlnit pe Tempelhofer Feld și ca în noaptea în care am stat în ploaie la cinematograful în aer liber, a treia seară a fost un vis treaz. Cele mai banale lucruri s-au simțit ca și cum ar fi fost inaugurarea unui nou ritual. Ne-am plimbat doar puțin, am trecut de Berghain până la un mic parc și ne-am așezat, vorbind și sprijinindu-ne coatele pe genunchi, apoi capetele pe umeri, indiferenți la ce membru aparținea cui, făcând din corpurile noastre o proprietate comună. Eu vorbeam mai mult decât el, așa cum era obiceiul, și am băut *Radler*.

Amintirile pe care le am despre noi nu sunt mai bune decât au fost în realitate. Eram atât de dulci împreună, atât de complici, unul în brațele celuilalt. Cred că în acea seară am dezvoltat pentru prima dată multe dintre rutinele noastre de lungă durată. O plimbare, semințe sărate de floarea-soarelui, *Radler* și un joc de povestit povești pe care îl numeam *die allerbesten Menschen Spiel* (cel mai bun joc al personajelor). Ori de câte ori ne întâlneam, trebuia să îi povestim celuilalt despre cel mai notabil personaj pe care îl întâlnisem de când ne văzusem ultima dată. El a avut una destul de bună prima dată – el și cel mai bun prieten al său, un bijutier pe care îl numeau Lăptarul (din cauza cantităților mari de lapte pe care le bea) se plimbau pe stradă, când au simțit miros de alune de pădure coapte. Încercau să localizeze sursa mirosului, când o bătrână și-a scos capul peste un balcon de la etajul întâi și i-a invitat să urce pentru a încerca *Nussecken-urile* ei, niște fursecuri triunghiulare cu nuci înmuiate în ciocolată, care sunt adorate de germani. A cerut unul în plus, pe care l-a scos din rucsacul său, pentru mine.

– Încearcă-l, ți-am păstrat jumătate din al meu.

Am rupt un colț și am gustat.

– Mmmmm... e atât de bun, are gust de ciocolată.

Am mai luat o înghițitură, apoi am aruncat restul când el nu se uita.

Am mers pe jos spre casă în întuneric. Gracie era plecată, așa că am avut apartamentul doar pentru noi. Milosh a pus apă la fiert pentru gnocchi, iar eu am început să fac vinegretă pentru salată, dar nu înainte de a ne spăla pe mâini unul lângă celălalt în chiuveta din bucătărie. Nu pot să subliniez îndeajuns cât de igienic era Milosh. Avea nevoie de cinci minute întregi pentru a se spăla pe dinți, unghiile de la mâini și de la picioare erau tăiate perfect, spăla întotdeauna salata și fructele înainte de a le mânca. Nu era nevrotic sau încordat - era pur și simplu foarte strict în felul său de a fi și se îngrijea corespunzător. Această atenție la detalii mi s-a părut foarte revigorantă - eu eram prea leneșă ca să desprind etichetele de pe merele pe care le mâncam, darămite să spăl pesticidele de pe ele și de obicei înghițeam guma în loc să mă deranjez să caut un coș de gunoi. Mă spăl pe mâini doar dacă am impresia că se uită cineva.

După cină, ne-am dus în camera lui. El și Lăptarul construiseră un pat supraetajat, un birou și o masă de DJ din același lemn închis la culoare. Arăta ca bârlogul Băieților Pierduți, un colțișor secret, într-un copac. A pus un disc („Taste" de Rhye), a aprins câteva lumânări și o lampă sculptată în formă de dovleac, care arunca în cameră un mozaic de frunze și umbre în formă de ferigi. Când dormeam împreună, eram atât de aproape de culmea plăcerii, încât puteam să urmăresc întreaga ei formă. Era plăcerea însăși. După aceea, mi-a împrumutat un tricou și ne-am așezat pe podea, genunchi lângă genunchi. Mi-a așezat părul după urechi, iar eu i-am întors gestul. Am stat așa o vreme, privindu-ne unul pe altul, în același timp, zâmbitori și solemni.

A doua zi dimineață, m-a scuturat foarte ușor, în timp ce dormeam. S-a trezit devreme, deoarece pleca în vacanță în România cu Lăptarul. Zborul lui spre București pleca la 6:30, așa că trebuia să părăsim apartamentul la ora 4. Mă asigurase că nu era nevoie să mă trezesc cu el, dar știam că nu mă voi putea abține să nu-i răscolesc lucrurile și că probabil voi jefui din borcanul comun de müsli al lui și al lui Gracie. Am mers muți și ciufuliți până la gară, unde Milosh a cumpărat un *belegtes Brot*, care literalmente înseamnă „pâine încărcată", dar care se traduce prin „sendviș". Eu am băut o cafea neagră.

– Nu ți-e foame dimineața? m-a întrebat el.

– Nu! am mințit eu.

– Dar niciodată, niciodată nu mănânci suficient. Și alergi tot timpul! Trebuie să-ți iei energia de undeva. Ești sigură că nu vrei să mănânci ceva?

„Ca să fiu sinceră, Milosh, aș putea să mănânc tot, plus toate celelalte pâini din tot Berlinul, apoi să-ți devorez trupul", am vrut să spun, dar în loc de asta am dat din cap.

– Ai grijă de tine! a strigat el, în timp ce dispărea în gară.

15.

Având grijă

Am încercat să-mi umplu timpul pentru a trece mai ușor peste despărțirea temporară. În săptămâna în care a lipsit, am rememorat toate întâlnirile mele memorabile. De îndată ce am început să le caut, interacțiuni minunate au apărut de nicăieri pentru a-mi atrage atenția. A doua zi după plecarea lui Milosh, mă plimbam pe Parkhausstraße, când am observat o găleată galbenă de plajă atârnată de un balcon cu *Etwas Hübsches macht uns glücklich* (Ceva frumos ne face fericiți). M-am uitat în sus și am văzut două fetițe cu părul creț care se uitau printre gratiile balconului. Au tras de sfoară pentru a-mi capta atenția și pentru a face găleata să se balanseze dintr-o parte în alta. Mi-am căutat în buzunar, dar nu aveam nimic drăguț, doar o bancnotă de cinci euro și pachetele cu îndulcitori pe care le furasem de la Karma Rösterei.

– Stați puțin! Mă întorc! am strigat la ele și am fugit spre apartamentul lui Cass.

Am cules florile din orhideea ei și am fugit înapoi să le pun în găleată, împreună cu un pachet de ursuleți de la *Späti*. Au chițăit fericite în timp ce le luau.

– Danke, Fräulein! Tschüuuuuuuss!

Leila mi-a lăsat pe preșul de la ușă un pachet de fursecuri de nemâncat, drept cadou de bun-venit. Barista de la Karma Rösterei mi-a oferit o cafea gratuită în aceeași după-amiază. A doua zi, un fost pușcaș marin din Dallas s-a alăturat lui Ollie, Evan și mie pentru o alergare foarte lungă în Grunewald. A plâns la sfârșit, pentru că era prima dată când mergea cu proteza la picioare și nu se aștepta să mai alerge vreodată. În astfel de zile, am simțit că orașul se transforma dintr-o ficțiune distopică sumbră într-una din poveștile mai vesele ale Fraților Grimm, cu delicii și cu bunătăți de descoperit la fiecare pas.

Nu i-am trimis niciun mesaj lui Milosh despre aceste interacțiuni; le-am păstrat pentru noaptea întoarcerii sale. Mă așteptam să nu mă contacteze deloc cât timp a fost plecat, dar mi-a scris în fiecare zi, mi-a trimis videoclipuri cu munții României și câteva fotografii cu el și Lăptarul mâncând bucăți de carne în hanuri de țară. Am luat în fiecare zi la micul dejun una dintre multivitaminele pe care insistase să mi le dea, înainte de a pleca, lăsând-o să se agite pe limbă ca pe o ostie de împărtășanie, în loc să o dizolv în apă, așa cum mi-a recomandat.

Mărturisesc că nu am făcut prea multe pentru a avea grijă de mine, dacă nu cumva memorarea numeroaselor verbe neregulate din limba germană, alergarea pe distanțe mari pe căldură și mâncatul multor legume crude cu coajă se numără ca având grijă de mine. Când Milosh s-a întors la mijlocul lunii iulie, pielea mea era portocalie de la soare și de la toți morcovii. Am intrat rapid într-o rutină fericită. Deseori stătea până foarte târziu, făcând pe DJ-ul în cluburi în care nu aveam nicio dorință de a merge vreodată, dar i-am dat cheia de rezervă de la apartamentul lui Cass, iar el intra în timp ce eu dormeam și se strecura în pat. Am ajuns să ne cunoaștem puțin mai bine și am descoperit că era foarte speriat de filmele de groază și că avea un elefant de pluș pe nume Butz. Uram astfel de relicve ale copilăriei, ori de câte ori le depistam la mine, dar îmi plăceau aceste lucruri la el. Făceau parte din farmecul său contradictoriu berlinez. Era un DJ popular și se apuca adesea de mari chefuri de droguri, dar nu era disfuncțional și întunecat ca Kat. Era capabil să meargă tot drumul făcând ceea ce nu trebuia - petreceri, țigări, MDMA (ecstasy) - plătindu-și facturile la timp, spălându-și legumele. A fost o influență bună în zilele în care ne-am văzut. Am făcut împreună multe dintre lucrurile turistice pe care eu le evitasem: am mers la Memorialul Holocaustului, o aglomerare de blocuri înalte de beton care arătau ca niște dinți sparți și inegali. Am mers la Checkpoint Charlie și la Stadionul Olimpic din epoca nazistă. Îi spusesem că, în noiembrie, începeam un masterat în filosofie la Universitatea din Potsdam, unde el studia istoria. M-a dus la Biblioteca Centrală din Potsdam. Era o clădire enormă și perfect simetrică, plină de lemn și slab luminată. Milosh a petrecut foarte mult timp explicându-mi cum puteam să scot cărți și unde erau cele mai bune și mai retrase birouri pentru ca eu să studiez. Mi-a cumpărat lucruri: *Currywurst* vegetarian, care arăta și avea gustul produsului final al unei spintecări; o beretă de culoarea zmeurei, pentru că m-a auzit fredonând cântecul lui Prince.

Dar în celelalte zile, când nu eram cu el, eram atât de nefericită, încât îmi doream să pot dormi până când era timpul să ne întâlnim din nou. Abia dacă dormeam, iar când reușeam să adorm mă trezeam cu țipete înăbușite care treceau prin perete. Niciodată nu mi se părea că le aud când Milosh dormea peste noapte, dar a treia oară când m-au trezit i-am trimis un mesaj lui Cass. Era o plângere voalată ca o preocupare pentru bunăstarea vecinului ei – dar ea a susținut că nu auzise niciodată sunetul. Am întrebat-o pe Leila, care a spus că nici ea nu l-a auzit, dar a recunoscut că avea un somn adânc. Am încercat să-l înregistrez într-o noapte, ca dovadă pentru Cass, dar calitatea sunetului a fost prea slabă; tot ce am reușit să captez a fost sunetul propriei respirații. Așa au fost zilele mele negre. În retrospectivă, nu sunt sigură ce a fost mai rău, insomnia sau căldura. Temperatura pe tot parcursul lunilor iulie și august a fluctuat între 32 și 38 de grade și nu a plouat timp de o lună. Nu a fost pic de umbră pe Tempelhofer Feld, iar eu m-am deshidratat atât de tare în timpul alergărilor, încât ochii mei deveneau crustă de fulgi de sare albă. Am dezvoltat o iritație de căldură pe coapse. Verificam prognoza meteo de mai multe ori pe zi, la fel de preocupată de fiecare fluctuație ascendentă, ca un fermier care își urmărește culturile care se ofilesc pe timp de secetă. Căldura mă făcea atât de mohorâtă, încât, dacă se anunța că temperatura va depăși 35 de grade, îmi anulam planurile cu Milosh. Stăteam și mestecam gheață pe patul meu, aplecată asupra calculatorului, gândindu-mă la altceva, până când îmi trecea.

16.

Oportunități ratate

Lucrurile s-au înrăutățit la sfârșitul lunii august, când Milosh a plecat din nou, de data aceasta, la un festival de muzică în afara Hamburgului. A petrecut noaptea dinaintea plecării cu mine, la Cass. Am umplut apartamentul cu lumânări, i-am turnat un pahar cu vin și i-am pregătit o baie. În timp ce el era în baie, am făcut orez după rețeta bunicii mele, cu portocale, merișoare, fistic și migdale. Am cumpărat toate ingredientele de la *Späti*. A fost singura masă adevărată pe care am gătit-o vreodată în Berlin. Un fel de cântec de lebădă. Am mâncat stând cu picioarele încrucișate pe patul lui Cass. Milosh era roșu și radia după baie.

– Orezul ăsta, Daphne, e cel mai bun orez pe care l-am mâncat vreodată

– Nu e rău, am recunoscut eu, jucându-mă cu orezul din farfurie, dar bunica mea îl făcea mult mai bun.

– Mai trăiește?

– Nu, a murit anul trecut. Vrei să termini ce am în farfurie?

– Mănânc jumătate, cu condiția ca tu să mănânci cealaltă jumătate. Ar trebui să gătești mai des, Daphne. Vreau să mănânc asta din nou.

Apoi ne-am dus la culcare. Nopțile noastre împreună erau întotdeauna un compromis complex între dorința noastră de a ne odihni și dorința noastră de a fi apropiați. Mă trezeam cu un braț amorțit sau cu gâtul dureros de răsucit, dată fiind adormirea într-o îmbrățișare perfectă, dar care nu ținea mult. În acea noapte, m-am trezit destul de des, uitându-mă la chipul lui adormit. Părea să-mi simtă privirea, deschidea ochii și îmi zâmbea somnoros. A doua zi, a plecat foarte devreme.

La câteva zile după plecarea lui Milosh, cursul meu de germană s-a încheiat. Conform Cadrului European Comun de Referință pentru Limbi, mă aflam acum la un nivel la care puteam „să înțeleg o gamă largă de texte complexe și să le recunosc cu ușurință semnificațiile implicite". Puteam „să-mi articulez ideile în mod spontan, să comunic liber și să exprim cerințe". Nu am reușit niciodată să „exprim cerințe" în nicio limbă, dar cu siguranță am simțit că germana mea devenea mai instinctivă. Cumva, memorasem suficiente cuvinte la care zeii gramaticii germane îmi dăduseră acces de la sursa teutonă de bază. Germana pur și simplu se revărsa în mine, iar cuvintele pe care nu le memorasem niciodată în mod conștient mi se revărsau pe gură. A fost extrem de satisfăcător.

Cei mai mulți dintre colegii mei de clasă - venezuelenii, Katya și Gabriel - au rămas să urmeze cursuri de nivel C1, unde, în mod previzibil, aveau să învețe cum să compună mari opere de ficțiune germană și să citească *Muntele vrăjit* în original. Dar mă plictisisem de aceeași rutină a orelor de curs în fiecare zi și îmi pierdusem speranța că „prieteniile" cu colegii mei de clasă se vor transforma vreodată în ceva substanțial.

Am încercat totuși să inițiez o întâlnire spontană cu venezuelenii. Într-o zi, mă plimbam de-a lungul canalului

Landwehr și i-am văzut luând prânzul. M-am oprit și le-am făcut cu mâna pentru a le atrage atenția. Au făcut un schimb de priviri, înainte ca Luis să se ridice în picioare și să deschidă fereastra. M-a întrebat dacă s-a întâmplat ceva, iar când am încercat să le explic că eram doar în trecere și că voiam să-i salut, a părut supărat. Nu m-au invitat înăuntru, iar eu m-am simțit jenată, la fel de disperată și nevoiașă ca Richard Grausam. Katya nu voia să vorbească decât despre Chorizo, iar lucrurile erau ciudate între noi de când Kat țipase la ea pentru că spusese că eram blestemată. Gabriel era prea îndrăgostit de Nina, ca să mai fie interesat să iasă cu mine. Îi trimisesem mesaje de câteva ori, întrebându-l dacă ar vrea să mergem la cinematograf sau la o plimbare cu bicicleta ca să recuperăm timpul pierdut, dar abia dacă îmi răspundea. Kat renunțase la cursuri, iar eu nu o mai văzusem din noaptea răzbunării noastre eșuate. Am încercat să o sun, dar nu a răspuns și mi-a trimis un mesaj grăbit: „Nu pot vorbi acum. Nu am intimitate. Te sun mai târziu." Trecuse o săptămână și tot nu îmi răspunsese.

De asemenea, alergam mai rar cu Ollie și cu Evan, deși ei încercau adesea să mă scoată din apartament pentru a vizita unul dintre multele lacuri minunate care se întindeau la marginea orașului. Într-o după-amiază, am acceptat în cele din urmă să mă întâlnesc cu ei pentru câteva circuite ale parcului Hasenheide. Dar când am ajuns stăteau pe o pătură de picnic, cu pungi de plastic pline cu gustări de la Aldi.

– Mă bucur să te văd în sfârșit, Daphne! Ne-am gândit să te surprindem cu un picnic. Ne-ar prinde bine o pauză de la alergat, nu crezi?

– Oh, ce drăguț, băieți! Mulțumesc, cât vă datorez?

– Nimic, nimic. Încearcă aceste chipsuri cu sare și oțet!

Am suportat, iar după câteva ore, am zis că plec acasă. Am tăiat-o înapoi spre Tempelhofer Feld și am făcut o scurtă alergare, cu o senzație de rău, de plumb, în stomac. După acea zi, nu am mai auzit de niciunul dintre ei, deși i-am văzut alergând împreună, stând de vorbă, așa cum făceam când alergam cu toții. M-am întrebat de ce mă excluseseră. Poate pentru că ritmul meu era prea rapid pentru ei.

Eram cu adevărat singură și am continuat în aceeași direcție în care începusem capitolul Berlin din viața mea, incapabilă să merg până la capăt, făcând ceea ce nu trebuia - droguri, cluburi, justiție; incapabilă să merg până la capăt făcând ceea ce trebuia - hrană, onestitate, locuri de muncă. Lucrurile deveneau din ce în ce mai rele, mai întunecate. Nu mai speram că mutarea într-un oraș nou mă va face o persoană mai bună și nu mă mai bucuram de repriza vinovată a banchetelor de la miezul nopții. Eram încă prea speriată de LSD-ul lui Cass pentru a sparge dulapurile din apartamentul ei.

Am devenit atât de disperată, încât m-am hotărât să încerc să-mi găsesc o slujbă. Am tipărit 20 de exemplare ale unui CV extrem de umflat și am făcut turul cafenelelor locale. M-am axat pe localurile hipster cu prețuri exagerate, unde niciunul dintre angajați nu vorbea germana, astfel încât abilitățile mele lingvistice să pară un avantaj. Am început la un local italian de lângă Weserstraße și mi-am făcut drum pe străzile dintre Sonnenallee și Tempelhofer Feld. La #Hashtag, au spus că nu caută pe nimeni. Karma

Rösterei era închis pentru construcții. La Bonanza, au spus că au nevoie de minimum cinci ani de experiență. Femeia de la ESPERA mi-a promis că mă va suna dacă se va ivi un post. Barmanul de la SoKaf mi-a spus că șeful său nu plătea niciodată personalul la timp, iar atunci când o făcea, era doar în numerar. Bărbatul din spatele tejghelei de la Two Moons era atât de intimidant de hipster, încât mi-a fost frică să vorbesc cu el. Era australian (trei puncte de hipster), avea un piercing în septul nazal (două puncte de hipster) și purta pantofi Veja albi (patru puncte). Nu credeam că aș fi putut suporta să readopt personajul meu de barista snob din timpul petrecut la Knights in Black Satin. Australianul părea genul de persoană care ar răspunde la o cerere de zahăr cu un rictus superior. Dar, la naiba! Ăsta era singurul tip de muncă pe care aveam de gând să-l pot obține în Berlin.

Când m-am apropiat de tejghea, el termina de făcut un cappuccino. A învârtit ulcioarele de lapte, ca un pistolar care își învârte pistolul în jurul degetului de pe trăgaci și a lovit cu bagheta de aburi în lapte ca și cum ar fi plesnit coapsele unui cal de rodeo. Era ca un barman Magic Mike. Această măiestrie a mașinii de cafea mari, de oțel, strălucitoare, suna erotic, dar efectul era iritant. Mi-a spus că sunt în căutare de personal și că aș putea să încep imediat. Tocmai terminasem de scris numărul meu, când cineva m-a bătut pe umăr:

– Daphne?!

Am încremenit, așteptându-mă să-l văd pe Richard Grausam - dar era prea meschin să plătească prețul cafelei de acolo - sau pe Sebastián, care, cu siguranță, ar fi frecventat un loc ca Two Moons. Nu era Sebastián, ci unul dintre colegii lui de apartament de la universitate, un american pe nume Colton cu care obișnuiam să flirtez la sala de sport, pentru a încerca să-l enervez pe Sebastián. Arăta bine, un fel de băiat american: dinți mari și albi, de mărimea unor pietre funerare, pistrui, ochi verzi, un nas mic, deși ușor reptilian. Era din prima categorie (cititor al *Micului Prinț*) mascat în categoria 6 (GI Joe), dar ținuta îl trăda. Purta Sperry Top-Siders, o cămașă în carouri, o jachetă Patagonia și aceeași pereche de pantofi Veja ca barista, singura concesie la moda berlineză în armura sa de pe Coasta de Est.

– Colton! m-am mirat eu. Ce cauți aici?!

– Îl vizitez pe Sebastián! Ce nebunie, nu v-am mai văzut pe niciunul dintre voi de la absolvire, iar apoi vă văd pe amândoi în aceeași zi! Nu mi-a spus niciodată că ești în Berlin!

– Oh!

M-am prefăcut surprinsă.

– Și Sebastián este tot în Berlin?! Uau! N-am știut!

– Chiar așa? Da, locuiește chiar după colț.

– Uau, ce coincidență!

– Deci ești aici doar în vizită? Sau pentru o slujbă?

Am aruncat o privire spre tejghea, unde CV-ul meu era încă la vedere. Am rezistat impulsului de a-l lua și de a-l rupe în bucăți.

– Oh, da! Lucrez pentru un avocat specializat în drepturile omului cu sediul la FU![22]

(De unde naiba a apărut asta?)

– Uau, asta e minunat!

În acel moment, ne-am așezat la rând. L-am lăsat

22 Freie Universität, una dintre cele mai importante universități de cercetare din Berlin.

pe Colton să-și comande macchiato la pachet și am stat lângă ușă cu el în timp ce aștepta.

– Și tu, Colton? Ce mai faci?

– Oh, încă lucrez la Oxford Immigration Fund. Știi, organizația pe care am înființat-o când eram în ultimul an de facultate, pentru a oferi consiliere juridică migranților reținuți în centrele de detenție!

– Da, da, îmi amintesc, am mințit. Deci ești aici doar în vizită la Sebastián?

– Da! Hei, ar trebui să vii în seara asta. Dă o petrecere la el acasă! Sunt sigură că i-ar plăcea să te vadă.

– Știi, Colton, n-am terminat în termeni prea buni. Cred că e mai bine dacă nu vin.

– Bine, atunci dă-mi numărul tău de telefon. Noi doi putem să ne întâlnim.

– Nu pot, am un prieten, am spus. E neamț, am adăugat apoi.

L-am lăsat pe Colton în fața Two Moons, încă așteptând macchiato-ul. M-am întrebat dacă îi va spune lui Sebastián despre slujba mea extraordinară și despre prietenul meu german și dacă m-a auzit spunându-i barmanului că, da, eram liberă tot timpul și, nu, nu aveam alte angajamente. Scenariul de coșmar al unei zile în care să mă întâlnesc cu Sebastián sau cu oricare dintre celelalte cunoștințe ale mele de la universitate în timp ce lucram ca ospătăriță era atât de înfiorător, încât am ignorat apelul de la Two Moons de mai târziu în acea zi și nu am mai încercat să găsesc un alt loc de muncă în Berlin.

Pe 20 septembrie, am primit un e-mail de la EG, în care mă informa că se mutase înapoi în Huberstraße.

Nu mi-a mulțumit pentru că i-am făcut o curățenie atât de temeinică în locuință și nici pentru că i-am plătit chiria pentru un apartament în care nici măcar nu locuisem în ultimele trei luni. Mi-a spus că mi-a returnat avansul, dar mi-a scăzut 100 de euro pentru farfuriile și ceștile sparte și pentru cearșafurile ei de la IKEA, pe care le vopsisem foarte puțin în roz. M-am gândit să-i trimit un răspuns nepoliticos: „Mulțumesc pentru că m-ai lăsat cu generozitate să locuiesc în cuibul tău drăgălaș, unde era să fiu ucisă de două ori. Consideră cei 100 de euro ca fiind bacșișul tău pentru că mi-ai oferit o locuință atât de frumoasă." Dar nu am făcut-o. În schimb, mi-am eliberat energia pasiv-agresivă acceptând să ies la o plimbare cu Callum, căruia nu-i mai răspunsesem la mesaje de multă vreme.

El aștepta la intrarea în U-Bahn, butonând telefonul. Sub brațul lui am observat un buchet de ceea ce păreau a fi trandafiri. Florile erau îngrozitoare, curgea apă din ele, de parcă ar fi fost recent luate dintr-un congelator și începeau să se dezghețe. Ce? Mi-a cumpărat flori? Deci asta e o întâlnire! Fără îndoială... Ei bine, m-a observat, nu mai am ce face, va trebui să supraviețuiesc, îl voi saluta și apoi pot dispărea pentru totdeauna și nu va mai trebui să vorbesc cu el niciodată. Fața lui s-a luminat în timp ce inima mea s-a îngreunat și mi-am pus brațele în jurul lui în îmbrățișarea lui Iuda.

– Îmi pare rău, a spus el, în timp ce buchetul îmbibat a căzut de sub brațul lui. Prietenul meu mi-a dat astea mai devreme astăzi și acum nu știu ce să fac cu ele.

Bineînțeles! Callum avea un iubit. Eram atât de egocentrică, încât nu mi-a trecut niciodată prin cap că nu eram obiectul dorinței, că poate el voia cu adevărat doar să fie prietenul meu. Noaptea aceea nedormită pe care am petrecut-o împreună trebuie să fi fost o neînțelegere totală. Doar dacă nu cumva Callum mințea în legătură cu prietenul și încerca să salveze aparențele. Poate că a cumpărat florile pentru mine, dar s-a speriat în ultimul moment. Poate își dăduse seama că nu eram atrasă de el și se simțea jenat, așa că a decis să se prefacă homosexual. M-aș putea vedea recurgând la o astfel de strategie.

Am ajuns să le punem în ușa unei clădiri de apartamente care avea un număr mare de *Stolperstein*. Ne-am plimbat prin piața turcească, ce se întinde de-a lungul canalului Landwehr, pe Maybachufer. Callum a cumpărat tahini negru, pâini plate și börek triunghiular. A insistat să iau o îmbucătură și a fost poate cel mai delicios lucru pe care l-am mâncat vreodată – o pastă foarte ușoară cu feta și spanac. Ne-am așezat pe o bancă cu vedere la canal. M-a presat cu încă un börek, iar când am refuzat, mi-a spus că era îngrijorat pentru mine.

– Cum adică, îngrijorat? Sunt bine, Callum. Sunt foarte bine.

– Îmi pare rău să spun asta, Daphne, dar pari, nu știu, destul de maniacă. Știu că alergi mult, dar pari, nu știu, destul de tristă și de bolnavă.

– Știi, Callum, și tu pari destul de epuizat. Am ars lumânarea la ambele capete. E vorba mai ales de căldură. Eu sunt fericită. Tu relaxează-te.

Callum părea copleșit de propria empatie, ca și cum exprimarea îngrijorării ar fi fost un act de mare curaj și de altruism fără egal. Mi-am verificat telefonul, în timp ce el își mestеca börek-ul. Primisem un mesaj de la Kat: „Daphne, am plecat din Berlin."

M-am ridicat, lăsându-l pe Callum cu privirea încruntată cu toată mâncarea pe care o cumpărase pentru a o împărți. A fost ultima dată când l-am văzut. Când m-am îndepărtat bine de piață, am sunat-o pe Kat. Era vagă în privința a ceea ce se întâmplase, deși a menționat o partidă în trei care a mers prost și bani pierduți. După o ceartă violentă cu Lars, se speriase, iar părinții ei veniseră din Stockholm ca să o mute în aceeași noapte. Iată ce înseamnă privilegiul economic atunci când ai 20 de ani. Dacă ai părinți care te pot ajuta atunci când te lovește rahatul, lucrurile nu se pot înrăutăți decât într-o anumită măsură. Suferisem și încă mai suferеam în Berlin, dar într-un fel era palpitant să dansez pe marginea prăpastiei fără să mă tem de impact. Eram la un telefon distanță de ajutor. Cât de mare ar fi fost teroarea mea dacă nu ar fi existat această plasă de siguranță... Kat fusese atentă să o ascundă pe a ei. Ea nu-și menționase niciodată părinții.

– O să mă mut înapoi, în cele din urmă. Am nevoie doar de o pauză. Sunt epuizată doar din cauza faptului de a fi acolo. Dar tu ce părere ai? Ultima dată când te-am văzut nu păreai prea bine.

– Oh, nu, sunt bine. Sunt grozav, de fapt. Mă văd cu neamțul ăla de care ți-am povestit, Milosh!

– Da, asta e bine. Voi doi ați putea veni să mă vizitați, dacă vreți să treceți prin Stockholm.

– Da, sună bine, mi-ar plăcea.

– Bine, sună-mă oricând.

– Și tu, Kat. Îmi pare foarte rău pentru ce s-a întâmplat cu Lars. O să-mi fie dor de tine. Vorbim curând. La revedere!

Într-un fel, știam că îmi va fi dor de ea. Am fi putut să

fim prietene. Aş fi putut să o conving să-și ia studiile mai în serios, să o încurajez să pună capăt relației cu Lars. Ar fi putut să mă ducă în cluburi de noapte și să-mi arate o latură a experienței berlineze pe care o pierdeam. Ar fi putut să-mi ceară socoteală pentru ciudățeniile mele legate de mâncare și de excesul de exerciții fizice. Arătam bine când mergeam împreună pe stradă. Eram aliați naturali, dar relația noastră era pătată de gelozie și de neîncredere. Ne vedeam prea clar una pe cealaltă. Dintre toți oamenii pe care îi cunoșteam, ea a simțit că nu totul era în regulă în spatele exteriorului meu strălucitor și curajos, iar eu am văzut prin postura ei de petrecăreață. Disfuncționalitatea ei era evidentă, în timp ce a mea era ascunsă. Știam că lua droguri pentru a putea suporta relația cu Lars. Ea știa că eu aveam probleme. Am fi putut să ne ajutăm reciproc. Dar șocul autocunoașterii este greu de suportat. Mă bucuram că plecase. Având în vedere comportamentul nostru, părea improbabil ca noi două să putem face din Berlin un succes. Am simțit un ciudat sentiment de triumf că ea nu o făcuse. M-am gândit, în mod eronat, că asta îmi îmbunătățea propriile șanse.

17.

Spătigate

Era 25 septembrie, cu o zi înainte de întoarcerea lui Milosh. Mâncam cuburi de sfeclă crudă, înmuiată în sriracha și ascultam un podcast german de crime reale, numit *ZEIT Verbrechen*. Mi-a fost greu să protejez cearșafurile lui Cass de sosul portocaliu - o parte din el s-a scurs pe perna ei, pe care am întors-o, în caz că Milosh venea mai târziu. Nu mă simțeam în largul meu în apartamentul lui Cass. Infectasem locul cu propria mea atmosferă și cu obiceiurile mele neplăcute. Apartamentul nu mai era o evadare din propria persoană, ci un fel de peisaj al propriei mele minți; cearșafuri pătate, ambalaje de mâncare îndesate în locuri improbabile, fire de păr rătăcite peste tot, urme de degete lipicioase pe frigider și pe întrerupătoarele de lumină. Eram în permanență preocupată cu gândul de a ingera din greșeală droguri. Abia așteptam ca Milosh să se întoarcă. Telefonul meu a început să vibreze și inima mea a început să bată mai tare. Era Gabriel. Nu mai ieșisem cu el de când mă mutasem din apartamentul lui. Țineam la el și nu renunțasem încă la prietenia noastră. Era neobișnuit ca el să sune. Poate că se încuiase singur afară din apartament sau se despărțise de Nina (măcar de-ar fi fost așa); sau poate că observase, în sfârșit, că îi răvășisem dulapurile cu mâncare.

– Hei, Gab! Ce mai faci?

Era pe stradă. Puteam auzi traficul și chiar o ambulanță în depărtare. M-am ridicat din pat și m-am îndreptat spre fereastră, unde recepția era de obicei mai bună.

– Hei, mă auzi?

– Hei, da, te aud! Așteaptă o secundă!

L-am auzit vorbind cu cineva în germană. Curtea era goală, cu excepția unei pisici care stătea într-un petic de Soare, vizavi de cutiile poștale.

– Daphne?

– Hei! Da, ce s-a întâmplat?

– Te sun pentru că m-am întâlnit cu cineva cunoscut! Vrea să vorbească cu tine!

Alte câteva sunete de trafic, în timp ce dădea telefonul, apoi:

– Am auzit că te-ai mutat în cartier!

Am recunoscut vocea, dar nu am putut să o asociez cu un nume. Cineva din clasa noastră de germană? O persoană cunoscută la petrecerea lui Gabriel? Întotdeauna uitam numele oamenilor.

– Îmi pare foarte rău, nu aud deloc bine - recepția este groaznică, cine sunteți?

– Ah, Daphne, nu mă recunoști?

Felul în care a pronunțat Daphne și răgușeala vocii sale - ceva ce probabil am găsit atrăgător când ne-am întâlnit prima dată - era inconfundabil. Era Richard Grausam. Nu am închis. Știam că Gabriel trebuie să asculte cu interes acest schimb de replici și am încercat să mă gândesc la ce aș putea spune pentru a-l împiedica pe Gabriel să devină suspicios.

– Am fost foarte îngrijorat, Daphne. În ziua aceea, în cafenea, păreai foarte tulburată. Este totul în regulă?

Am închis telefonul. Primul meu gând a fost că Gabriel ar fi presupus că avem o relație și că eu îl înșelam pe Milosh cu Grausam. Telefonul a sunat din nou, dar l-am ignorat, până când am văzut un mesaj de la Gabriel: „Hei, sunt Gabriel, sună-mă, x".

– Bună, Daphne. Ești bine? Scuze, sper că nu te-a deranjat că i-am dat telefonul lui Richard!

– Da, adică nu mă deranjează și nu e vina ta pentru că nu ți-am spus, dar de fapt mă deranjează de câteva luni.

– Ce? Ce a făcut?

– Oh, nimic prea grav, mi-a trimis e-mailuri și m-a sunat, apoi m-a deranjat pe stradă de câteva ori.

– Îmi pare foarte rău pentru asta. Ar fi trebuit să-mi spui, nu i-aș fi dat telefonul dacă aș fi știut!

– Da, și mie îmi pare rău pentru asta. Nu i-ai spus unde locuiesc acum, nu-i așa?

– Nu, bineînțeles că nu. Nici măcar nu m-a întrebat.

– Atunci nu-ți face griji, nu s-a întâmplat nimic rău.

– De fapt, oricum voiam să te sun. Cum te simți acum?

– O, sunt bine!

– Serios? Ieri m-a sunat Kat. A plecat din Berlin, știai asta, nu?

– Da.

– M-a rugat să am grijă de tine. Părea foarte îngrijorată. Ești bine? Ai nevoie de ajutor cu ceva?

– Nu, sincer nu, Gabriel. Cred că era îngrijorată că i-am spus că m-am certat rău de tot cu Milosh. Acum totul e în regulă.

– Bine.

– Trebuie să plec, de fapt, pentru că mă voi întâlni cu el acum, am adăugat.

– OK, bine. Ei bine, ai grijă, Daphne! Anunță-mă dacă vrei să ieșim în curând.

– O s-o fac!

Am mințit, încrezătoare că va continua să-mi ignore mesajele dacă îi voi cere să ne întâlnim. Am aruncat restul cuburilor de sfeclă roșie, m-am dus la baie și am făcut un duș. Nu știam dacă mai aveam încredere în totalitate în Gabriel. Poate că într-adevăr îi dăduse lui Grausam adresa mea. Ce ar fi vrut să spună Grausam cu „te-ai mutat în cartier", dacă Gabriel nu-i spusese unde locuiesc?

Dar Gabriel fusese o singură dată la Cass, când m-a ajutat să mă mut și nu eram convinsă că și-ar fi amintit exact unde locuiam. Poate că nu-i dăduse lui Grausam adresa mea exactă, ci doar îi spusese că mă mutasem din apartamentul lui EG din Kreuzberg în Neukölln. Grausam locuia în același cartier, la câțiva kilometri de locuința lui Cass. Știam acest lucru pentru că - în ciuda faptului că voiam să uit că avusesem vreodată vreo legătură cu el - fusesem odată în apartamentul lui înghesuit, plin de radiouri stricate și cărți de yoga.[23] Gătise ceva sofisticat, dar confuz - paste cu lămâie și cu ridichi roșii amare și fistic. Casa lui era incoerentă, neîngrijită, plină de lucruri, lipsită de caracter. Ea stricase versiunea fantezistă pe care o construisem despre el și mă forțase să îl văd așa cum era cu adevărat - cineva care nu uitase niciodată că nu intrase în prima echipă de fotbal în școala primară; un tip care își pierduse virginitatea puțin mai târziu decât media pentru că era „prea drăguț". O persoană care își resimțea educația burgheză, dar care preferă să facă un spectacol

23 A fost doar un profesor de yoga suplinitor. E ceva umilitor să fii urmărit de cineva atât de afemeiat. Dacă aș fi avut de ales, aș fi fost hărțuită de un mascul alfa care să mă amenințe.

stupid de marxism decât să își folosească norocul pentru a-i ajuta pe alții. Un om neputincios, trist, zădărnicit, periculos – periculos pentru că, la fel ca atâția oameni slabi, ar recurge la mijloace coercitive pentru a recăpăta un sentiment de putere. Știam că l-ar fi abordat pe Gabriel cu inteligență, cu dezinvoltură și ar fi extras de la el exact informațiile de care avea nevoie. Dacă Gabriel îi dăduse adresa mea, nu puteam să-l învinovățesc. Nu-i dădusem niciun motiv să o țină secretă. Am umplut cada până sus. Șmecheria cu băile foarte fierbinți este să te comporți ca și cum ai face-o în apă înghețată. M-am coborât înăuntru, centimetru cu centimetru, lăsând încet fiecare parte a corpului să se acomodeze cu căldura, înainte de a mă scufunda mai mult: picioarele, coapsele, buricul, clavicula. Începusem să mă relaxez când am auzit din nou țipătul. Era abia perceptibil atunci când țineam capul deasupra apei dar, de câte ori mă scufundam pentru a-mi clăti părul, era atât de puternic, încât cel care țipa putea la fel de bine să se șamponeze lângă mine. Potrivit Google, undele sonore călătoresc mai mult în substanțe dense precum apa decât în aer, așa că era logic ca apa să amplifice țipătul. Efectul era ciudat: liniștea și pacea din baie contrastau cu strigătele disperate pe care le auzeam ori de câte ori lăsam linia apei să se ridice deasupra urechilor mele. M-am băgat în pat și am intrat pe Facebook. Milosh postase în fiecare zi, în ultima săptămână, fotografii și videoclipuri de la festival. Am vizionat videoclipurile de mai multe ori, concentrându-mă obsesiv asupra femeilor care dansau în jurul lui, care purtau ochelari de soare și bluze cu spatele gol și păreau deopotrivă aranjate și lipsite de griji. Le-am găsit paginile lor private de Facebook, le-am memorat numele și m-am uitat la fotografiile lor. Frumusețe fără efort, fericire fără efort. Într-un anumit videoclip, o femeie care purta un top și o fustă mini i-a spus ceva ce, evident, nu am putut auzi. El s-a apropiat de ea, iar ea și-a apropiat buzele de urechea lui. El a luat-o de încheietura mâinii pentru a o ține în echilibru. Mi l-am imaginat pe Milosh cu ea, iar gândul m-a umplut de o gelozie violentă, mânjită de dorință. În cele din urmă, am adormit.

M-am trezit brusc. La început, am crezut că se întâmpla ceva din categoria aruncatului cu cărămida, dar mi-am dat seama repede că ceea ce mă trezise era o muscă, ce se izbea de geam. M-am ridicat ca să deschid fereastra, dar podeaua a părut să se scufunde și deodată m-am trezit întinsă pe ea, fără să-mi amintesc că am căzut. Totul părea foarte ciudat și unidimensional, ca și cum adâncimea și înălțimea ar fi fost presate împreună ca o cutie de Coca-Cola aplatizată. Primul meu gând a fost că unul dintre cele mai urâte coșmaruri SF ale mele devenise realitate, că gravitația fusese mărită și că în curând voi fi zdrobită într-un disc subțire de atomi. Am încercat să mă ridic în picioare, dar mâinile mele nu mă ascultau și nu am reușit să mă prind cum trebuie de marginea patului, iar podeaua s-a ridicat din nou în întâmpinarea mea. Poate că mâncasem din greșeală ceva din mâncarea cu LSD a lui Cass? Inima îmi zvâcnea, dar restul corpului meu se simțea ca o placă de grăsime înghețată fără mușchi. M-am ghemuit cu capul între genunchi și totul mi se părea foarte îndepărtat și suprarealist, cu excepția efervescenței electrice din pieptul meu și a senzației de îngheț din mâini și picioare. Am reușit să mă târăsc până la chiuvetă și am simțit cum apa îmi picura în stomac, dar curând a trebuit să stau din nou în picioare. Am încercat să respir într-un ritm mai lent, dar oxigenul suplimentar nu a făcut decât să alimenteze flăcările într-o palpitație frenetică. Gândurile mele au început să se grăbească pentru a-mi ajunge din urmă inima și m-am simțit la limita panicii totale. M-am gândit că am nevoie de zahăr. Ar trebui să-mi iau ceva de mâncare. Nu voiam nimic din frigiderul lui Cass, așa că m-am hotărât să merg cu bicicleta la *Späti*.

Aerul proaspăt mă ajuta într-o oarecare măsură, iar totul părea puțin mai normal. Cel mai apropiat *Späti* era la doar câteva minute distanță dar, deși pretindea că este deschis 24 de ore din 24, 7 zile din 7, nu am fost surprinsă să îl găsesc închis. Era exact ora 5. Eram sigură că *Späti-ul* meu preferat, cel condus de familia armeană la care fusesem cu Kat, era deschis. M-am urcat pe bicicletă și am pedalat încet. Mă simțeam mai liniștită. Cerul era jos și străzile erau complet goale; mă simțeam ca și cum aș fi alunecat pe o scenă de catifea. Dar îmi era greu să-mi recapăt respirația, iar trotuarul părea că înoată ca untul topit sub roțile mele. În timp ce îmi securizam bicicleta, mi-am dat seama că ceva era foarte greșit. Întunericul părea să se plieze în jurul meu, ca o molie care își închide aripile. Am reușit să intru în *Späti*, care arăta la fel de plat ca un poster, și m-am lăsat în genunchi chiar în fața tejghelei.

– *Alles gut?!* m-a întrebat omul de la *Späti*.

Nu puteam să spun dacă inima mea nu bătea deloc sau dacă bătea atât de repede încât era imperceptibilă, ca aripile unui colibri. Mi-am dus mâna dreaptă la piept și la brațul stâng, care era dureros și pulsa. Am încercat să zâmbesc ca să-l liniștesc.

– Hei! *Bist du OK? Alles gut?*

– Cred că da... Pot să iau ceva dulce?

Mi-a adus din frigider o cutie de Durst Löscher cu căpșune și zmeură. M-am chinuit să scot plasticul de pe pai, dar l-am scăpat. Mâinile mele se simțeau fără oase, ca niște mănuși de cauciuc umflate. Mi l-a ridicat și l-a băgat în cutie.

– *Alles gut*, bea.

Mi-a dus paiul la buze. Am luat câteva înghițituri, liniștită de capacitatea mea de a-mi folosi o funcție a corpului.

– Să chem o ambulanță?

– Nu știu... Credeți că am nevoie de o ambulanță?

A ridicat din umeri și a părut complet neajutorat și foarte alarmat, ceea ce m-a îngrozit. Tipul ăsta, cu siguranță, nu știa să facă resuscitare cardiorespiratorie.

– Da, vă rog! am spus eu, cu vocea brusc frântă. Vă rog, vă rog, vă rog, puteți chema o ambulanță?

– Mane! a strigat el, ținând în continuare cutia de suc și ghemuindu-se lângă mine. Mane, coboară!

Una dintre fiicele-nimfă a ieșit din camera din spate, purtând o cămașă de noapte. Părea somnoroasă și uimită.

– Mane, cheamă o ambulanță!

Am auzit-o vorbind și m-am simțit brusc complet plină de regret, dar și incapabilă să-mi mențin puțina decență pe care o mai aveam. Tot corpul îmi tremura, așa că mi-am pus capul pe podea, răsturnând cutia de suc.

– Uau, uau, uau, uau! a spus omul, încercând să-mi protejeze părul de scurgerea roz. Mane, adu o pătură!

– Îmi pare atât, atât de rău, am reușit să articulez, cu o voce pe care nu am recunoscut-o la început, dar apoi mi-am dat seama că această voce de copil care implora strangulat era cea pe care o aveam cu adevărat, că vocea mea normală era o falsitate totală.

În acel moment, tremuram. Mane s-a întors cu o plapumă fără husă și a aruncat-o pe mine. Tatăl și fiica m-au privit de sus, atât de îngrijorați, încât m-am întrebat dacă nu cumva era ceva vizibil în neregulă cu fața mea. Am pipăit-o, dar mi s-a părut normală, același nas mare și aceeași piele. Dar poate culoarea era greșită, galbenă de la ficat sau albastră de la vreo sângerare internă. Am încercat să mă ridic, dar picioarele s-au prăbușit sub mine asemenea unui pui rănit. Mi-am dat seama că pata enormă de umezeală nu putea fi atribuită unei cutii de suc. Am dat plapuma deoparte, așteptându-mă să văd o hemoragie de sânge, dar am văzut doar pete de roz diluat, deoarece urina se scurgea în sucul lipicios.

– Îmi pare foarte, foarte rău! am zis ținându-mi capul în mâini. Îmi pare atât de rău!

Mane m-a pus să mă întind din nou, ceea ce nu am îndrăznit să le spun că m-a făcut să mă simt mult, mult mai rău. M-am întors pe burtă și îmi puteam auzi inima lovindu-se de pământ. Dacă intra cineva în *Späti*? Era prea devreme pentru un trafic serios, dar dacă ar fi venit niște copii ai nopții, în drumul de întoarcere de la club? Probabil că le-ar fi părut rău pentru familia armeană, că trebuiau să aibă de-a face cu un astfel de caz, cu o fată al cărei loc era într-un salon de reabilitare și nu avea ce căuta printre aer, lumină și tinerețe. Și m-am gândit că poate aveau dreptate. Singurul lucru care stătea între mine și cei din U-Bahn era o fire conformistă și un teanc gros de bani moștenit de la părinții mei, unul pe care îl erodam cu fiecare zi care trecea și nu-mi găseam o slujbă.

După câteva minute de stat pe burtă, am simțit un impuls cardiac. M-am ridicat și am început să mă plimb prin magazin, evitând pata de roz pal care se scurgea în șiroaie pe șanțurile de pe podeaua de gresie. Din când în când, găseam câte o breșă în matricea terorii, iar atunci vedeam lucrurile cu mai multă luciditate și realizam că aveam probabil un atac de panică, mai degrabă decât un atac de cord. Dar apoi deveneam neliniștită, pentru că nu-mi plăcea mai mult acea versiune a realității. Nu eram deloc sigură că a înnebuni era mai bine decât a face un atac de cord. Ce să alegi între un eșec al minții și un eșec al inimii?

Respiram greu, dar eram complet lipsită de aer, ca pacientul tuberculos muribund din *Muntele vrăjit*. Poate că părinții mei ar fi găsit un sanatoriu ca la Berghof, undeva, la înălțime, cu aer bun și zburdălnicie sexuală. În cele din urmă, a sosit ambulanța, iar atunci chiar mi-am pierdut mințile. La revedere, a spus fiica-nimfă, cu coada ei care mi-a atins fața, în timp ce se apleca peste targă pentru a-mi băga o cutie de suc în geantă. A fost atât de amabilă... Cu siguranță, cel mai bun personaj al zilei. Am văzut bicicleta lui Cass, parcată în fața magazinului. Va trebui să mă întorc după ea mai târziu, m-am gândit, în timp ce îmi legau brațul și îmi căutau o venă.

În ambulanță, cei doi bărbați m-au ignorat în cea mai mare parte, mormăind unul spre altul despre *hysterische Ausländerinnen* și *Drogensüchtige*.[24]

– Înțeleg germana! am strigat eu isteric.

După aceea, au tăcut până când am ajuns la spital, dând sirenele foarte tare, ca și cum ar fi exagerat comportamentul meu melodramatic. În câteva minute, am ajuns la Spitalul Vivantes, de-a lungul canalului Landwehr.

---

24 Străini isterici și dependenți de droguri.

Am stat ore întregi singură în sala de așteptare, disperată să fiu ascultătoare, dar speriată că nu reușeam să impresionez secția de urgență cu ceea ce mi se întâmpla. Din când în când, întrebam cu timiditate dacă vine doctorul, pentru că inima încă îmi bătea dureros în piept sau măcar o asistentă, pentru că punga de perfuzie era goală și îmi aspira sângele din braț pe tubul gol. Recepționera, care tasta la calculator, doar își dădea ochii peste cap, repetând într-o engleză mai slabă decât germana mea că nu era nimeni disponibil, că trebuia doar să aștept până când eram chemată. Am sperat că mă ignorau pentru că nu era nimic grav.

În cele din urmă, a apărut un medic și m-a strigat pe nume. Am urmat-o într-o sală de consultații cu perdele. Mi-a măsurat tensiunea arterială, mi-a palpat stomacul și m-a cântărit. M-a întrebat despre planurile de sinucidere, despre somn și despre tranzitul intestinal, totul, pe un ton ușor dezaprobator. Mi-a dat o pastilă albă și mare, cu un pahar cu apă.

– Fără Adderall? Speed? Cocaină?

– Nu, nimic. Absolut nimic.

– Ei bine, nu e nimic în neregulă cu inima ta. Pulsul tău este doar puțin ridicat, dar Xanaxul ar trebui să calmeze asta.

S-a uitat puțin printre hârtii, apoi a spus:

– Semnele tale vitale sunt bune. Ești foarte subponderală pentru înălțimea ta, lucru destul de îngrijorător. Ai fost supusă unui stres deosebit în ultima vreme? O pierdere, un deces în familie?

– Am avut câteva probleme în ultima vreme.

– Mi se pare că ai suferit un atac de panică. Este un fel

de teroare bruscă. Simptomele pot fi severe, ca ale tale - ameţeală, amorţeală, inima care bate cu putere. Oamenii cred adesea că sunt pe moarte. Dacă se repetă, ai putea lua în considerare administrarea de antidepresive. Ai familia aici?

– Nu, ei sunt în Anglia.

Doctoriţa părea îngrijorată, dar şi epuizată.

– Ei bine, ai grijă de tine! a spus ea, în timp ce îmi pregătea actele de externare. Încearcă să te relaxezi. Trebuie să găseşti o modalitate de a elibera anxietatea. Îţi recomand să faci exerciţii fizice regulate sau să meditezi - există multe videoclipuri utile pe internet.

Apoi, mi-a dat o reţetă pentru Xanax.

– De obicei, ajută!

18.

Reîntoarsă în Berlinul de Vest

M-am reîntors în apartamentul lui Cass în dimineața următoare, devreme, încă... liniștită de Xanax și am bătut la ușa Leilei. Ea a ieșit în pijamale.

– Bună, Leila! Îmi pare foarte rău că te deranjez, dar nu merge apa caldă în apartamentul meu. Aș putea să fac duș aici?

Adevărul este că nu voiam să mă întorc în apartamentul lui Cass și nici nu voiam să fiu singură. De asemenea, voiam să aflu dacă puteam auzi țipetele din apartamentul Leilei.

– Bineînțeles, intră, intră. Arăți distrusă. Ai petrecut din greu aseară?

– Ceva de genul ăsta.

Odată intrată în baie, mi-am smuls plasturii de pe braț. Rănile de la perfuzie și de acolo de unde îmi luaseră sânge se uscaseră de mult timp și se transformaseră în înțepături invizibile, dar brațele mele erau sensibile și învinețite de la împunsăturile stângace ale paramedicului. Baia Leilei era pătată și veche, dar perfect curată. Am dat drumul la apă și era fierbinte, deși eram atât de rece și de amorțită, încât la început abia dacă simțeam căldura; dar pielea mea se înroșea, se încălzea și mai tare, apoi mă mânca pe măsură ce începeam să mă dezgheț. M-am spălat cu gel de duș cu mango, balsam cu căpșune și mentă și am ieșit mirosind ca o tarabă cu fructe în descompunere.

Leila era sprijinită de tejgheaua din bucătărie, urmărind un Bialetti, purtând o cămașă cu pătrățele albe și negre, pantaloni scurți de blugi și papuci de casă. Am luat o mică mușcătură politicoasă dintr-o negresă pe care o făcuse cu o zi înainte. Era uscată și nu avea niciun gust, ca o versiune a unei prăjituri de ciocolată.

– Delicioasă! am mințit.

– Serios? Eu cred că sunt destul de rele. Dar ești politicoasă, mulțumesc!

– De cât timp locuiești în acest apartament?

– De anul trecut. Colegul meu m-a ajutat să găsesc acest loc. Dar tu ce părere ai? Când te-ai mutat în Berlin?

– Acum opt luni.

– Cum ți se pare?

– Un pic cam greu, am recunoscut.

– În ce sens?

Am mai luat o mușcătură din prăjitură. Ceea ce voiam să spun era că viața mea în Berlin nu era ceea ce sperasem. Existența și gândurile mele erau dominate de preocupări banale de nedescris. Laptele de soia sau laptele de ovăz conține mai multe grăsimi? Guma de mestecat Big Red este fără zahăr? Cumpăr ceea ce trebuie? Mă așteptam ca viața de adult să fie mai degrabă... pitorească. Credeam că va fi ca în „Stăpânul inelelor": cioplind arme, înfruntând dușmani, galopând prin poieni. Aveam, pe scurt, mari așteptări. Nu că mi-aș fi dorit să se întâmple ceva mai rău - bineînțeles că nu - dar mă așteptam ca suferința mea să se simtă într-un fel ca o răscumpărare. Credeam că viața trebuia să aibă sens, chiar și atunci când era grea.

Am vrut să-i spun că eram nefericită, dar că nefericirea mea nu avea o cauză nobilă și că era aproape în întregime din cauza mea. A fost o autodistrugere lentă și insidioasă. M-am simțit destul de singură aici. Cred că m-am gândit că ar fi mai ușor să-mi fac prieteni.

– Înțeleg. Ar trebui să vii mai des pe aici. Trebuie să accepți invitațiile mele.

Am petrecut câteva ore împreună. Conversația a decurs destul de uniform. Ea se mutase în Germania în 2014, cam în aceeași perioadă în care eu absolvisem la Oxford. Nu mi-a povestit prea multe despre familia ei și nici despre circumstanțele plecării ei din Damasc. Mi-am imaginat o constelație de groază - marea liberă, vestele de salvare, taberele din Turcia. Mai târziu, am aflat că venise din Liban cu o viză temporară. Nu fusese nimic clandestin. Propria mea plecare din Londra fusese mult mai furtivă.

Lucra ca designer la o firmă de confecții. Am recunoscut că nu aveam un loc de muncă, iar ea mi-a amintit de ceva ce spusese Gabriel, despre faptul că este mai bine să te descrii ca fiind „în căutarea unui loc de muncă" decât „fără loc de muncă". Atunci când a început să bocească și să se frece la ochi, m-am ridicat pentru a pleca, iar ea a împins farfuria nemâncată spre mine.

– Dar nu ai terminat negresa!

– O păstrez pentru mai târziu.

– Data viitoare o să-ți pregătesc ceva de mâncare.

– Mi-ar plăcea! am spus eu dar, în realitate, îmi doream să nu se întâmple acest lucru.

La Cass am dormit, în cele din urmă. Dar m-am trezit cu un apel pierdut și cu un mesaj de la Milosh, care voia să știe ce mai fac și dacă mă întâlnesc cu el la Schwarzes Cafe, un local celebru din Berlinul de Vest. Am prădat dulapul lui Cass ca pe un mormânt de faraon, încercând rochii frumoase de fată care se potriveau teribil cu umerii mei largi și bărbătești și care arătau ca niște șuvițe de mătase drapate pe un yeti. În cele din urmă, am găsit o cămașă Dior albastră mătăsoasă și supradimensionată, care mi s-a părut că merge bine drept rochie. M-am grăbit să ies din curte, nerăbdătoare să plec. Îmi tot imaginam cum Grausam apărea la ușa mea. O parte din mine știa că sunt paranoică. Nu mă amenințase niciodată cu adevărat - tot ce făcuse fusese să îmi trimită un e-mail atunci când îi cerusem să nu o facă și mă sunase de numeroase ori de pe un număr ascuns. Ceea ce nu înseamnă nimic. Nu venise la mine acasă. Nu a fost violent din punct de vedere fizic. „A trimite e-mailuri și a urmări prin cafenele" nu este o infracțiune. Asta fac bărbații, dacă te plac. Te urmăresc.

Și eram eu atât de diferită? M-am gândit la Sebastián ani de zile după ce ne-am despărțit. Îi trimisesem e-mailuri - inclusiv cel de la Kat, în stare de ebrietate - la care rareori răspundea și pe care, în primul rând, nu voia să le primească. Cel mai rău dintre toate - și mi-e rușine, profund rușine să recunosc asta - știam că se afla în Berlin înainte de a lua decizia de a mă muta acolo. M-am temut că acțiunile mele erau conduse de motive întunecate, de genul celor ale lui Grausam. Propriul meu comportament părea o versiune mai mică decât a hărțuitorului meu.

M-am urcat în autobuzul M29 și m-am îndreptat spre vest. Era pe jumătate gol și m-am așezat lângă fereastră. Am urcat pe Oranienstraße, am trecut pe lângă Checkpoint Charlie și grădina zoologică Tiergarten. M-am jucat cu cutia de Xanax din buzunar. Era cald; sudoarea mi se scurgea pe spate și de-a lungul părții inferioare a brațelor. Am încercat să deschid fereastra pătrată de deasupra mea, dar nu reușeam să acționez zăvorul. Ceilalți pasageri mă priveau, pasivi, în timp ce mă chinuiam cu mânerul care se rotea fără niciun efect. M-am așezat la loc, stânjenită de bâjbâiala mea ineficientă. Am încercat să mă gândesc la ce aș putea discuta cu Milosh. El oferea inovația - întotdeauna găsea locuri noi și interesante în care ne puteam întâlni - dar era de datoria mea să găsesc subiecte noi de conversație. Acest lucru se dovedea din ce în ce mai dificil, pentru că făceam foarte puține lucruri cu zilele mele și, de asemenea, pentru că nu aveam nimic în comun. Inițial, această diferență fusese incitantă. Relația noastră fusese susținută de un proces deliberat de susținere reciprocă: exageram diferențele, ne vedeam unul pe celălalt printr-un văl de clișee atrăgătoare și paradigme culturale învechite. El era fascinat de Franța, de diploma mea de la Oxford și de lejeritatea cu care am plecat din nenumărate locuri. Eu eram fascinată de el din motive opuse: deși se născuse în Polonia, Milosh îmi părea atât de german, încât ar fi putut la fel de bine să aibă MADE IN GERMANY © 1993 ștampilat pe tălpile picioarelor. Se manifesta în toate: preocuparea sa pentru mediul înconjurător, ușurința de a se dezbrăca, îndemânarea cu o minge de fotbal, modul natural de a vorbi cu femeile. Avea un aer contemplativ pe care îl admiram. Își accepta prietenii, orașul și viața fără să se întrebe vreodată dacă aceștia erau cei mai buni prieteni, dacă era cel mai bun loc în care să trăiești și dacă avea cea mai satisfăcătoare existență. În timp ce eu vedeam totul în viața mea ca pe ceva ce putea fi îmbunătățit: era Berlinul cu adevărat cel mai bun oraș? Era acesta cel mai bun cartier al orașului, era aceasta cea mai fină ipostază a mea, erau aceștia cei mai grozavi prieteni pe care puteam spera să îi am? Milosh a făcut din reflex, fără să se gândească, ceea ce mie mi se pare cel mai greu: a acceptat realitatea cu ușurință și grație. S-a angajat și a investit în viața lui reală, fără să aibă fantezii despre cea pe care ar fi trebuit să o trăiască.

Eu, pe de altă parte, mă aflam într-o stare de fantezie perpetuă, nu numai în legătură cu viața pe care aș putea să o duc, ci și cu viața pe care o trăiam în prezent. I-am spus povești detaliate despre slujba mea de babysitter, inventând drame și interacțiuni ciudate cu tatăl „pervers". I-am spus că eu și Kat mergeam în cluburi și că luasem MDMA, iar eu și Gabriel mergeam împreună la cinema cel puțin o dată pe săptămână. M-am prefăcut că fac parte dintr-un club de fotbal și i-am povestit că jucam împotriva unor fete dure din Marzahn și South Neukölln. Am luat în derâdere cărămida și spargerea. Nu-i spusesem despre Grausam. Am vrut să mă considere o persoană fericită și lipsită de griji.

Am coborât din autobuz la Uhlandstraße și am urmat Google Maps până la Schwarzes Cafe, făcând un ocol mare ca să nu ajung prea devreme. M-am îndreptat spre Savignyplatz, o piață frumoasă care a păstrat cumva splendoarea lumii vechi a Berlinului de Vest de dinainte de unificare, fără pastișa stridentă din restul cartierului Charlottenburg. Era amurgul; felinarele străzilor pâlpâiau. Căldura se ridica de pe trotuar ca dintr-o pâine coaptă. Puțini oameni se aflau afară, dar ușile tuturor barurilor și restaurantelor erau proptite, iar mirosurile de ceapă și clinchetul paharelor se împrăștiau în piață. Am fost surprinsă că Milosh alesese Cafeneaua Schwarzes - era destul de diferită de genul de locuri în care mergeam de obicei. Mă simțeam prea puțin îmbrăcată în pantalonii mei scurți, tricoul supradimensionat cu mânecă lungă și pantofii Adidas zgâriați.

Erau câteva mese la parter, dar am urmat instrucțiunile lui Milosh și am trecut pe lângă un frigider plin de prăjituri cu cremă și rafturi cu Campari și mixere pentru Martini. Am urcat scara până la o cameră cu tavan înalt. Era întunecată, luminată doar de un candelabru care pâlpâia și de luminițele de pe fiecare dintre micile mese rotunde. Milosh nu sosise încă, așa că am luat loc lângă fereastra deschisă.

Cel mai aproape de mine era un cuplu foarte arătos care mânca paste cu pesto. Probabil că amândoi aveau în jur de 70 de ani, poate puțin mai mult. Părul lor era complet alb. El purta un costum gri cu un singur nasture, cu o batistă de buzunar albă pătrată, iar ea purta o cămașă albă, călcată perfect. Ruj perfect, nici pe departe întins după ce a mâncat. Îmi zâmbeau și păreau că vor să înceapă o conversație; dar atunci a apărut Milosh. Am simțit o mare bucurie să-l văd. Era îmbrăcat cu un hanorac verde și purta o cravată pe care i-o dăduse Lăptarul; arăta ca o versiune hipster a lui Legolas. Bătrâna l-a privit aprobator și mi-a făcut semn din cap ca și cum ar fi vrut să spună „bună treabă".

– *Na*, Daphne? Deci, l-ai găsit?

S-a dovedit că Milosh o cunoștea pe femeia din spatele barului, iar ea ne-a adus două Dark and Stormy și un bol enorm cu alune picante. Și-a rulat singur o țigară, a strâns tutunul, a lins hârtia și a aprins-o. A tras un fum, a suflat fumul din colțul gurii și mi-a dat-o mie.

– *Prost*, Daphne! Mă bucur să te văd!

– Mă bucur să te văd! Arăți atât de bine. Cum a fost la Hamburg? Cum a fost la festival?

– Ah, Daphne. Am petrecut atât de bine! Ar trebui să vii și tu data viitoare când merg. Eu și sora mea am stat în furgoneta ei, ceea ce a fost mult mai bine decât în camping. Mi-a părut rău pentru toți ceilalți, a fost incredibil de cald. Dar, da, a fost minunat, i-am văzut pe Liveki-10, Ollie Krakenberg, Good Boy, The Flying Zobs. A fost grozav. Am cântat și eu un pic, la etapa de amatori, cam zece ore la rând.

– Uau! Uimitor. Trebuie să fii foarte obosit.

– Nu chiar. Dar am consumat atât de mult ecstasy, încât în ultima zi sora mea s-a îmbolnăvit și m-am simțit foarte rău.

– Ce drăguț că ai petrecut atât timp cu sora ta! Acum, cred că poți să te recuperezi și să te relaxezi acasă.

– Da, deși trebuie să muncesc din greu săptămâna asta! Teza mea de doctorat trebuie să fie gata în șase zile! Abia aștept.

– Ah, totuși, te vei simți atât de bine când vei termina. Trebuie să sărbătorim.

– De fapt, imediat ce termin voi da o petrecere.

– Cum?

– Da. Vii și tu?

– Desigur.

Milosh a luat din alune.

– Arăți cam obosită și slabă, Daphne. Ai petrecut prea mult? Sau ai muncit prea mult? Francezul încă te mai urmărește?

M-am trezit povestindu-i despre convorbirea cu Gabriel și despre hărțuirea lui Grausam. I-am dat o versiune prescurtată, de adulter, a poveștii.

– L-am întâlnit pe Richard Grausam la un seminar de filosofie. Am ieșit la un pahar de băutură și apoi a început să mă hărțuiască, trimițându-mi o mulțime de e-mailuri și sunându-mă încontinuu. De asemenea, m-a urmărit pe stradă de două ori. L-am rugat să mă lase în pace, dar nu vrea.

– Doamne, ce porcărie! a spus Milosh, ronțăind ultimele alune. Îmi amintește de ceva ce i s-a întâmplat lui Hedvig, fosta mea iubită.

– O, da?

– Ultimul tip cu care se întâlnea era super obsedat de ea. SUPER obsedat. După ce s-a despărțit de el, el a căutat-o constant. I-a sunat familia. Obișnuia să apară tot timpul în fața apartamentului ei, chiar și la serviciu, amenințând că se va sinucide și că pe ea o va ucide dacă nu se vor împăca. A fost nevoită să obțină un ordin de restricție. Tipul ăsta nu a apărut niciodată la tine acasă sau ceva de genul ăsta?

– Nu, nu chiar.

La naiba cu tine, Hedvig! Mai frumoasă, mai clar victimă a hărțuirii. Milosh ne compara adesea, noul și vechiul model, contrastând trăsăturile și avantajele noastre. Menționase că eram „mult mai înaltă decât fosta lui, chiar și atunci când purta tocuri". Multe dintre complimentele pe care mi le făcea - „Uau, nu-ți ia mult timp să te pregătești!" sau „Nu prea te machiezi, nu-i așa?" - erau referiri subtile la Hedvig, la faptul că era bine îngrijită și mult mai frumoasă decât mine. Era firesc să se gândească la ea - fuseseră împreună mulți ani - dar, cu toate acestea, mă supăra. Ar trebui să încep să mă machiez și să-mi vopsesc unghiile? Ar trebui să fiu mai pretențioasă în privința hainelor pe care le port, să fie mai feminine? Știam că nu trebuia să las comparația să mă afecteze. Manipularea de a menționa fostele prietene pentru a condiționa comportamentul celei actuale era ceva cu care eram familiarizată. Toți bărbații cu care mă întâlnisem mă găseau radical diferită de ultimele lor prietene: mai puțin pretențioasă, mai puțin lipicioasă, mai dispusă să vorbească despre „interesele lor bărbătești". ("Nu am mai întâlnit niciodată o fată care să fie atât de pasionată de mașini/fotbal/jocuri video!") Întotdeauna păream să-i surprind, în ciuda faptului că mă pregătiseră să mă comport în acest fel: îmi dăduseră indicii despre cum voiau să fie o femeie și erau uimiți când mă conformam în mod magic preferințelor lor. Rușine lor, rușine mie!

Descrierea de către Milosh a experienței de hărțuire a lui Hedvig m-a făcut să mă simt jenată că adusesem vorba despre asta. Poate că ceea ce a făcut Grausam nu a fost atât de rău. Poate că exageram. Am schimbat subiectul. A comandat o felie de tort Pădurea Neagră și m-a lăsat să mănânc cireșele maraschino. Data viitoare când va apărea subiectul Richard Grausam, vom fi într-o secție de poliție.

19.

Petrecerea

Am petrecut următoarele câteva zile luând Xanax și dormind cât de mult am putut. M-am dus la Leila de câteva ori. Ea lucra mai mult timp de acasă, iar într-o după-amiază am bătut la ușa ei chiar când se pregătea să plece. Părea să simtă că eu că nu vreau să mă întorc la Cass.

– Stai pe aici. Simte-te ca acasă.

Primul lucru pe care l-am făcut a fost să mă uit prin frigiderul și în dulapurile ei. Am găsit niște Soplica, o vodcă poloneză, în frigider, și am turnat o cantitate generoasă, simțindu-mă adultă și tulburată, ca o gospodină zdruncinată de 60 de ani. Avea aromă de alune, era foarte dulce, iar efectele erau imediate. Prima înghițitură m-a străbătut ca un anestezic. După al doilea pahar, totul în mine s-a relaxat, s-a dilatat. Am respirat adânc. M-am servit cu o ceașcă de amestec de za'atar, pe care am mâncat-o cu o lingură stând la masa din bucătărie. M-am uitat prin telefon, rostogolind amestecul de sumac și susan pe limbă. Cineva postase poze de la festival. În multe dintre ele, Milosh stătea aproape de frumusețea care purta top și fustă mini. N-aș fi îndrăznit niciodată să-l acuz de ceva. Nu convenisem să fim „exclusiviști", iar cei mai mulți dintre berlinezi păreau să considere monogamia un concept reacționar și învechit. Am luat un Xanax și am adormit. Am dormit toată ziua.

Petrecerea lui Milosh urma să aibă loc pe 13 octombrie. În acea dimineață am alergat mult, 24 kilometri prin Tempelhofer și parcul Hasenheide pentru a-mi liniști nervii. Știam că prietenii lui mă vor examina cu atenție, comparându-mă cu Hedvig, așa cum eu îl comparasem pe Milosh cu Sebastián. Iarba din Tempelhofer Feld crescuse înaltă; foșnea neliniștită, încoace și încolo, astfel încât orizontul părea să tremure în bătaia vântului. Arătam radiantă la întoarcere, deshidratată, cu crustă de sare, roză și cu ochii strălucitori. Întotdeauna am crezut că arăt cel mai bine după o alergare lungă și istovitoare.

Câteva ore mai târziu, stăteam pe patul lui Cass, copleșită de anxietate. Nu puteam să fac față unei seri întregi cu străini germani. I-am trimis un mesaj lui Milosh, explicându-i că nu mă simțeam bine, că oricum nu eram foarte amuzantă la petreceri și că ne vom vedea a doua zi, așa cum era planificat. La care el a răspuns: „Ah, Daphne, nu! Înțeleg dacă ești nervoasă, dar mi-ar plăcea foarte mult să vii! Fără presiune. Hotărăște-te singură după ce te gândești mai mult, dar mi-ar plăcea să te văd acolo."

Am ajuns la petrecere târziu, pe la ora 11, ceea ce nu era deloc foarte târziu după standardele berlineze. Gracie pregătise o prăjitură numită *Bremer Klaben*, varianta nord-germană a *Christmas Stollen*. Avea gustul unei budinci de Crăciun englezești și arăta ca balegă de vacă. Ici și colo, bucăți fărâmițate zăceau abandonate, iar eu le băgam în gură când eram sigură că nu se uită nimeni. Milosh era ocupat ca DJ, așa că nu a putut petrece prea mult timp cu mine, dar a făcut o pauză când am ajuns, pentru a mă saluta, pentru a-mi pregăti un gin și pentru a-mi face cunoștință cu cel mai bun prieten al său:

– Am auzit de tine! Tu ești Lăptarul!

– Și eu am auzit de tine! Ești franțuzoaica de vis!

S-a dovedit că mulți dintre prietenii lui știau cine eram și, undeva după al patrulea sau al cincilea pahar, mi-am dat seama că eram un succes. M-am comportat impecabil - m-am descurcat singură, nu i-am cerut niciodată ajutorul lui Milosh. Nu mi-am verificat telefonul nici măcar o dată, am vorbit cu Lăptarul despre aspirațiile sale bazate pe diamante și pietre prețioase, timp de ceea ce mi s-a părut a fi o veșnicie. Am ajutat-o pe Gracie cu vasele și am băut toate paharele pe care mi le-a oferit echipa lui Milosh, ba chiar am dansat o oră și ceva cu contingentul cel mai distrus al petrecerii... Acest lucru poate fi o surpriză, având în vedere corpul meu ciudat și felul meu de a fi în general neîngrijită, dar sunt de fapt o dansatoare destul de strălucită. Am o mișcare de dans caracteristică, numită „crabul", care cred că mă face să arăt amuzant și atractiv în același timp.

Am plecat de la petrecere în jurul orei 4:30, iar petrecerea era încă în toi. Milosh și cu mine am avut o bâjbâire afectuoasă pe scări, iar eu am strălucit tot drumul spre casă. Nici măcar aparatul de vending stricat din U-Bahn nu mi-a stricat moralul. Mândria succesului meu reprezenta suficientă hrană emoțională pentru a mă adormi fără o infuzie de zahăr. Am făcut duș, apoi m-am înfășurat în chimonoul lui Cass și mi-am strâns părul într-un prosop. Am mers desculță pe coridorul cu baldachin, lăsând în urma mea o dâră de pași apoși. Am trecut prin dormitor și mi-am luat telefonul, care încă rula ultimul episod din „This American Life". Am derulat din nou și am început să ascult de la început. Am intrat în bucătărie, am dat drumul la ceainic și am ieșit pe balcon. Lumina din curte era stinsă. De obicei, se aprindea când mergeam pe balcon, pentru că era sensibilă la mișcare - dar am rămas nemișcată în întuneric, așa că am putut vedea clar cerul nopții. Luna era enormă și arunca o lumină lăptoasă, galactică, ce eclipsa stelele terne ca niște capete de ac. Am observat ceea ce am crezut că sunt lilieci, șuvițe de negru mătăsos care se scufundau și zburau orbește în jurul curții. Luminile s-au aprins - probabil pentru că mă aplecasem peste balustrada balconului, pentru a încerca să văd liliecii - dar m-am întors înăuntru în caz că ar fi fost vreun vecin, pentru că încă purtam doar chimonoul lui Cass.

Am închis ușa de la balcon în urma mea și mă pregăteam să intru în dormitor, când am auzit sunetul unei păsări care se izbea de fereastra dormitorului. Nu am văzut pasărea în sine, dar am văzut o formă ciocnindu-se de geam și am auzit o lovitură surdă și bolnăvicioasă. Doamne, urăsc când păsările fac asta. Totuși, nu auzisem niciodată să se întâmple asta în timpul nopții. Poate că a fost unul dintre lilieci. Săracul animal macabru! Dar apoi, o clipă mai târziu, ghivecele cu plante ale lui Cass au căzut de pe pervazul ferestrei, iar Buddha lui Cass s-a prăbușit și m-am gândit la un cutremur sau la o bombă nucleară. Dar eram încă în viață și podeaua nu tremura. Apoi am observat sticla care zbura de la fereastră, m-am uitat la ea și m-am gândit, nu, nu fereastra din nou! Am strigat tare și am alergat spre dormitor, cu chimonoul zburând în jurul meu. O, nu, sunt nebună, sunt nebună, nu se poate întâmpla așa ceva. Mi-am plesnit coapsele, am fost ușurată să le simt înțepătura, da, creierul meu încă legat de corp. Nu visez, sunt în viață. Sunt în viață, e real, chiar s-a întâmplat, trebuie să fac ceva acum, să chem ajutoare, dar deja fugisem pe coridor și ușa se trântise în urma mea.

Mi-am dat seama imediat de greșeala pe care o făcusem – tot ce avea de făcut era să urce scările și să mă prindă. Lăsasem cheia în buzunarul de la haină, în apartament. M-am gândit să fug până la etajul doi sau trei dar, dacă urca la etaj, aș fi fost încolțită. Cheile de rezervă erau la Leila. Am bătut la ușa Leilei cu mâna stângă, iar cu cealaltă am strâns chimonoul în jurul meu. Nu auzeam niciun zgomot din interiorul apartamentului. Dar puteam vedea o licărire de lumină sub ușa ei. Trebuie să fie acolo; de ce nu deschide? Îmi era frig, în picioarele goale și ciudat de prăfuite. Am bătut din nou. Ar fi trebuit să-mi iau telefonul. Să fug afară nu era o opțiune, probabil că aștepta să mă prindă în curte. Am simțit un gol în stomac, senzația aceea pe care o ai când ratezi. Apoi, teroarea albă a dispărut și m-a cuprins un sentiment de inutilitate. „Te rog!" m-am gândit. Omoară-mă acum. Dacă trebuie să mor, să fie acum. Am mormăit asta în sinea mea. Mâinile îmi atârnau ca și cum nu mi-ar fi aparținut. Nu se poate să se întâmple asta, nu se poate să se întâmple asta! Apoi mi-am dat seama că țipam, un strigăt lung și agonizant de durere care semăna mult cu țipetele pe care le auzisem prin pereții apartamentului lui Cass. Mi-am lovit picioarele goale. Se simțeau atât de reci și amorțite, ca picioarele unui cadavru sau ale monstrului lui Frankenstein. Nu se poate să se întâmple asta, nu se poate să se întâmple asta!

Tot nu se mișca nimic din spatele ușii Leilei. Poate că ieșise să bea cu prietenii și uitase să stingă lumina. Am vrut să o strig – „Te rog, Leila, sunt Daphne" – dar mi-era teamă că cineva din curte va fi atras de strigătele mele.

Dar apoi m-am gândit că s-ar putea să nu fi văzut de fapt fereastra spartă. Poate că am avut un coșmar și am mers în somn pe coridor. În orice caz, eram blocată afară. Am bătut din nou la ușă, mai politicos de data asta, trei bătăi politicoase. Am auzit ceva mișcare în spatele ușii.

– Leila, Leila, sunt Daphne!

– Da? a venit răspunsul ei.

– Da, sunt Daphne, Leila! Te rog să deschizi ușa! Ușa a rămas închisă.

– E totul în regulă?

– Nu! Te rog, Leila, te rog, lasă-mă să intru!

Eram atât de disperată, ca un cerșetor din U-Bahn.

– Te rog, Leila!

În cele din urmă, am auzit încuietoarea rotindu-se și ea a deschis ușa. Purta o cămașă de noapte albă și o pereche de papuci pufoși, dar părea relativ trează. Am trecut pe lângă ea și am trântit ușa în urma mea.

– Închide-o, Leila, închide-o!

A făcut ce i-am cerut, părând absolut îngrozită. Poate că a crezut că am venit să o seduc, cu îmbrăcămintea mea sexy. M-am aplecat ușor, ciupindu-mi carnea din jurul șoldurilor. Asta se întâmplă, asta sunt eu. Asta se întâmplă, asta sunt eu. Ești în regulă, ești în regulă, vei fi bine. Asta se întâmplă. Asta sunt eu. Eu sunt eu. Asta se întâmplă. Asta mi se întâmplă mie.

– Ce se întâmplă? Ai nevoie de un doctor?

– Nu, nu. Leila, ascultă, cineva a aruncat ceva prin fereastra mea.

– Ești sigură?

– Ei bine, nu, nu sunt sigură, cred că poate am visat. Dar nu, da, cred că da, cred că cineva a fost în curte și a aruncat o cărămidă prin fereastră.

– Când s-a întâmplat asta?

– Chiar acum, cam acum cinci minute.

– Ești sigură? Erai somnambulă?

– Ce vrei să spui?

– Nu te-am văzut stând jos în curte?

– Ce? Nu, nu m-am dus afară!

– Mi s-a părut că te-am văzut în curte! Chiar eram îngrijorată pentru că erai desculță. Tocmai mă pregăteam să cobor să te văd când ai bătut la ușă!

– Nu, Leila, trebuie să fi fost altcineva. Poate că l-ai văzut pe cel care a aruncat? Cum arăta?

– Semăna cu tine! Dar poate că nu am văzut eu bine.

Leila a pus cheia în încuietoare și a deschis ușa. Mi-am împins brațul în ea ca să o blochez.

– Ce faci?

– Mă duc să verific curtea!

– Vorbești serios?

– Haide, să vedem cine este!

A fugit în bucătărie și s-a întors cu un cuțit de pâine de la IKEA. Mi-am pus repede ceva în picioare și am fugit după ea. Papucii ei au plesnit pe scări până în curte. Era frig; îmi puteam simți respirația. Lumina s-a aprins când am coborât, iar curtea părea goală. Leila a fugit spre intrarea din față și a ieșit în stradă. Am încercat să țin pasul cu ea, dar eram încetinită de eforturile mele de a ține chimonoul pe lângă corp.

– Leila! Leila!

Nu ar trebui să alerge așa cu un cuțit în mână. Am trecut de intrare, am ieșit pe stradă și am alergat după ea. Dacă alergi foarte repede, timpul încetinește. Aceasta este una dintre legile relativității. Am simțit că timpul s-a oprit complet. Mă mișcam, dar nu depuneam niciun efort, de parcă drumul aluneca sub mine ca o bandă rulantă. Leila alerga în sus, în direcția parcului Hasenheide. În fața ei puteam distinge un far de bicicletă, care strălucea roșu ca vârful unei țigări. În momentul în care am ajuns-o din urmă pe Leila, bicicleta a dispărut.

– Ah, la naiba! a spus ea. Nu i-am putut vedea fața.

– L-ai recunoscut?

– Nici măcar nu l-am văzut. Ești sigură că era un bărbat?

– Nu știu. Oricine ar fi fost, purta o căciulă. Verde? Cunoști pe cineva cu o căciulă verde? Ar putea fi cineva cunoscut?

– Habar n-am!

O mașină a apărut pe stradă, încetinind când am trecut pe lângă ea. M-am încordat, dar apoi am văzut că erau două femei. Păreau la fel de speriate de noi cum eram și eu de ele. Eram un adevărat spectacol: Leila, în cămașa ei albă de noapte, cu un cuțit în mână, iar eu, în chimonoul meu care flutura. Ne-am grăbit spre casă. Luminile s-au aprins când am ajuns în curte. M-am uitat în sus, spre fereastra lui Cass.

– Doamne! a spus Leila. Doamne. Asta chiar e o distrugere.

Bucata de pământ cu flori din fața ferestrei mele era acoperită cu fragmente de sticlă. Arăta de parcă cineva ar fi spart sticle.

Am urmat-o pe scări. Nu trântisem ușa în urma mea și mi-a venit un gând îngrozitor. „Leila, crezi că cel care a făcut asta s-ar fi putut ascunde în curte? Poate că este în apartamentul tău?"

Tot cu cuțitul în mână, Leila a verificat pe rând baia, bucătăria și cele două dormitoare. Am urmărit-o la distanță. Cum de era atât de curajoasă? Nu era cu nimic mai puternică decât mine. M-a condus în bucătărie și ne-am așezat la masă. Încă mă simțeam incredibil de deconectată, ca și cum ar fi existat o întârziere în comunicarea dintre creierul și corpul meu. Priveam totul cu gura căscată și clipeam din ochi. De fiecare dată când îi deschideam, era nevoie de ceva timp ca lucrurile din încăpere să prindă contur, ca și cum creierul meu ar fi fost un ecran de televizor defect. Mi-am dorit să fiu singură. Voiam să-mi măsor pulsul. Aveam nevoie de un cronometru. Am căutat telefonul în buzunar, dar mi-am amintit că îl lăsasem în apartament.

– Crezi că ar trebui să sun la poliție? am întrebat.

– Dacă vrei...

– Telefonul meu este acolo. Dar nu știu, oricum nu cred că ar trebui să-i sun. Nu are rost, sunt inutili.

– Îl aduc eu! a spus ea și s-a dus la Cass.

Pentru prima dată în viața mea, m-am gândit că vreau să mor, refrenul bătând ritmul cu bătăile inimii mele. E îngrozitor. Vreau să mor! Când o să se termine? Chiar dacă nu eram încă nebună, dacă acest lucru continua, urma să îmi pierd mințile. Ar continua să se întâmple asta, oriunde m-aș duce? Nu știu dacă pot supraviețui. Nu mai am curaj. Viața e menită să te testeze, dar asta a fost prea mult. Nu eram în stare să fac asta. Nu încă nebunie, dar nebunie iminentă. Am bătut din picioare și din mâini, iar sunetul și senzația au reverberat la mine, ca și cum ar fi venit de departe.

20.

Kommissar Faccini

Eu și Leila ne-am petrecut dimineața împreună. Eram amândouă neliniștite - ea, pentru că nu știa cum să reacționeze la suferința mea evidentă, iar eu, pentru că nu puteam să adun energia necesară pentru a-mi masca sentimentele. Am încercat să mă comport normal, dar efortul de a încerca să-mi amintesc în ce consta un comportament normal mă făcea să intru în panică. Am acceptat paharul cu apă pe care mi l-a oferit și l-am dus la buze, mi-am înclinat capul, am înclinat paharul, am lăsat lichidul să se adune în gură și apoi am înghițit, amintindu-mi să inspir și să expir pe nas. Mușchii și articulațiile funcționau, dar toate aceste gesturi normale își pierduseră spontaneitatea. Mă simțeam ca monstrul lui Frankenstein care se prefăcea a fi om. Mi-am formulat în minte întrebări interesante: Ai planuri pentru weekend? Cum îți merge munca? Dar am rămas tăcută, sondându-mi cu limba interiorul gurii. O simțeam dureroasă. Probabil că mi-am mușcat interiorul obrazului. M-am scuzat și m-am dus la baie. Mi-am desprins buza inferioară. Dinți crețișori, gingii rozalii, sângele care țâșnea de pe urmele mușcăturii. Umbre oblice violacee desenând brazde adânci sub fiecare ochi. Păream ciudată și dezarticulată, ca și cum toate părțile mele ar fi fost proiectate de o duzină de arhitecți diferiți, toți cu viziuni estetice radical diferite, iar apoi ar fi fost sudate împreună, în semn de omagiu adus femeii plângăcioase a lui Picasso. Abia se mai lumina afară, pe măsură ce timpul trecea. Urma să fie o zi cu vânt, rece și fără umbre. M-am așezat la masa din bucătăria Leilei, m-am uitat la telefon și mi-am verificat e-mailul. Ryanair avea o ofertă fantastică pentru luna noiembrie. Zara dorea să mă uit la produsele lor aflate în promoție. Mi-am tot imaginat pe cineva care se ridica din curte și se uita la fereastra mea. Nu l-am suspectat pe vecinul de la parter al lui EG. Nu credeam că ar fi putut să afle unde locuiam. M-am gândit că bărbatul de pe bicicletă era probabil Grausam. Mi-l puteam imagina cu ușurință purtând o căciulă verde. Gabriel trebuie să-i fi spus ceva care să-i fi dezvăluit noua mea adresă.

L-am suspectat pe Grausam. Dar nu știam ce să fac în privința asta. În *Ghidul supraviețuitorului*, Santiago Álvarez subliniază că implicarea poliției nu funcționează întotdeauna. „Implicarea poliției îl determină uneori pe agresor să-și înrăutățească atacurile, deoarece își dă seama că este puțin probabil să fie arestat pentru comportamentul său." Álvarez adaugă un gând înspăimântător: „Un ordin de restricție nu va reține pe cineva cu intenții criminale." Dar îmi făceam griji că va continua să mă atace, dacă nu făceam ceva. Mi-am postat dilema pe forumul Reddit Legal Advice și am primit următoarele răspunsuri:

AR TREBUI SĂ MĂ DUC LA POLIȚIE? HĂRȚUIRE, FEREASTRĂ SPARTĂ (GERMANIA).

DE LA TINKERBELLEND VIA /R/LEGALADVICEEUROPE

În primul rând, căutați o rezolvare?

În al doilea rând, cel puțin denunțați infracțiunile comise împotriva dumneavoastră.

<u>DE LA BLONDECOMMET VIA /R/LEGALADVICEEUROPE</u>

Nu, lasă-l să te terorizeze până trece la alte femei. Serios, de ce naiba nu-și fac oamenii datoria civică și nu raportează aceste lucruri?!

Ultimul comentariu m-a convins. I-am trimis un mesaj lui Milosh: „Hei, sper că te-ai distrat aseară. Am nevoie urgentă de ajutorul tău cu ceva. Cineva a mai aruncat o cărămidă prin fereastra mea și cred că mă duc la poliție."

El m-a sunat imediat. Vocea lui era răgușită și subțire, fără îndoială, din cauză că stătuse treaz toată noaptea vorbind.

– Oh, Doamne, Daphne! Îmi pare atât de rău! Spune-mi ce s-a întâmplat. Vrei să vii la mine? Toată lumea e încă aici. Sau vrei să vin eu acolo?

– Te rog, vino aici. Sunt la vecina mea. Apartamentul numărul 4.

– Voi veni cât de repede pot.

Leila mi-a turnat niște suc de portocale și a pornit radioul. Mă simțeam complet amorțită. Ca să nu fiu nevoită să vorbesc, am luat o înghițitură de suc, dar am pus repede paharul jos. Mâinile îmi tremurau atât de violent, încât nu puteam să-l țin. M-am uitat prin geantă și mi-am dat seama că lăsasem ultimul Xanax la Cass.

– Leila, ai ceva mai tare de băut? Am nevoie de ceva care să-mi liniștească nervii.

– Bineînțeles. A scos sticla de Soplica. Nu părea să fi

observat că furasem ceva ultima dată când fusesem singură în apartamentul ei. Mi-a turnat un pahar generos. Era o băutură groasă ca un sirop de tuse pentru copii. Am băut conținutul din două înghițituri. Am ascultat radioul în tăcere. Doi oameni au fost împușcați mortal în fața unei sinagogi din Germania de Est. Poliția din Londra și poliția din New York au anunțat o investigație privind acuzațiile sexuale la adresa lui Harvey Weinstein. Tulpina de gripă din acest an a fost deosebit de virulentă. O specie rară de liliac a dispărut.

A sunat soneria și m-am grăbit să cobor scările. Am izbucnit în lacrimi și am căzut în brațele lui Milosh.

– Daphne, Daphne, nu te-am văzut niciodată plângând! Mi-am ascuns fața la pieptul lui și am început să tremur.

– Îmi pare rău, am reușit să spun. El purta blugi, o jachetă de blugi și avea un skateboard sub braț. Părul îi era încă umed de la duș. Mâinile lui se simțeau reci pe obrazul meu, în timp ce încerca să-mi tamponeze fața. Mi-a dat un pachet de șervețele și mi-am șters fața. Nu voiam ca Leila să știe că am plâns. Am mers până la apartamentul ei și ne-am așezat în bucătărie. Ea a făcut pâine prăjită, în timp ce eu îi povesteam lui Milosh ce se întâmplase.

– Deci, ați văzut cu siguranță persoana care a făcut-o? A fost cu siguranță persoana de pe bicicletă?

– Nu sunt sigură, am răspuns eu. Adică, așa cred, dar se poate să fi fost un vecin

– Dar vecinul tău, tipul despre care credeai că a intrat în camera ta de pe Huberstraße?

– Nu cred că e el. Nu cred că avea cum să afle unde locuiesc. Mă gândesc că poate a fost Grausam, știi tu; harțuitorul. El locuiește destul de aproape de locul ăsta. Dar nu sunt sigură. Leila crede că a văzut o femeie în curte.

– Serios? Cum arăta, Leila?

– Blondă, destul de înaltă. Nu am observat cu ce era îmbrăcată.

– Pare a fi dublura ta, Daphne! E vreo cameră de supraveghere sau ceva asemănător afară?

– Nu cred! a răspuns Leila.

– Cred că ar fi putut fi un vecin. Aș putea să întreb prin jur.

– Bine, atunci putem explica asta poliției. Așa cred! Ar trebui să mergem la poliție, dar, ca să fiu sincer, Daphne, nu știu dacă ne vor ajuta cu adevărat.

Pocnetul prăjitorului de pâine ne-a speriat. Pâinea era înțepenită. Leila a zdruncinat maneta, iar când nu a funcționat, a scos feliile cu o lingură de lemn. A scos din frigider Nutella, gem de caise și o brânză albă și moale. Milosh a uns două bucăți cu gem și unt.

– Pentru tine, Daphne. Trebuie să mănânci ceva. Nu arăți prea bine!

Leila s-a agitat cu cafeaua și cu laptele, iar Milosh s-a ridicat să o ajute să scoată ultima bucată de pâine prăjită, dar am simțit că mă privea cu exact genul de privire îngrijorată pe care mi-o arunca adesea mama, ca și cum aș fi fost un miel neștiutor, pe cale să fiu măcelărit. Mi s-a părut foarte anxios. De ce era atât de îngrijorat? Mă făcea să mă simt ca o nebună. Maxilarul meu a pocnit tensionat în timp ce îmi mestecam pâinea prăjită.

Am plecat de la Leila, am urcat panta ușoară a Parkhausstraße și am traversat Hermannstraße. Milosh m-a ținut de mână, în timp ce așteptam să se schimbe semaforul, ca și cum m-ar fi împiedicat să alerg pe șosea ca un copil rătăcit. Am trecut pe lângă pizzerie și pe lângă școala de limbi străine. Am traversat Tempelhofer Feld, luând-o în direcția secției de poliție. Cerul era cenușiu, iar geamurile deveneau maro sepia. Milosh a trecut în față.

Secția de poliție se afla în vechiul terminal al aeroportului Tempelhof. În ciuda anxietății mele, eram curioasă să văd cum arăta clădirea lui Speer în interior. Intrarea era frumoasă și impunătoare: rândurile de ferestre dreptunghiulare perfect simetrice erau încastrate în piatră albă, iar calcarul clădirii era luminescent, chiar și în această zi cenușie. Am trecut printr-o ușă rotativă și am intrat într-o sală imensă. Clădirea își păstrase caracteristicile originale de pe vremea când fusese folosită ca aeroport: panouri de plecare și de sosire demodate, cu clapetele desfăcute, ceasuri uriașe și carusele staționare. Zona de recepție arăta ca și cum ar fi fost cândva un birou de check-in, cu excepția faptului că acum era învelită în sticlă antiglonț. Milosh i-a explicat ofițerului de poliție de la recepție de ce am venit, iar aceasta ne-a condus într-o cameră și ne-a spus să așteptăm. Încăperea era goală, cu excepția unei mese de plastic înconjurate de trei scaune. Pereții erau decorați cu postere despre pericolele pe care le prezintă „iarba condimentată" și statisticile privind abuzul domestic. Un ofițer de poliție a intrat, purtând un dosar de hârtie și o cutie de Red Bull. S-a prezentat ca fiind Kommissar Faccini. Și-a lins degetul și a deschis dosarul.

– Bine, deci tu ești Daphne Ferber?

Am dat din cap.

– Mi s-a spus că aveți de raportat un incident. Cineva a aruncat o cărămidă prin fereastra dumneavoastră în această dimineață?

– Așa este!

– Bine. Am aici raportul unui alt incident similar care vă privește? Este corect?

– Da.

– Bine, mă voi asigura că toate informațiile pe care le avem la dosar sunt corecte. Așadar, sunteți Daphne Ferber, din Huberstraße 105...

– Nu, m-am mutat la Parkhausstraße 25.

– De cât timp locuiți acolo, Fräulein Ferber? a întrebat el, luându-și notițe.

– De aproximativ trei luni.

– V-ați înregistrat la *Bürgeramt*?[25]

– Nu.

– Știți că puteți primi o amendă de 1000 de euro dacă nu vă înregistrați la *Bürgeramt* în termen de două luni de la sosire?

– Îmi pare rău! O voi face imediat.

– Toată lumea spune asta, dar nu o face niciodată, ha!

Avea un râs ca un lătrat, surprinzător de ascuțit pentru un om de talia lui.

– Care este profesia dumneavoastră, Fräulein Ferber?

– Încă nu am o profesie.

– Ei bine, face pe dădaca, a intervenit Milosh. Lucrează pentru o familie franceză.

– Chiar așa? a întrebat Faccini, ridicându-și privirea din notițele sale.

– Da! am mințit. Am grijă de două fetițe.

– De aceea v-ați mutat la Berlin?

– Nu, am venit aici să învăț limba germană.

– Ei bine, nu s-a descurcat rău, nu-i așa? a spus el,

---

25 Consiliul local.

făcându-i cu ochiul lui Milosh, care s-a uitat la mine și mi-a făcut cu ochiul. I-am făcut și eu cu ochiul.

– Bine, deci vii în Germania, vrei să înveți germana și te muți în Huberstraße 105. Ați închiriat de la Fräulein EG, cum scrie aici?

– Da.

– De unde ați cunoscut-o pe Fräulein EG?

– Printr-un grup, pe Facebook, de împărțire a apartamentelor.

– Iar proprietara pe care o văd este Frau Marie Becker, din 42 Cicerostraße, 10707 Berlin-Lichtenberg. Această persoană știa că ați subînchiriat apartamentul de la Fräulein EG? Ați făcut-o în mod legal?

– Da.

– Bine, a spus el, făcând o altă notă. Deci aici scrie că, pe 3 aprilie, cineva a aruncat cu o piatră în fereastra dumneavoastră. Dar nu ați raportat acest lucru la poliție la momentul respectiv, nu-i așa?

– Așa e! M-am gândit că poate a avut legătură cu schimbarea temperaturii. Dar cei care au înlocuit geamul mi-au spus că arăta ca și cum cineva ar fi aruncat cu o piatră.

– Bine. Și la vremea aceea, știați de cineva care ar fi vrut să vă facă rău?

– Nu, nu cunoșteam pe nimeni în Berlin la acea vreme.

– Așadar, pe 24 iunie a avut loc o spargere. În notițele de aici se menționează că l-ați suspectat pe vecinul de la parter? Este adevărat?

– Da.

– Bine. Îmi puteți spune numele acestui vecin?

– Nu l-am cunoscut niciodată.

– Totuși, ar fi util să avem numele lui pentru dosarele noastre. Dar credeți că a intrat în apartamentul dumneavoastră? Credeți că el este responsabil pentru incidentul care a avut loc aseară?

– Nu, cred că a fost un bărbat pe care l-am întâlnit la un seminar de filosofie.

– Bine, și cum îl cheamă pe acest bărbat?

– Richard Grausam, am spus, iar rostirea acestui nume mi-a provocat o agitație în stomac.

– Care a fost natura legăturii dumneavoastră cu acest om? Ați avut o relație?

Mi-a amintit de ofițerul Blondie, cu gândirea lui de comedie romantică.

– Da, am ieșit împreună foarte puțin timp.

M-am uitat la Milosh. Până atunci, se uitase fix la un punct de pe masa din fața lui, fără să se miște. Era ca și cum ar fi crezut că dacă era tăcut și concentrat mă va face să uit că era acolo și îmi va da iluzia intimității. S-a întors spre mine, cu un aer confuz.

– Ce? Ai fost prietena lui? De ce nu mi-ai spus asta?

– Mi-a fost rușine!

– Cât timp ai fost împreună cu Richard Grausam? a întrebat Faccini, ignorând acest schimb de replici.

– Doar câteva săptămâni.

– De când până când a fost asta?

– Cea mai mare parte a lunii aprilie, cred. Ne-am cunoscut în săptămâna de după incidentul cu cărămida.

– Deci v-ați întâlnit după primul incident, de pe 3 aprilie, și v-ați despărțit înainte de cel de-al doilea, de pe 24 iunie?

– Da, așa este!

– Bine. Și el știa adresa din Huberstraße?

– Da.

– A stat vreodată la dumneavoastră acasă?

Am dat din cap.

– O dată, de două ori, de zece ori?

Mi-a adresat întrebări într-un mod rapid și vesel, ca și cum ar fi fost o partidă de tenis, într-o după-amiază însorită de duminică.

– De două sau de trei ori.

Milosh părea uimit și puțin supărat.

– Și ai stat vreodată la el acasă?

– Da, o singură dată.

– Și care este adresa lui?

– Adalberstraße nr. 15. Nu-mi amintesc numărul apartamentului.

– Bine; apoi ce s-a întâmplat? V-ați despărțit?

– Ei bine, nu eram cu adevărat un cuplu.

– În regulă, dar cum s-a terminat?

– Am decis să nu mă mai văd cu el.

– Și pot să întreb de ce?

– Pentru că nu-mi plăcea, cred.

– Era violent?

– Nu, nu chiar. Dar vreau să spun că era insistent. A încercat să mă forțeze să mă mut cu el.

– Bine, ce să înțeleg prin „să te forțeze"?

Am înghițit în sec. Mă simțeam de parcă asistam la propria mea disecție, doctorul binedispus ridicându-și din când în când bisturiul pentru a mă întreba: „Asta seamănă cu splina sau cu intestinul?" Amintiri reprimate ca niște perle toxice de mercur care se rostogoleau în stomac, în piept. Prea întunecate și prea grele pentru a ieși la suprafața conștientă.

– A vrut să-și subînchirieze apartamentul și să se mute cu mine. Când am refuzat, s-a enervat incredibil de tare. I-am spus că nu vreau să mă mai văd cu el, dar nu m-a lăsat în pace.

– De atunci, v-a mai contactat?

– Da.

I-am înmânat telefonul și i-am arătat e-mailurile pe care mi le trimisese. Faccini a părut neinteresat de acest lucru.

– De asemenea, mă sună tot timpul și mi-a trimis mesaje. Până când i-am blocat numărul.

– Tot timpul, adică în fiecare zi?

– La început, de câteva ori pe zi, apoi poate de două sau de trei ori pe săptămână. Recent, a convins un prieten de-al meu să-i împrumute telefonul lui și a vorbit cu mine.

– Ați ținut un jurnal cu toate apelurile lui?

– Nu.

– Data viitoare, când se mai întâmplă acest lucru, este important să țineți un jurnal al apelurilor.

Am dat din cap.

– Altceva?

– Ce vreți să spuneți?

– O amenințare fizică?

– Ei bine, m-a urmărit într-o cafenea și m-a prins de braț.

– V-a lovit? Sau v-a rănit?

– Nu.

Faccini a mai luat o înghițitură din Red Bull. În cameră era cald, iar eu mă simțeam incredibil de însetată și am aruncat o privire la dozatorul de apă, dar nu am îndrăznit să cer un pahar. Milosh mi-a aruncat un zâmbet trist. Mi-aș fi dorit să fi rugat pe altcineva să vină cu mine. Părea total copleșit. Măcar Kat să mai fi fost în Berlin. Ea m-ar fi susținut. Polițistul era în mod clar atât de obișnuit să vadă o situație atât de devastatoare, încât nu putea să înțeleagă ce simțeam eu. Nici Milosh, care probabil în acel moment se gândea la biata Hedvig și la hărțuitorul ei, mult mai impresionant.

– Bine. Așadar, când ați fost interogată de polițiști pe 25 iunie, ați spus că ați crezut că vecinul a fost cel care a distrus ferestrele, dar acum nu mai credeți așa?

– Nu, cred că el a fost prima dată, poate și a doua oară, dar nu și ultima dată.

– Ce v-a făcut să-l suspectați?

M-am întors spre Milosh. „Cum se spune: am avut o presimțire ciudată și mi-a aruncat o privire urâtă?" Milosh i-a explicat lui Faccini, iar de atunci încolo a direcționat întrebările către Milosh, care mi-a tradus răspunsurile din engleză.

– Să înțeleg! Cineva aruncă o cărămidă prin geamul de la Huberstraße pe 3 aprilie. Ea când începe o relație cu Richard Grausam?

– Ea spune că la începutul lunii aprilie.

– Până când?

– Poate până la începutul lui mai.

– Deci, s-au întâlnit DUPĂ primul incident cu cărămida?

– Exact.

– Și apoi cineva a intrat în apartamentul ei de pe Huberstraße pe 24 iunie?

– Da.

– Bine. Și apoi se mută la Parkhausstraße 25, pe 1 iulie?

– Da, cam pe atunci.

– Și cineva i-a spart geamul în această dimineață devreme, de data asta în Parkhausstraße.

– Corect!

– Dar ea crede că Richard Grausam a fost responsabil pentru cel de-al treilea incident, dar nu și pentru primul și al doilea?

– La primul nu putea fi el, pentru că ea nu-l cunoștea. Nu este sigură în privința celui de-al doilea - ar fi putut fi el, pentru că îi știa adresa.

– Deci, ea crede că el a făcut asta pentru a o speria?

– Exact! am spus eu, lovind masa cu mâna. *Genau!*

Faccini a părut dintr-odată un pic nervos, ca și cum aș fi vandalizat proprietatea statului.

– E vreo cameră de luat vederi instalată în curte?

– Nu.

– Și nu vi se pare puțin ciudat? Mai întâi, vecinul ei aruncă cu o piatră, apoi cineva intră în casă, iar astăzi fostul ei iubit îi sparge fereastra? De ce toți bărbații din viața ei îi sparg brusc geamurile? Nu e posibil să fie aceeași persoană de fiecare dată?

– Milosh, am spus eu. Explică-i că le-am spus celor pe care îi cunoșteam când mi-a fost spartă prima dată fereastra. Și i-am spus și lui Richard Grausam. El știa că toată întâmplarea asta m-a afectat cu adevărat. Ar fi fost logic ca el să facă o acțiune asemănătoare, dacă ar fi vrut să-mi atragă atenția!

Era adevărat, am spus povestea de nenumărate ori. Îi spusesem lui Grausam despre cărămidă. Chiar văzuse fereastra spartă prima dată când venise la apartamentul lui EG. Își manifestase slab interesul, întrebând ce se întâmplase și dacă știam un meseriaș ieftin, înainte de a schimba subiectul, vorbind de cartea pe care voia să o scrie, despre „supravegherea digitală sponsorizată de stat" și „pericolele tehnologiei de recunoaștere a fețelor". Era plictisitor.

– Bine, dar aveți vreo dovadă că Richard Grausam știe unde locuiți acum? V-a vizitat în Parkhausstraße?

Milosh a explicat că era posibil ca Gabriel să-i fi dat lui Grausam adresa mea. Asta a dus la 20 de minute pierdute de întrebări despre Gabriel, țara lui de origine, numele de familie. M-a întrebat despre natura exactă a relației noastre, cât timp am locuit cu el, dacă mă înregistrasem la *Bürgeramt* cât timp am locuit în apartamentul lui.

– Ei bine, voi fi sincer! a spus el, ridicându-și privirea de pe notițele sale și privindu-ne pe rând. Prietena ta nu are prea multe dovezi împotriva fostului ei prieten. Se pare că a fost un pic cam insistent, dar nu există niciun semn serios de hărțuire. Nu sunt suficiente informații pentru un ordin de restricție. Acum, dacă vrea, am putea să-l chemăm și să-i punem câteva întrebări, spunându-i că este o persoană de interes, în legătură cu fereastra spartă, dar, dacă nu mărturisește, nu avem nimic împotriva lui. Vrea să urmăm și această procedură?

Milosh s-a uitat la mine.

– Vrei să se intereseze de asta?

I-am răspuns direct lui Faccini.

– Va afla Grausam cine a adus acuzațiile împotriva lui, dacă îl cercetați?

– Ei bine, dacă vom merge mai departe, da. Dar eu nu mi-aș face prea multe griji dacă l-aș provoca pe tipul ăsta. Nu pare a fi violent, dar o să fac o verificare asupra lui chiar acum. Vă rog să mă scuzați. Și servește-te cu apă!

21.

Dădaca falsă

Milosh mi-a dat un euro pentru automatul de băuturi. Eu am apăsat E5 pentru o Coca-Cola Light Cherry, în timp ce Milosh s-a servit de trei ori de la dozatorul de apă. Coca-Cola părea că explodează direct în creierul meu. Delicioasă, bogată în aspartam, acoperindu-mi dinții cu zahăr fals. Am avut brusc un val de energie, ca un atlet înfierbântat, după un discurs de încurajare în pauză. Dă-i drumul, Kommissar! Milosh, pe de altă parte, arăta de parcă ar fi văzut un cadavru. Era palid, iar când i-am luat mâna, am simțit-o rece și umedă.

– Îmi pare rău că durează atât de mult.

– Ach, *Quatsch*, Daphne. Nu-i nimic. Ești bine?

– Sunt bine!

– De ce nu mi-ai spus niciodată că ai avut o relație cu acest Grausam?

– Pentru că mi se face rău să vorbesc despre asta, Milosh.

Kommissar Faccini s-a întors, având o altă doză de Red Bull. A desfăcut-o, iar camera s-a umplut de irezistibile arome chimice și dulciuri topite.

– Am informații despre fostul dumneavoastră prieten. Până la urmă, e destul de rău. Are ordine de restricție împotriva a două femei diferite. De asemenea, în prezent, se află în arest preventiv.

– Pentru ce?

– Nu am voie să spun, dar dacă a existat vreo agresiune sexuală sau vreo constrângere în cazul dumneavoastră, Fräulein Ferber, vă îndemn să raportați acest lucru.

Milosh a încercat să mă ia de mână, dar m-am prefăcut că nu observ. Era o veste tulburătoare, dar mă simțeam îndreptățită.

– Nu, nimic de genul ăsta.

– Deci, a fost la închisoare ieri? Atunci nu putea fi el! a concluzionat Milosh.

– Ar putea fi altcineva, cineva care să știe adresa? Orice alt bărbat din viața dumneavoastră?

Kommissar Faccini a făcut un gest către Milosh.

– Dar el? Este prietenul dumneavoastră?

– Da! am spus amândoi la unison și am roșit.

– OK, OK! Viață romantică încărcată!

Ne-a făcut din nou cu ochiul.

– Și mai este cineva în afară de Grausam?

– Nu! am răspuns eu.

– Dar tipul ăla francez pervers când ești dădacă? a întrebat Milosh, întorcându-se spre mine. Nu ai spus că te hărțuiește?

– Hărțuiește? a strigat Faccini, aplecându-se în față.

Avea un pic de scuipat alb în colțurile gurii și o mică barbă. În afară de asta, pielea lui era perfectă.

– Soțul angajatoarei ei. Uneori se comportă nepotrivit cu ea.

– Oh, dar asta chiar n-a fost nimic, am spus eu. Serios!

– E treaba mea să stabilesc dacă ceva este important sau nu, a spus Faccini. Cine este acest om?

– Omul la care am lucrat, am spus eu. Dar nu mai lucrez acolo.

– Cât timp ați lucrat acolo?

– Poate trei sau patru luni.

– Cum îl cheamă? a spus el, căutând în buzunare un pix.

– Nu-i știu numele de familie.

– Care este adresa lui?

– Nu-mi amintesc.

– Dar tu erai mereu la ei acasă, Daphne! a exclamat Milosh.

Expresia lui Faccini a devenit una de confuzie exagerată.

– Deci, lucrați pentru această familie de câteva luni, dar nu știți unde locuiesc? a spus el, pe un ton batjocoritor.

Nu i-am răspuns, iar el m-a întrebat din nou, cu mai multă forță:

– De ce nu ne dați adresa acestui om? Lucrați pentru el în mod ilegal? Vă obligă să faceți ceva ilegal?

Într-o lume perfectă, aș fi izbucnit în lacrimi sau aș fi vomitat exact în acel moment, creând astfel o diversiune sau, cel puțin, făcându-i să le fie milă de mine. Dar nu am făcut-o.

M-am întors spre Milosh, simțindu-mă leșinată.

– Nu am fost cu adevărat dădacă la acest om.

– Ce înseamnă asta? s-a interesat Kommissar Faccini.

– L-am mințit pe Milosh. Nu am lucrat cu adevărat ca dădacă.

M-am holbat la masa din fața mea, prea speriată să mă uit la fețele lor pentru a măsura impactul a ceea ce tocmai recunoscusem.

– Nu-i așa că vă dați seama că este o infracțiune să mințiți poliția?

– Îmi pare foarte rău

– Puteți fi urmărită penal pentru pierdere de timp sau pentru că ați făcut un raport fals.

– Îmi pare foarte rău!

– Scuzele nu vă vor scăpa de încălcarea legii. De ce ați mințit în legătură cu acest lucru? Unde ați lucrat cu adevărat?

Faccini s-a aplecat în față cu o privire complice. Probabil că a crezut că sunt stripteuză sau prostituată.

– Nu am un loc de muncă.

– Atunci, din ce trăiți? Vă dă cineva bani? Ajutor de șomaj?

– Nu, părinții mei îmi trimit bani.

– Puteți să dovediți acest lucru?

Am deblocat aplicația Revolut și i-am dat telefonul. S-a uitat prin facturile mele, derulând luni în urmă: chiria, taxele de la școala de limbi străine, facturile pentru alimente, depozitul returnat de EG cu suma dedusă pentru cearșafurile pătate și vesela spartă. O mărturie a existenței mele lipsite de glorie.

– Mai e ceva în legătură cu care ați mințit? Mai sunteți într-o relație cu Grausam?

– Nu!

– Și vreți să retrageți descrierea comportamentului lui Grausam față de dumneavoastră?

– Nu.

– Deci ați mințit doar în legătură cu slujba?

– Da.

– Bine!

Comisarul arăta complet neîncrezător.

– Uite, sunt în continuare dispus să fac un raport despre evenimentele de aseară. Dar trebuie să vă avertizez că dacă ceva de aici este fals veți fi urmărită penal. Luăm foarte în serios plângerile false. Ne irosesc timpul și resursele și se pot sfârși cu oameni nevinovați care ajung la închisoare. Ați înțeles?

– Da.

– Vă rog să mă scuzați pentru un moment. Gândiți-vă dacă doriți să mergeți mai departe.

Kommissar Faccini s-a ridicat de la masă, împingând zgomotos scaunul pe linoleum. În momentul în care a părăsit încăperea, Milosh m-a apucat de încheietura mâinii.

– Să mergem mai departe? a șuierat el. În niciun caz, Daphne. Trebuie să plecăm de aici cât mai repede posibil!

– Bine! am spus eu. Să mergem!

– Trebuie să-l așteptăm să se întoarcă! De ce minți tot timpul? Ce e în neregulă cu tine?

– Oh, și tu ești perfect, Milosh!

Îmi simțeam fața fierbinte; eram brusc plină de adrenalină. Mi se părea profund greșit să fiu nepoliticoasă cu el, o încălcare completă a regulilor mele.

– Ei bine, eu nu te mint, Daphne.

– Minunat. Ești un sfânt, Milosh!

M-am ridicat să plec, exact când Kommissar Faccini se întorcea.

– Deci, nu depuneți un raport? a întrebat el, părând mulțumit de el însuși.

– O lăsăm baltă! a spus Milosh.

Faccini a întins mâna pentru a arăta ieșirea și, gândindu-mă că încerca să-mi strângă mâna, l-am apucat de încheietură. Am ținut-o pentru o clipă, ca și cum l-aș fi reținut. A părut supărat și s-a retras. A dat din cap fără să spună ceva, ca și cum limbajul nu ar fi putut să transmită dimensiunea prostiei mele. Milosh și cu mine am ieșit din cameră, am mers pe coridor, am trecut de recepție și am ieșit în Platz der Luftbrücke.

Am început să merg de-a lungul Columbiadamm, strada aglomerată care trece duce la Tempelhofer Feld și la parcul Hasenheide. Mergeam atât de repede, încât Milosh a trebuit să se urce pe skateboardul său pentru a mă ajunge din urmă. A mers alături de mine și s-a uitat fix la mine, dar eu mi-am întors fața. Ca de obicei, a rămas tăcut. Nu mi-am cerut scuze și nu am avut remușcări. Mă pricepeam la manipulare și am reușit să transform rușinea de a fi fost prinsă mințind în furie împotriva lui Milosh pentru că m-a prins. Ca și cum ar fi dat buzna în baie fără să bată la ușă, când eu eram la toaletă. A plutit pe lângă mine, skateboardul lui zornăind. Așteptam să prindă curaj să mă întrebe de ce am mințit, înainte de a mă lansa în modul Estella. M-am imaginat spunând: „Ei bine, Milosh, ce altceva puteam să fac decât să te mint? Tu nu poți să te ocupi de nimic. A trebuit să filtrez realitatea pentru a-ți proteja inima delicată. Dacă ai fi vrut să știi adevărul, l-ai fi cerut. Ai fost doar convenabil de naiv. Nu m-ai ajutat niciodată cu nimic. Mi-ai oferit companie câteva ore în fiecare săptămână, nu m-ai întrebat ce făceam toată ziua, dacă mă simțeam singură în acest oraș nou, de ce nu aveam niciodată mâncare acasă. Nu-mi cere adevărul acum, când știm amândoi că ai fost fericit să accepți minciunile mele atunci când îți făceau viața mai ușoară." Dar nu am făcut-o.

– Daphne, Daphne, te rog, oprește-te!

Aproape că țipa.

– Ce este?

– Am o problemă cu skateboardul.

– Ce?

– Are legătură cu roata. Trebuie să o repar. Putem să ne așezăm un minut?

Ne-am așezat pe o bancă de piatră în fața moscheii Șehitlik, o frumoasă cupolă în stil otoman, flancată de două minarete înalte. Mă așezasem acolo de multe ori înainte, deoarece Evan, Ollie și cu mine venisem în mod regulat să ne umplem sticlele la fântâna în aer liber a moscheii în timpul curselor lungi de la Tempelhof. Milosh și-a răsturnat skateboardul, așezându-l pe banca dintre noi. A scos o unealtă neagră din rucsacul său. A început să strângă șuruburile uneia dintre roți. Tăcerea lui îmi neutralizase furia, iar acum mă simțeam doar neliniștită de ceea ce avea să spună în continuare.

– Vezi, de câte ori o întorc, face un joc! mi-a explicat, ca și cum aș fi fost atentă la ceea ce făcea. Prefer când este un pic mai lin, așa că încerc să văd dacă pot face asta doar reglând roata din spate.

Milosh a terminat cu primul set de roți și a început să slăbească celălalt set. S-a oprit brusc și s-a uitat la mine.

– Daphne, nu înțeleg de ce minți atât de mult. M-ai mințit în legătură cu totul. Ai mințit în legătură cu slujba ta, ai mințit în legătură cu șeful înfiorător, ai mințit în legătură cu tipul ăla care te urmărea. Nu înțeleg.

Nu am avut energia necesară pentru a-l pune la punct. Mințisem în legătură cu atât de multe lucruri stupide și neimportante, încât el nu ar fi crezut singurul lucru adevărat și important - faptul că Grausam mă urmărea. Din ceea ce spusese Kommissar Faccini, Grausam era o persoană periculoasă. Dar era inutil să încerc să-l conving pe Milosh acum. Mai bine nu l-aș fi luat cu mine. Aș fi putut fi sinceră cu Faccini, în legătură cu relația mea cu Grausam și cu slujba mea de la început.

– De ce ai mințit, Daphne?

Chiar nu exista un răspuns bun. Aceste minciuni semănau cu nenumăratele pe care le spusesem în diverse situații: „Nu, mulțumesc, am luat cina"; „Da, mă simt foarte bine, mulțumesc"; „Nu, nu mă simt deloc singură"; „Da, toate promisiunile mele timpurii se împlinesc, pe măsură ce mă transform într-o femeie liberă".

Am mințit, pentru că mi s-a părut invazivă dorința oamenilor de a afla adevărul și presupunerea lor că voi spune adevărul. Oamenii cred că au dreptul la răspunsuri sincere, dar eu nu am fost niciodată foarte sinceră, pentru că nu vreau să fiu deprimantă. Trebuia să răspund: „Nu, nu am luat cina, sunt blocată într-un tipar de a mă înfometa și nu pot să rup acest tipar, pentru că foamea mă amorțește de sentimentul general omniprezent de eșec și de dezgust de sine care îmi pătrunde întreaga ființă"; „Da, sunt atât de singură, încât m-am culcat cu un bărbat dezgustător care m-a tratat îngrozitor și care de atunci îmi distruge viața. Și nu cred că eu, cea de odinioară, aș fi complet lipsită de sentimente dacă m-aș vedea acum".

Pot anticipa genul de răspunsuri pe care mi le-ar da oamenii: „Daphne, cu toții trebuie să vorbim mai mult despre sentimentele noastre rele. Să ne exprimăm." Dar eu nu sunt de acord. Tot ce facem este să ne plângem. Eu am parcurs toată gama de lamentări. Am avut acele lacrimi plictisitoare, noaptea târziu, cu prietenele mele din facultate despre problemele noastre legate de imaginea corporală și despre tulburările de alimentație. Mi-am ascultat cu empatie prietenii bărbați care se plângeau de disfuncțiile lor erectile. M-am plâns de fiecare lucru minor care mi s-a întâmplat vreodată la terapeuți scumpi, ale căror onorarii erau plătite chiar de diavolii de care mă plângeam, cu 180 de lire sterline pe oră (tatăl și mama mea). M-am plâns la nesfârșit de patriarhat. Am scris despre „vacuitatea din inima lucrurilor" în eseuri mediocre de filosofie care mi-au adus note de 10, pentru că profesorul meu era speriat că unul dintre studenții săi va avea o criză dacă ar fi dat cuiva o notă mai mică. Nu avem nevoie de mai multă negativitate. Avem nevoie de bună-dispoziție, optimism și curaj. Dacă era nevoie să spun câteva minciuni pentru a da lucrurilor o turnură pozitivă, eram dispusă să mint.

Dar apoi problema minciunii în legătură cu Grausam, cât și problema minciunii în legătură cu faptul că am un loc de muncă, plus minciuna în legătură cu hărțuirea angajatorului meu. Astfel de minciuni nu pot fi respinse sub scuza de „a da lucrurilor un aspect pozitiv". Ele sunt exemple bune de al doilea tip de minciuni pe care le-am spus: cele manipulatoare. Am pretins că am fost hărțuită de șeful meu, pentru că am vrut să par o victimă. Am vrut să trezesc impulsurile protectoare ale lui Milosh, ca el să știe că și alți bărbați mă doresc. Mințisem că aveam o slujbă, pentru că nu voiam ca Milosh să știe cât de privilegiată eram. Voiam să creadă că tot ce am realizat se datorează eforturilor mele. De fapt, eram genul de copil care nu a trebuit niciodată să-și găsească o slujbă de weekend, aveam un tutore pentru orice și un „antrenor personal pentru înscrierea la universitate". Acest lucru însemna că începusem viața cu zece pași înaintea celorlalți, așa că, în mod firesc, mă simțeam ilegitimă, o impostoare și le explicam prietenilor mei că am pornit cu toții din același loc.

Dacă primul tip de minciuni pe care le-am spus au fost „cu aspect pozitiv", iar al doilea tip au fost „manipulatoare", cea de-a treia categorie este tipul de minciună pe care am spus-o în mod inexplicabil, fără niciun motiv. De exemplu, îi spusesem lui Milosh că am 24 de ani, în loc de 26. Îi spusesem că am o pereche de patine cu rotile, că am un pașaport american și că nu cred în Dumnezeu. Aceste minciuni nu au niciun sens și îmi complică viața, fără să mă facă să par mai cool sau să mă ajute să îmi ating vreunul dintre obiective. Ele sunt apendicele sau dinții de înțelepciune ai lumii minciunii – dureroase și total nefolositoare.

A patra și ultima categorie de minciuni ar trebui să fie cele „de protecție împotriva dependenței". Aceste minciuni erau legate în mod explicit de „problemele mele cu mâncarea". Deși am înțeles că modul în care mă comportam mă făcea un bun candidat pentru un diagnostic psihiatric, nu eram dispusă să renunț la avantajele pe care aceste obiceiuri mi le ofereau. Ritualurile mele zilnice ciudate de alergare și de mâncat făceau ca orice altceva să fie suportabil. Gândește-te la acest lucru astfel: știi că, pe termen lung, comportamentul tău ascuns te va ucide, dar durerea de a nu te complace în el este atât de îngrozitoare, încât crezi că vei muri dacă te oprești. Nu am fost diferită de niciun alt dependent în această privință și este aproape imposibil pentru un dependent să spună adevărul despre compulsia sa. Este ca și cum i-ai cere politicos lui Gollum să predea Inelul. El ar face orice pentru a-și proteja Prețiosul. Eu nu aveam de gând să renunț la al meu.

Cu toate acestea, m-am supărat pe Milosh și pe prietenii mei, pentru că m-au lăsat să spun toate aceste tipuri de minciuni și le-am acoperit ochii. Aveam credința greșită că, dacă cineva m-ar prețui cu adevărat ar avea grijă de mine mai mult decât îmi păsa mie. Mă simțeam în secret superioară și îi uram la cât de ușor fuseseră păcăliți. Bietul Milosh. Probabil că nu a mințit niciodată. Cuvintele, gândurile și acțiunile lui băteau toate la unison, fidele ritmului spiritului său. Aranjamentul meu interior semăna mai degrabă cu un jazz experimental. Gânduri care alergau în propriul lor tempo nebunesc. Acțiuni care încercau cu disperare să urmeze acordurile generale.

– Mai ai șervețelele pe care ți le-am dat? m-a întrebat Milosh.

Plângea. M-am gândit să îl iau în brațe, dar el stătea la celălalt capăt al băncii, cât mai departe de mine. I-am dat șervețelele, s-a șters pe față, apoi l-a folosit pentru a curăța urmele negre de pe partea de jos a skateboardului. Îl pierdeam, știam. Deja se poziționa împotriva mea. Am început să plâng.

– Milosh, îmi pare atât de rău! Îmi pare atât de rău! Nu am nicio idee.

Mi-a fost greu să vorbesc printre suspine.

– Ceva e în neregulă cu mine. Habar n-am de ce am mințit. Nu am vrut niciodată să te supăr. Pur și simplu, nu sunt o persoană bună. Întotdeauna mint, pentru că mi-e rușine de mine.

S-a înmuiat imediat și s-a târât de-a lungul băncii spre mine.

– Nu ești bine, Daphne. Cred că ai o problemă psihologică. Nu este vina ta. Nu ești o persoană rea, Daphne!

– Ba da, sunt. Ba da, sunt. Este vina mea, Milosh. Tot ce trebuie să fac este să mănânc și să fiu sinceră. Ce este în neregulă cu mine? Ce e în neregulă cu mine?

Milosh mi-a luat mâinile reci într-ale lui, apoi și-a ridicat cămașa și le-a apăsat pe stomacul lui pentru a le încălzi. Era de nesuportat să-l ating, pentru că știam că nu-l voi mai atinge niciodată.

– Daphne, ascultă. Nu este vina ta. Dar cred că ești grav bolnavă și cred că ai nevoie de ajutor. Cred că ai mințit în legătură cu totul. Cred că e posibil ca...

S-a oprit.

– Ce? Ce este posibil?

Mi-am simțit din nou stomacul greu. A părut extrem de incomod și aproape jenat, dar a continuat.

– Cred că s-ar putea ca tu să-ți fi spart fereastra aseară.

– Milosh, înțeleg de ce crezi asta dar, sincer, nu am făcut-o, nu sunt...

– Leila a spus că a văzut o femeie înaltă și blondă, Daphne. Am spus în glumă că era dublura ta, dar acum mă întreb dacă nu erai chiar tu.

– Milosh, recunosc că te-am mințit, dar nu sunt chiar atât de nebună. N-aș distruge apartamentul lui Cass doar pentru a atrage atenția!

– Dar poate că nu ești conștientă, Daphne. Gândește-te la asta. În ultimul loc în care a avut loc o spargere, nici măcar nu s-a furat ceva. Iar vecinul de la etaj, tipul pe care l-am întâlnit făcând jogging pe Tempelhofer Feld, a spus că a auzit pe cineva spărgând farfuriile în după-amiaza aceea, în timp ce tu încă erai în apartament.

– A auzit doar niște zgomote, nu era neapărat din apartamentul meu. Ar fi putut să fie de la banca de afară.

– Gândește-te la asta, Daphne. Nimic nu are sens. De ce ar intra cineva în casa ta și nu ar lua nimic? Cum ar fi putut această persoană să găsească noua ta adresă? De ce ar fi văzut Leila pe cineva care arăta exact ca tine, chiar înainte să se întâmple din nou?

– Dar Berlinul este plin de oameni care arată ca mine. Ar fi putut fi oricine – era întuneric, nici măcar nu era sigură că eram eu.

– Așadar, chiar crezi că toate astea sunt o coincidență, Daphne? Gândește-te la asta! Gândește-te la asta!

– Nu am nicio idee, Milosh! Nu știu, exact asta am încercat să înțeleg. Dar mă sperii. Chiar mă sperii.

Mi-am luat fața în mâini. Ceva se sfâșia în mine. Fiecare bătaie a inimii părea să trimită un strop de otravă în sângele meu. Simțeam pulsul în tâmple. Părea posibil ceea ce spunea el. Părea probabil. Mă imaginam spărgând vesela lui EG. Mă puteam imagina aruncând o piatră prin fereastra lui Cass. Mi se părea o amintire, nu o fantezie. Nu eram destul de curajoasă pentru acte de justiție sau răzbunare adevărată. Dar autodistrugerea era mult mai ușoară. Am plâns și am continuat să plâng, cu umerii tremurând.

Milosh m-a ținut în brațe și i-am simțit căldura. Îl iubeam. Am vrut să-l păstrez așa cum era, real și atât de viu pentru mine, o persoană, mai degrabă, decât o amintire.

– Crezi că ceea ce spun poate fi adevărat, Daphne?

– Nu știu, Milosh. Nu știu. Te iubesc, știi asta?

– Daphne, nu știu, nu pot...

– Of, știu, Milosh. Știu deja că te desparți de mine. Vreau doar ca tu să știi. Te iubesc!

– Ești o persoană specială, Daphne, serios, dar nu pot continua ca și cum...

– Te rog, Milosh. Putem să nu vorbim? Poți să mă ții în brațe pentru un minut?

Și-a înfășurat brațele mai strâns în jurul meu. M-am aplecat spre el și mi-am sprijinit capul pe pieptul lui. I-am ținut încheietura mâinii în mâna mea. Știam că momentul va trece, că deja trecea. Am încercat să mă concentrez asupra tuturor detaliilor: senzația jachetei lui de blugi, sunetul inimii lui bătând la urechea mea. Mirosul lui, forma mâinilor lui. Să fixez prezentul în memorie. M-a strâns mai tare, apoi mi-a dat drumul.

– Mi-e foame, Daphne și sunt foarte obosit. O să mă duc acasă.

Mi-am ascuns fața în mâini. Nu mă puteam opri din plâns.

– Bine. Înțeleg. Mulțumesc pentru tot.

– Unde ai de gând să te duci acum? Te întorci acasă la Leila? Vrei să merg cu tine?

– Sunt bine, Milosh!

– Ești o persoană specială, Daphne! Te rog să ai grijă de tine!

A plecat. Mi-am șters lacrimile pe manșeta puloverului, un gest care mi-a amintit că eram din nou copil.

22.

Lucky

Nu am vrut să ajung prea devreme la Leila, așa că am ocolit prin parcul Hasenheide. Am parcurs aceeași buclă pe care obișnuiam să o parcurg în primele zile în care am locuit în apartamentul lui EG. Mă simțeam de parcă mă plimbam înapoi, în timp, derulând toate florile pe care le admiram primăvara. Grădina de trandafiri se transformase într-o masă de tulpini spinoase; frunzele se uscaseră și dispăruseră. Ramurile goale ale copacilor se întrepătrundeau, sprijinindu-se unele de altele. Mi-aș fi dorit să pot da timpul înapoi cu adevărat și să reîncep capitolul Berlin al vieții mele. Dacă lucrurile ar fi decurs altfel? Dacă m-aș fi mutat în apartamentul lui Cass, și nu în cel al lui EG și dacă aș fi întâlnit-o pe Leila în prima mea zi în oraș? Dacă aș fi acceptat slujba de la Two Moons? Dacă aș fi folosit Tinder, în loc de MatchTime? În tot acest timp, am fost bântuită de gândul posibilităților nesfârșite, de miriadele de vieți diferite pe care aș fi putut să le trăiesc. Ce am învățat din viața pe care am trăit-o de fapt? Ce învățasem la Berlin, în afară de germană și de faptul că este indicat să speli legumele înainte de a le mânca? Cât de puțin am profitat cu adevărat de oraș, cât de puțin am realizat. Nu m-am dus niciodată la un club, nu am făcut niciodată un grătar, nu am mers la bowling sau să înot în lac. M-am înăbușit în aerul fetid al propriului meu clopot de sticlă. Singura pată de culoare din parc venea de la gambieni care, cu uriașele lor geci de puf galben, roșu și verde, arătau ca un stol de păsări exotice. Unul dintre ei m-a observat și a început să mimeze pe cineva care făcea jogging.

– Nu alergi astăzi?

Am zâmbit și am mers mai departe. Unul dintre bărbați a început să mă urmărească pe bicicletă. Purta ceva roșu și o bonetă albastră de pescar. L-am recunoscut ca fiind același bărbat din Gambia, alături de care stătusem cândva, după ce m-am întâlnit cu Grausam.

– Unde este prietenul tău, alergătoareo?

– Nu mă mai vrea!

A stat alături de mine, pedalând încet pentru a ține pasul, la fel cum făcuse Milosh pe skateboardul lui cu câteva momente în urmă. Avea sens ca totul să se destrame exact când mă îndrăgostisem de el. Pe măsură ce începusem să depind de el, pierdusem și puținul care mai rămăsese din capacitatea mea de a mă ține pe picioare.

– Om prost! Ești o fată foarte drăguță!

– Mulțumesc.

– Cum te cheamă?

– Daphne.

Nu știam cum să scap de el politicos. A continuat să mă urmărească în timp ce ieșeam din parc.

– Nu mă întrebi cum mă cheamă?

– Scuze, cum te cheamă?

– Lucky!

M-a urmărit peste drum și în jos, spre Parkhausstraße, un însoțitor tăcut. Ajunsă la ușă, m-am întors.

– Sunt acasă acum, Lucky.

A întors bicicleta pe trotuar și a zâmbit.

– La revedere, alergătoareo! *Tschüss!*

Am așteptat până când am fost sigură că plecase cu adevărat și apoi am intrat în curte. M-am uitat fix la apartamentul lui Cass. Geamurile străluceau negre ca suprafața crăpată a unui iaz înghețat, gaura prin care trecuse cărămida fiind deschisă ca o rană. Eu. Eu o făcusem. Îmi amintesc cum am simțit cărămida în mână, o bucată de beton grea, dar compactă. Am țintit direct în centru. La țintă.

Mi-a luat mult timp să descui ușa Leilei, deoarece cheile ei erau identice cu ale lui Cass. Era în jur de ora 18, iar Leila nu era acasă. M-am întrebat dacă nu cumva mă evita. Poate că ghicise ce făcusem, la fel ca Milosh. Sau poate că mă văzuse făcând-o și știa adevărul de la început, dar nu a vrut să mă confrunte. Am băut puțin din sucul ei de portocale. Am deschis o cutie de margarină sărată, galbenă ca oul, și am luat o parte din ea cu resturile de lipie. Am luat câteva linguri mari de maioneză și câteva linguri mai mici de Nutella. Am auzit cheile în încuietoare și am văzut ușa deschizându-se, iar Leila a intrat, în timp ce eu încă scotoceam vinovată prin frigiderul ei. M-am prefăcut că mă uit după lapte.

– Vreau să beau un ceai. Vrei și tu?

– Da, te rog. Poți să-mi faci niște pâine prăjită?

S-a așezat și și-a pus capul pe masă.

– Sunt atât de obosită!

– Asta pentru că te-am ținut trează toată noaptea. Îmi pare foarte rău.

– Nu e vina ta! Cum a fost la secția de poliție? Au aflat cine a făcut-o?

– Oh, a mers bine! am spus ușor. A mers bine. Cred că acum investighează. Hmm, dar eu mă duc acasă pentru o vreme. Am nevoie de o pauză. E în regulă dacă stau cu tine până plec?

– Da, bineînțeles, bineînțeles. Când pleci?

– Cât de repede pot. Evident, trebuie să mă ocup de apartamentul lui Cass. Nici măcar nu i-am spus ce s-a întâmplat!

– Oh, Daphne, i-am spus eu. Unul dintre vecini i-a trimis un mesaj despre fereastră. A spus că a încercat să te sune aseară, dar nu ai răspuns, așa că m-a sunat pe mine și i-am explicat totul. Îmi pare foarte rău, ar fi trebuit să te las să-i spui tu, dar nu știam când te vei întoarce și ea era îngrijorată.

– E în regulă, dar ce a spus? E supărată pe mine?

Tocmai luase o mușcătură din pâinea prăjită și a ridicat mâna pentru a-mi indica să aștept până termină de mestecat.

– Nu! a spus ea, după o pauză lungă. Nu, deloc, Daphne. De fapt, m-a rugat să-ți spun să nu-ți faci griji în privința asta. Și-a dat seama că poate ai vrea să te duci acasă. Am de gând să-i las pe cei de la reparații să intre săptămâna viitoare. Ia ce ai nevoie de la ea. Eu mă voi ocupa de restul.

M-a însoțit la apartamentul lui Cass pentru a împacheta. Pagubele erau mai mari decât îmi aminteam. Patru dintre ghivecele de plante se spărseseră și apă noroioasă se prelingea pe podeaua de lemn și pe covor. Camera mirosea dulce și fetid de la amestecul de pământ și băligar, care ajunsese cumva pe așternut. Buddha era răsturnat, prosternat ca într-o rugăciune, zâmbind impasibil la haosul din jurul său. Pe podea erau cioburi care străluceau la întâmplare, în grupuri de stele. M-am uitat în jur după cărămidă, dar nu am găsit-o. Apartamentul era complet liniștit, dar liniștea lui avea ceva animat și amenințător. Biata Cass, ar fi trebuit să-și invoce cele mai intense puteri meditative pentru a redirecționa această energie teribilă!

Leila s-a jucat cu baldachinul, făcând în așa fel încât să se rostogolească precum un val, apoi m-a ajutat să închid fereastra cu bandă adezivă. Am îndreptat Buddha și ghivecele de flori, apoi mi-am aruncat cu repeziciune hainele și cărțile în geanta mare și albastră de la IKEA. Am încercat să fac ordine în dulapurile lui Cass. Purtasem multe dintre hainele ei și nu-mi puteam aminti cum le-am găsit atunci când m-am mutat. Leila m-a oprit când m-a văzut scoțând aspiratorul.

– Nu, Daphne, nu facem asta astăzi!

– Nu trebuie să mă ajuți, o fac eu.

– Nu!

– De ce?!

– Pentru că suntem amândouă epuizate și vreau să mă relaxez.

– Dar o să-mi iau bilet pentru mâine sau poimâine. S-ar putea să nu mai am timp.

– O voi face mai târziu!

– Nu pot să te las să cureți totul.

– Ba da, poți. Ești oaspetele meu acum. Insist. Ar fi nepoliticos să nu mă asculți.

Am deschis frigiderul, dar era gol, în afară de borcanele și sucurile lui Cass, în mod miraculos, încă neatinse. Am verificat sub pat. Niciun *Habseligkeiten* lăsat în urmă.

23.

Un cadou

Eu stăteam pe canapeaua Leilei, iar toate lucrurile mele erau împrăștiate pe podea, căzute deja din geanta albastră găurită. Am rezervat un zbor easyJet pentru dimineața următoare. M-am răsfățat cu spațiu suplimentar pentru picioare și cu îmbarcare rapidă. Eram epuizată, dar îmi era frică să dorm, în caz că aș fi făcut ceva la apartamentul Leilei. Am stat trează și am căutat pe Google simptomele pe care le aveam. Câteva diagnostice păreau posibile: tulburare disociativă, fugă disociativă, fugă psihogenă. De obicei, nu sunt diagnosticate cu sindromul capului care explodează. Într-o stare de fugă, o persoană nu-și amintește cine este sau ce face. Starea este adesea declanșată de traume sau de conflicte interioare care nu s-au rezolvat. Adesea, bolnavii se îmbarcă în aventuri îndrăznețe sau se trezesc că se comportă într-un mod inexplicabil.

Dar nu am putut înțelege aceste pierderi de memorie. Am încercat să găsesc un sens în toate acestea. M-am întins pe canapea, fără să dorm și am încercat să-mi amintesc. Era ca și cum întreaga mea viață din Berlin se desfășura în fața mea, amintindu-mi fiecare moment, ca o expoziție ciudată de obiecte și personaje. Acolo era apartamentul balerinei. Înghețata pe care o împărțisem cu Callum. A fost prima mea alergare cu Evan și cu Ollie în

Grunewald. A fost Grausam, prezent și incontestabil. Verbele separabile. Era Kat, care se juca cu fermoarul hanoracului meu, și Milosh, care pregătea gnocchi. Aş putea să le examinez pe fiecare în parte, un număr nenumărat de experiențe, și să mă simt la fel de lipsită de pasiune ca un biolog care ține un curs de disecție. „Aceasta este femela *Daphnia magna*. În stânga, intestinul. Materialul întunecat este hrană parțial nedigerată. În dreapta, esofagul, parțial contractat. Pata albă de sub ea este un ou nefertilizat. Inima bate atât de repede, încât abia dacă pare că bate." Luminoasă și clară, perfect expusă. Și totuși, acele momente de nebunie, sau de fugă, oricare ar fi fost ele, acele momente mi-au scăpat.

La ora 10, m-am ridicat de pe canapea și am făcut o cafea, pe care Leila și cu mine am băut-o pe balcon. Nici ea nu dormea. Stăteam pe balconul ei, tremurând și clipind în lumină, cu aburi care se ridicau din respirația noastră și din căni. Era o zi luminoasă și rece de octombrie. Am întrebat-o pe Leila despre planurile ei pentru săptămâna care urma. Nu am discutat despre ce aveam să fac în Londra, limitându-ne discuția la orașul pe care îl aveam în comun. Deja simțeam cum se accentua o divizare între mine și toți ceilalți din Berlin. Nu mai eram unul dintre ei, nu mai eram un „berlinez". Leila și-a aprins o țigară. Fumul s-a ridicat. M-am aplecat peste pervaz. De la balcon, strada părea adâncă și solemnă. Era duminică și foarte multă liniște.

Mi-am pus geanta IKEA pe umăr și am îmbrățișat-o pe Leila. Nu a fost un adio emoționant. Nu ne cunoşteam foarte bine, deși mă atașasem de ea și îmi va lipsi prietena care ar fi putut să-mi fie dacă aş fi rămas. M-a rugat să îi trimit un mesaj când voi ateriza și să o contactez dacă mă întorc. Bineînțeles că o voi face.

Am coborât în stația Hermannstraße. Trenurile circulau neregulat la o astfel de oră; următorul tren în direcția aeroportului venea peste 16 minute. Peronul nu era pustiu, așa cum mă așteptasem. Chioșcul servea deja cafea și *Schrippe*, iar în spatele liniei galbene așteptau mulțimi tăcute de oameni care se îndreptau spre serviciu sau se întorceau de la vreo petrecere. Îmi venea să-i trimit un mesaj lui Milosh. Am continuat să deschid și să închid aplicația. Deja îmi era dor de el, voiam să-i spun că îmi pare foarte rău.

Trenul a sosit, în sfârșit, și m-am urcat alături de toți oamenii buni care se îndreptau spre serviciu și de copiii răi ai nopții care se îndreptau spre culcare. M-am așezat, scotocind în geantă. Pentru un minut de extaz, am fost sigură că mi-am uitat pașaportul la Leila, dar apoi l-am găsit în buzunarul de la spate, chiar în momentul în care un cerșetor în scaun cu rotile a ajuns la mine. Îmi interpretase greșit gestul și ceva viu i s-a aprins pe față, în timp ce întindea mâna pentru mărunțiș, murmurând repede ca și cum ar fi cântat sau s-ar fi rugat. Unghiile lui erau semicercuri de noroi întunecat, iar câteva șuvițe de păr lung îi atârnau de pe capul său, în mare parte chel.

M-am trezit că îi înmânez telefonul meu.

– Poftim! i-am spus. Nu mai am nevoie de el.

– *Danke schön*, a spus el, înclinând puțin capul. Mulțumesc, mulțumesc!

L-a strecurat în buzunarul de la piept și, pentru o clipă, am văzut conturul ecranului aprins prin țesătura subțire - fotografia pe care o făcusem la Tempelhofer Feld a fost vizibilă o clipă.

Când m-am urcat în avion, am avut brusc teribila impresie că uitasem să mă întorc după bicicleta lui Cass. O lăsasem la bărbatul de la *Späti* și la fiica lui, înainte de a fi dusă la spital. Acum nu mai puteam să-i trimit mesaje și nici să o rog pe Leila să o ia. Aveam un loc la fereastră, 4A. Când motoarele s-au aprins și avionul a decolat cu o forță violentă, am simțit un val de adrenalină. M-am apucat de cotieră. Gândurile mi s-au îndreptat spre prima cărămidă din apartamentul lui EG. Mi-am amintit de optimismul cu care mă mutasem și de toate rezoluțiile mele bune. Apoi, teroarea din acea noapte și ipoteza mea nebunească despre sindromul capului care explodează. Dar nu mi-am imaginat și știu că nu eu am aruncat prima cărămidă. Știu că vecinul de la parter a făcut-o și că mă ura, indiferent de motivele sale. Știu acest lucru cu aceeași certitudine cu care știu că Richard Grausam era un om periculos. Kommissar Faccini confirmase asta. Aveam dreptate să mă tem de el.

Și apoi am distrus apartamentul lui EG și am aruncat o piatră în fereastra lui Cass. Nu mai mâncasem și am alergat până când am sângerat și am leșinat. Violența și furia, nefiind date afară, s-au întors înăuntru. Mă plimbam în somn, într-un coșmar toxic creat de mine. Dar cel puțin eu eram eroina; asta, în cele din urmă. Am aruncat ultima piatră.

Pe scaunul de lângă mine stătea un flamand cu ochi mici, injectați, care conducea un fel de campanie pentru bărbați. În timp ce avionul se înălța, am început războiul sub acoperire, întinzându-mi picioarele și trecându-mi nonșalant brațul peste cotieră. Am băut o cutie de Cola dietetică, am încercat să citesc ultimele pagini din *Mun-*

tele vrăjit, dar eram prea obosită ca să mă concentrez cu adevărat.

De sus, orașul arăta ca o forjă de fierar. Milioanele de lumini care pâlpâiau ca niște scântei stinse. Am încercat să-mi imaginez ce fel de persoană se afla în spatele fiecărei lumini. Mi s-a făcut rău când m-am gândit la câte variații ale vieții aș fi pierdut. Nu voi ști niciodată cum e să ai un corp de bărbat, să fii musulman sau să ai un copil înainte de 20 de ani. N-aș fi niciodată egiptolog, alpinistă sau balerină și mi-aș fi dorit să existe o modalitate de a încerca toate aceste vieți posibile, așa cum încerci haine diferite, apoi să alegi ținuta cea mai potrivită pentru sufletul tău. Mi-am făcut griji că nu știam cum să joc posibilitățile glorioase ale șansei pe care o primisem. Altcineva ar fi folosit foarte bine acest nas plin de caracter, dorința de a oferi plăcere, ar fi știut ce să facă cu familia mea bună, cu educația grozavă și cu firea mea simpatică. Toate aceste daruri fuseseră în mare parte irosite cu mine. Dar era complicat acest sentiment pe care îl aveam, în timp ce scânteile se topeau într-o confuzie de lumină, pentru că deși îi invidiam pe ceilalți oameni că erau ei îi compătimeam, pentru că nu vor ajunge niciodată să fie în locul meu.

Mulțumiri

Cu dragoste pentru cei mai dragi prieteni și primii mei cititori: Noa Amson, Nir Ferber, Rainat Flanagan, Cécile Hubert, Dina Khadum, Zoe Reich-Aviles, Allegra Reinalda, Magda Rotko, Dana Sagi, Sally Tulaimat, Paul Doeman, Ben West. Cu recunoștință pentru cei care m-au adăpostit la Berlin: Ed LeMonde, Michael Shamai, Mona Vogel, casa Ferber-Kedan, Weserland și Amerika-Gedenkbibliothek (Biblioteca memorială americană). Cu mulțumiri, îngerilor mei slujitori: Bridget Bowen, Marina Cantacuzino, Louise Cardwell, Aurea Carpenter, Philip Connor, Emma Ferguson, Molly Meloy, Lucy Wadham, Elizabeth Wadham.

Cu mulțumiri, agentului meu excepțional, Charlotte Seymour, pentru că m-a sprijinit atât de mult, dar și editorului meu, Alice Youell, pentru dăruirea și contribuția sa creativă!

Cu recunoștință, pentru Ali Smith, care i-a contactat membrii Colegiului Newnham și a binevoit să ofere feedback scriitorilor aspiranți: comentariile și încurajările ei au fost foarte apreciate.

Cu dragoste și cu apreciere, pentru familia mea: Catherine, Olivier, Léon și Bobbot, care au fost cei mai importanți fani ai mei încă de la naștere!

Cuprins

Tipar: ARTPRINT
E-mail: office@artprint.ro
Tel.: 021 336 36 33